# मल्लिका

मनीषा कुलश्रेष्ठ

राजपाल

ISBN : 9789386534699

प्रथम संस्करण : 2019 © मनीषा कुलश्रेष्ठ
MALLIKA (Novel)
by Manisha Kulshreshtha

**राजपाल एण्ड सन्ज़**
1590, मदरसा रोड, कश्मीरी गेट, दिल्ली-110006
फोन : 011-23869812, 23865483, 23867791
e-mail : sales@rajpalpublishing.com
www.rajpalpublishing.com
www.facebook.com/rajpalandsons

उन सब स्त्रियों के नाम जिन्हें कला, साहित्य, विज्ञान यहाँ
तक कि इतिहास के इतिहास से भी विलुप्त कर दिया गया

# प्राक्कथन

जब उपन्यास लिखा जाता है, उपन्यासकार के भीतर कृतिकार ईश्वर चुपके से आ बैठता है। वह चाह कर भी, कैसा भी दृष्टिकोण रखता हो पात्र के साथ अन्याय नहीं कर पाता। यह अनुभव स्वयं टॉल्स्टॉय कर चुके हैं आन्ना कारेनिना को गढ़ते हुए कि जब वे आन्ना को समाज की स्त्रियों के समक्ष 'चरित्रहीनता' का प्रतिफलन बनाने बैठे तो वह उनके हाथ से निकल 'मास्टरपीस' ही बन गई।

*मल्लिका* की कथा गल्प होते हुए भी ऐसे संपूर्ण व्यक्ति की कहानी है जो हाड़-मांस से बना, किन्हीं बीते वक़्तों में जीता हुआ, साँस लेता था। उसके होने के अल्प ही सही, ओझल ही सही मगर प्रमाण हैं। वे प्रमाण इतने क्षीण हैं कि वह किसी महानतम की छाया का व्यंग्य मात्र बन कर रह जाती है। उसके बारे में जो अनिश्चित और रिक्त स्थान हैं उन्हें उसके वायवीय चौखटे पर कल्पना के सूत्रों से एक संपूर्ण व्यक्तित्व की संरचना से भरने/बुनने का दायित्व एक पागलपन में मैंने अपने सर ओढ़ लिया है। मेरा उन्मादी प्रयास यही है कि मेरे गल्प से निर्मित 'वह' उस विशिष्ट और महत्त्वपूर्ण भूमिका को वहन करे। उसके जीवन का हर पहलू विचारणीय बने। जिसका प्रतिनिधित्व उसने यकीनन अपने ओझल समय में किया होगा। उसके जीवन को लेकर उड़ते मिथ एक देह धारण करें जिससे उसका सशक्त होना स्पष्ट हो।

वह तो अपनी कहानी कहे बिना चली गई...उसकी अदृश्य, वायवीय कहानी को मैंने वहन किया है तो मैं बिना कहे कैसे चली जाऊँ? मैं उन अधिसंख्य अल्पज्ञों की तरह ही हूँ...मगर जिज्ञासु हूँ। पहले शोध हेतु बाहर चली हूँ, कुछ खास न पाने पर मैंने अपने भीतर चलना शुरू कर दिया है।...अपने भीतर ही उसे कहीं पा लूँगी। ठीक वैसे ही जैसे हम सब औरतें एक वही जीनोटायप धारण करती हैं जो कहीं किसी हव्वा की तरफ़ उलटी यात्रा करता है।

मल्लिका की कहानी जानने के लिए उसके वायवीय अतीत में जाए बिना काम नहीं चलने वाला जिसका कहीं सूत्र तक नहीं। जैसे कि उसका बचपन... यह गल्पकथा अर्धसत्य है। पूर्ण सत्य होती तो इसमें झीनी अस्पष्टता, पागलपन

और सपनों का स्वाद नहीं मिलता। जैसा कि उन सभी लोगों के जीवन में होता है, जो स्वयं को धोखा देना बंद कर देते हैं।

हम उसी रास्ते का संधान करते रहते हैं जो उलटा हमारी ही ओर आता है। इसलिए हम अपूर्ण हैं, पूर्ण होने की भ्राँति पाले हुए। हम जब दूसरे के जीवन को व्यक्त करने बैठते हैं तो अनजाने स्वयं को व्यक्त करते हैं। बहुत वर्ष हुए *कथादेश* (जुलाई 2007) में भारतेन्दु की प्रेमिका मल्लिका पर लेख और उनके उपन्यास *कुमुदिनी* के अंश छपे थे। विशालाक्षी, कोमल देह वाली, भावप्रवण लेखनी की मलिका मल्लिका ने मुझे बहुत प्रभावित किया था। मल्लिका का अतीत, भारतेन्दु जी को पता हो तो हो...वह तो उन्हीं के साथ कवलित हो गया। मल्लिका को लेकर तो बस फ़ेडेड ट्रुथ मिलते हैं, मैं उनके जीवन सत से एक काल्पनिक जीवनीपरक उपन्यास लाने का प्रयास–मात्र कर रही हूँ। तब से अब तक भारतेन्दु जी की जितनी जीवनियाँ मिलीं उनमें मल्लिका का उल्लेख 'चंद्रकलंक' या 'फूल में कांटा' जैसे अध्याय के भीतर मिला। 'एक महान लेखक के मनबहलाव–सी कोई प्रेरणा अथवा एक कटाक्ष के बहाने कृपापात्र बनी स्त्रियों के बीच खड़ी मल्लिका!

हरिचंद ज्यू के घर से लगी दक्षिण ओर की गली के मकान में रहती एकाकिनी, बाल विधवा। जिसे भारतेन्दु जी ने हिन्दी पढ़ना, लिखना सिखाया। मल्लिका जो बांग्ला उपन्यास के अनुवाद के बहाने तीन उपन्यासों को भारतेन्दु के जीवन में लाई। स्वयं मौलिक उपन्यास लिखे। जी हाँ *परीक्षागुरु* उपन्यास से पहले, किंतु उसे हिन्दी के कथा साहित्य के इतिहास में 'प्रथम' उपन्यास मानना तो दूर एकदम गोल ही कर दिया। हाँ, यह बात ज़रूर बार–बार मन में आती है कि क्या आधुनिक हिन्दी में उपन्यास विधा बंगाल के रास्ते, हिन्दी के प्रवर्तक की प्रेमिका के हाथों आई?

यह उपन्यास लिखते मुझे बारम्बार यह भय रहा कि कहीं मैं मल्लिका के बहाने हरिचंद ज्यू का जीवन ही न दोहरा दूँ...जिनकी विविध जीवनियों में पितामह अमीचंद से लेकर उनकी वर्तमान पीढ़ी तक का सब ज्ञात है। जिनकी जन्मपत्री और जीवन की वर्ष–माह–दिवस–घंटों–मिनटों–सैकेंडों में गणना उपलब्ध है। मुझे कितना–कितना लिख कर मिटाना पड़ा, क्योंकि रह–रह कर ज्यू ही रेखांकित हो रहे थे मल्लिका नहीं। मैंने प्रयास तो किया है कि ऐसा कम–से–कम हो मगर मल्लिका जिसके 'प्राण–धन' ही हरिचंद पियारे थे तो कितना ही अवक्षेपित किया

मैंने मल्लिका को बिसरे हुए इतिहास के संग ज्यू भी चले आए... यत्र-तत्र-सर्वत्र मल्लिका को ढूँढते हरिश्चन्द्र के तथ्य ही मिलते रहे...ऐसा होने पर जाने कितनी बार मैंने काम रोका, बहाव रोका।

जब मल्लिका ने आँचल लपेटते हुए, सरस, बड़ी आँखों में विषाद, प्रेम, उदात्तता भर बार-बार टोकने पर अपनी कहानी सुना कर लिखवाई है तभी लिखा है। मल्लिका को अपने भीतर उतारना मुश्किल काम था, क्योंकि वह मुझसे एकदम विपरीत है। मैं प्रेम में संकीर्ण, वह उदारतम, मैं जल्दबाज़, वह धैर्य की प्रतिमूर्ति। मैं अपनी ईर्ष्याओं की मारी, वह अपनी गरिमा की। हाँ...जिस पथ पर कोई न चला उस पर चलने की हठीली प्रवृत्ति दोनों की। उन्होंने अनुवाद कर-करके भाषा बरतना सीखा...सेम हियर!!

जिसके जन्म और मृत्यु, आरंभ और अंत की कथा ही ज्ञात न हो सकी। उसके लिए मैंने यह गल्प रचा है। जिसने हिन्दी जगत को बांग्ला उपन्यास से परिचित करवाया, साहित्य के इतिहास में जिसका नाम तक शामिल न हो सका, उसके जीवन की विडम्बना और प्रेम पर एक औपन्यासिक वितान रचा है मैंने। यह क्षुद्र प्रयास मेरा, मेरा मल्लिका के प्रति औत्सुक्य भरा अनुराग मात्र है। इस उन्माद में मुझसे तथ्य फिसले हों तो क्षमा कीजिएगा, इसे बस गल्प मान कर स्वीकार कीजिएगा। एक छूट और मैंने इस उपन्यास में ली है—रूसी उपन्यास की तरह एक ही व्यक्ति के विविध प्रचलित नामों का प्रयोग। क्योंकि भारतेन्दु हरिश्चन्द्र विविध नामों से पुकारे गए और उन्होंने अपनी कविताओं में स्वयं को कई नाम नवाज़े...ऐसे ही अपनी प्रेमिकाओं को वे कई-कई नाम दिया करते थे।

भारतेन्दु जी के जीवनीकार ब्रजरत्नदास लिखते हैं कि जीवनचरित्रों ही से मनुष्य का सबसे बढ़कर मनोरंजन होता है। उपन्यास, नाटक आदि भी कल्पित मनुष्यों की जीवनियाँ ही हैं। उत्तम जीवनी कभी भी समय के पीछे नहीं पड़ सकती।

*आज आमार होलो सुप्रभात*
*नवीन वत्सरे पद दिल प्राननाथ*
*ओ वत्सरे पद दिन हेन विधि पुन: देन जेन*
*घरे ए वासना मन पूर्ण करे जगन्नाथ*

—मनीषा कुलश्रेष्ठ

जयपुर

01.12.2018

# 1

रात को देर से सोकर भी उस दिन भोर होने से पूर्व ही मल्लिका की निद्रा उचट गई। फिर वह लहर-लहर जागती नदी की तरह विचारों में बहती रही। कितने-कितने अतीत के दृश्य, कितने-कितने संकल्पों, विकल्पों से आकर उलझते रहे। कितनी ग्लानियाँ और पश्चाताप उसके नेत्र भिगोते रहे। वह ईश्वर से झगड़ती रही कि हर एक की नियति की कारक विधना ने उसके जीवन में इतने भँवर क्यों रच दिये थे।

तभी घंटाघर की घड़ी के चार घंटे गूँजे। यह उसका संशय था कि सत्य? कृष्ण उपासक भारतेन्दु हरिश्चन्द्र आज सुबह गली से निकले ही नहीं? या निकले भी तो 'जय श्री कृष्ण', 'राधे-राधे' का उच्च स्वर में जप किए बिना, उसे जताए बिना निकल गए?

उसने गवाक्ष से नीचे झाँका...राह गाढ़े कोहरे की दुलाई ओढ़े ऊँघ रही थी। क्या उसके साथ-साथ राह को भी किसी ने जगाया नहीं! यह परिवर्तन अखर गया मल्लिका को। बरसों की दिनचर्या से पलायित होता किसी का प्रत्यूष से देर रात्रि तक का हस्तक्षेप...! माना कि हर सांसारिक वस्तु से, यहाँ तक कि मल्लिका तक से 'ज्यू' का व्यतिक्रम संभव है किंतु ईश भक्ति? वह मन-ही-मन अनहोनी के भय से सिहर गई। उसके होने मात्र के क्लेश से उनका यह विचलन आरंभ हुआ है क्या? वरना हारी-बीमारी में भी हरिचंद ज्यू* पालकी या टमटम में बैठकर गए हैं ठाकुरद्वारे। केवल शहर में नहीं होने पर ही यह अनुक्रम टूटता है। हुआ क्या है? वे इलाहाबाद से तो महीना हुए लौट आए हैं। अनायास कहीं शहर से बाहर जाने पर तो वे किसी नौकर के हाथ कहलवा भेजते हैं या सुघड़ अक्षरों में लिख भेजते हैं नन्ही पाती—

'मेरी प्यारी चंद्रिका,

क्या वे बिना उसे बताए कहीं चले गए हैं...आजकल वे बनारस से बाहर ही रहना चाहते हैं। क्या इस शहर से उनका मोहभंग हो रहा है? अब जबकि

---

*लाड़, प्यार और अपनेपन से नाम के पीछे लगाया जाता है, ठीक उसी प्रकार जैसे 'जी' लगाया जाता है।

आर्थिक-दशा गिर गई है, तो उन्हें यहीं शहर में रहना चाहिए। कुछ ठोस उपक्रम करना चाहिए। स्वास्थ्य भी ढीला रहने लगा है...कहीं स्वास्थ्य ही तो कुछ अधिक नहीं खराब हो चला? उनकी रुचि में केवल लिखना ही अब शेष रह गया है जो उनसे नहीं छूटता। पिछली बार जब आए थे कहते थे—

'मल्लिका इतना लिखकर भी लगता है, बहुत कुछ छूटा जा रहा है...मैं ऐसे भीषण विरोधाभासी और संक्रांति काल में रहा हूँ कि कई बार अपना पिछला लिखा थोथा लगता है, अपने जिये को कुरेदता हूँ, तो लगता है कि क्या जिनकी ख़ुशामद करता रहा कि ये मेरे देखे सुखी भारत के स्वप्न को साकार करने में काम आएँगे... वे ही मुझे दोषी ठहरा रहे हैं। मुझे लगता है कि मैं परीक्षा के कमरे में थोड़ा लिख कर सो गया था, नींद ही मेरी अब खुली है और कोई घंटी बज गई है और मैं जल्दी-जल्दी अपना पर्चा और जलते हुए सवालों के उत्तर लिख रहा हूँ। और जब पलटता हूँ तो पाता हूँ कि जो आगे के पन्नों पर लिखा है, वह भी अटपटा-सा ही है। तुम कहती हो ना कि मैं विरोधाभासी हूँ। मेरी लेखनी कुछ लिखती है...मैं करता कुछ हूँ। या मैं सबको खुश कर देने की कोशिश में हूँ...सत्रह साल की उम्र से लिख रहा हूँ...मेरी सोच का परिपाक पच्चीस साल पर हुआ मगर देश और इसकी परिस्थितियाँ कितनी जल्दी-जल्दी बदलती रही हैं। मेरा स्वास्थ्य साथ दे तो मैं सब कुछ स्पष्ट और सही कर दूँ। मुझे अब धन नहीं समय चाहिए उधार।'

'आप इतना सोचेंगे तो व्यग्रता बढ़ेगी। मेरे बाबा कहते थे—शांतचित्त से आराम ही रोगी के लिए औषधि है।'

'ठीक कहती हो मल्लिका, किंतु शांतचित्त और आराम तो व्यक्ति को घर में मिलता है, वहाँ मेरे साथ कौन खड़ा है? क्लेश, तक़ाजे, ताने और उन लोगों को देखो, जिन पर मेरी कृपा रही वे भी मुझे अपमानित करने, याचक बन कर चले आते हैं। क्या किसी की सहायता करना सही नहीं? क्या वे सहायता से और पंगु हो जाते हैं? या उन्हें भीख ही खाने की आदत हो आती है। अब वे मुझसे क्या माँगने आते हैं? मेरा मांस-मेरा लहू? वह भी तो अब मेरा नहीं।'

'ऐसा न कहें ज्यू।'

मल्लिका गहरी सोच में डूब गई। बस वही तो अंतिम वार्तालाप था। उसके बाद इलाहाबाद से लौटे उन्हें पखवाड़ा बीत गया। वे नियमित ठाकुरद्वारे को जाते रहे हैं। चाहे मल्लिका की इयोढ़ी न चढ़े हों मगर 'ठाकुरद्वारे' जाने के बहाने ही सुबह की 'राधे-राधे' मल्लिका के मन को आश्वस्ति देती थी। कुछ दिन तो वह संतोष मनाती रही कि अस्वस्थ हैं विश्राम करते होंगे। डॉक्टर-वैद्य ने मना किया होगा। किंतु आज...मन अकुला उठा। बुरे ख़याल मन पर हावी न होने देने की

चेष्टा में उसने अनमने मन से सुबह-सुबह कजरी के लाए कुएँ के जल से स्नान किया...पूजा में आज उसका मन न लगा किंतु पूजाघर में रखी बाल गोपाल की मूर्ति को स्नान करा दिया, शालिग्राम पर जल का अर्घ्य दे...। पारिजात और अड़हुल के पुष्प चढ़ाए और प्रणाम कर उठ गई। आज एकादशी थी...विधवा धर्म की पालना में बाकी तो सब...'ज्यू' के आग्रहों के चलते छूट गया बस यही व्रत न छूटा...उसका धर्मभीरू मन स्वयं को बहलाता था। यही कि व्रत के बहाने खान-पान का संयम हो जाता है। यूँ भी उसका पाचन ज़रा कमज़ोर ही है, उस पर बनारस का भोजन...

कजरी कलेवा लेकर आई। *बाला-बोधिनी* का एक अंक अधूरा डेस्क पर रखा था...माना सरकार ने इसकी खरीद बंद कर दी है, वह अपनी पूँजी से इस पत्रिका को चलाएगी। लेकिन इसकी विषयवस्तु बदल कर। जिसमें स्त्री का स्वयं का परिष्कार हो उस पर थोप दिए गए सामाजिक मूल्यों का नहीं।

डेस्क के सामने दरी गोल लिपटी पड़ी थी। अंगोछे में बँधे गीले केश पीठ पर फैलाकर मल्लिका ने दरी खोली और अपने लिखे अधूरे लेख को पूरा करने लगी। उसे अपने लिखे शब्द आज अपरिचित मालूम हो रहे थे।

वह जानती थी, एक समय तक बनारस शहर में भारतेन्दु के साथ 'मल्लिका' नाम ज़मीन पर गिरती परछाई की तरह लिया जाता था। अब उसकी एक पहचान है, एक अस्तित्व है जिसे भारतेन्दु हरिश्चन्द्र से परे लोग स्वीकार करते हैं। बंकिमचंद्र की कृतियों के किए गए उसके अनुवादों पर सराहना मिलती है। उसके 'प्रेमतरंग' कवितात्मक पदों की बांग्ला सुगंध और स्वाद का लोग उल्लेख करते हैं। *कुमुदिनी* उपन्यास की पांडुलिपि ज्यू और उनके बौद्धिक मित्रों को पसंद आई। कहते हैं, 'सही समय आने पर, थोड़ा सुधार कर छपवाएँगे।' अब वह *पूर्ण-प्रकाशचंद्र* पर काम कर रही है। यही कारण है कि ज्यू का न आना क्षोभ नहीं देता। उस जैसी एकाकी स्त्री को जीवन हेतु क्या इतना बहुत नहीं? उसके पास मनचाहा काम है, कोरी ईशभक्ति से किसी का जीवन बहला है भला? उस पर उसके वायवीय संबल बन ज्यू उपस्थित हैं। मीरा को तो मूरत ही का आसरा था। यहाँ, ज्यू उसके प्रतिवेशी हैं। मन न माने तो कान लगा कर, छत से सट कर बैठ जाओ। उनकी आवाज़ सुन लो, उनके सूखते वस्त्र देख लो, उनकी सेवा में तत्पर मन्नो देवी, नौकरों को दालान में आते-जाते देख लो। कभी-कभी तो गृहक्लेश भी छत पर आने पर सुनाई पड़ जाता है। वह घबराती है, घबराकर अपने और ज्यू के सम्बन्ध की आत्म-समीक्षा करती है।

ज्यू ने ही तो उसे कहा था एक दिन—'तुम्हारा और मेरा नाता इस संसार की व्याख्या का विषय ही नहीं है। लोग प्रेम को व्यभिचार समझते हैं। जबकि

प्रेम की परिभाषा तक में अपना व्यापक सम्बन्ध समेटे नहीं सिमटता। हम धँसते हैं एक-दूसरे की कला में, अभिव्यक्ति में। मुझे किसी के आगे अपना और तुम्हारा चरित्र सत्यापित नहीं करना।'

थोड़े से फल खाकर उसने दूध का गिलास और फलों की तश्तरी सरका दी। अपने सूख चुके बालों को पीठ पर हाथ ले जाकर, एक घुमाव देकर बाँधा। महसूस हुआ कि पहले कितने भारी हुआ करते थे, अब थोड़े हल्के हो गए हैं। क्या सच में उसे आराम की ज़रूरत है। वह डेस्क से उठ गई। नव-शरद की धूप इठला कर कमरे में लुकाछिपी खेलना चाहती थी। मल्लिका ने परदा हटा दिया और धूप बिस्तर पर आ लेटी, जब वह लेटी तो धूप भी एक सहेली की तरह गलबहियाँ दिए लिपट गई। यह उष्णता भली लगी। गली में, आस-पास सटे हुए घरों में दिनचर्या के व्यापार जारी थे। मल्लिका ने बहुत दिनों से रखकर कहीं भुला दिये गए अतीत का सुराग खोजना चाहा—दैनंदिनी (डायरी) पढ़ने लगी। जिसे नियमित लिखने की सलाह भी ज्यू ने दी थी।

'आठ वर्ष पूर्व जब मैं बनारस आई थी...मेरी मन:स्थिति यह थी कि मैं कौन हूँ...मेरा परिचय क्या है, यह मैं भुला देना चाहती थी। मैं किसकी पत्नी थी किसकी विधवा...यह जीवन मुझसे क्या अपेक्षाएँ रखता है, सब कुछ! मैं काशी के जनप्रवाह में खो जाना चाहती थी।

'ज्यू से मिलकर लगा कि अब मैं एक नए अस्तित्व को खोज कर, अलग और स्वतंत्र जीवन चाहती हूँ। मैं किसी मृत की अस्थियों संग बह आए फूल की तरह गंगा की लहरों पर यहाँ-वहाँ तिरते रहना नहीं चाहती थी। अध्ययन कर मैं राजा राममोहन राय, ईश्वरचन्द्र विद्यासागर और चंद्र भैया द्वारा बरगलाई हुई स्त्री बन गई थी। जिसे पूर्ण विश्वास था उनके कहे में कि ''विधवा को सामान्य जीवन जीने का अधिकार है।''

'जो असंभव था मैंने कर दिखाया। मैं कृतज्ञ रहती हूँ अपने पति के पिता की...जिन्होंने उनके यक्ष्मा पीड़ित होने की सूचना पाते ही, मेरे पिता को सूचित कर दिया था। सुब्रत की मृत्यु के उपरांत मुझे पितृगृह में ही रखकर आगे पढ़ाने को कहा था। शिउली कहती है कि उस परिवार ने मेरे हिस्से की बड़ी पूँजी और गहने देकर मेरी ज़िम्मेदारी से सम्मानजनक मुक्ति पा ली थी। सत्य जो भी हो, मैं उस परिवार से अपना केश-सूत्र तक बंधन नहीं मानती। हाँ, उस सुकुमार किशोर पति के साथ बीते थोड़े से पल हैं, जो मेरी आत्मा के गहनतम रज्जुओं में चमकीले कच्चे मोतियों जैसे सदा रहेंगे। मेरी मृत्यु के बाद भी वे मेरी आत्मा में चमकते रहेंगे।

'लेकिन यह समाज...और यह भीड़ कब जागरूक होगी जिसने एक मछली के टुकड़े की तरह देखा मुझे? वे ये भूल गए ईलिश के कांटे निगलना आसान नहीं। अतीत की धार से पृथक कर दी गई, मैं क्यों मोह धरूँ बीते हुए का। अब जो नित्यप्रति बीत रहा है, उससे भी तो मोहभंग होने लगा है।'

~

मल्लिका ने अपनी दैनंदिनी बंद कर किताबों वाली ताख में रख दी। हरिचंद ज्यू की चिंता रह-रह कर उभर रही थी। वह आभास पा रही थी कि वे बदलने लगे हैं...उनका तमाम उल्लास शिथिल हो रहा है। काशी में फिर त्योहार का रंग छाने लगा था। आश्विन मास के साथ ही, नवरात्रि का त्योहार प्रारम्भ हो चुका था। किंतु बरसों में पहली बार इस स्वर्णिम स्तम्भों वाले आँगन में कोई उत्सव का कोलाहल नहीं है। इस बार ज्यू के आँगन में क्या शोभायात्रा नहीं सजेगी? वसुदा' के दुर्गा-स्थापना के साथ ही यहाँ का बंगाली भद्रलोक एकत्र होने लगा है। किंतु मल्लिका गई नहीं। मन विकल-सा जो था।

कजरी के कदमों की आहट हुई, वह गर्म नारियल तेल एक कटोरी में लेती आई।

'केस बहुतई झड़ रहा है, मलिकिनी। लाव तैल-मल दें।'

'हाँ, कजरी यहाँ का पानी...'

'ना! गंगा-जल का दोस कवनो नाहिं, यह केस के लिए नीक रहिल...केतना बार कहिन नित देर रात आँख मत फोरो, तुम मनबे नई। कुछ दिवस छोड़ दो कलम-दवात। जी भर खाओ, सैर करो...आराम करो। कुछ दिन अपने लोगन में फिर आव...बंगाल।'

'अपने लोग कहाँ हैं री? केवल पिता थे जिनसे मातृपक्ष था...अब वहाँ क्या है?'

'क्यों बहिनियां त हैं...ब्याह हव उनकी बिटिया का, होय आओ...अब आप सुहागन हैं...' कजरी अपनी तेल भरी उँगलियों को उसके कपाल पर गोल-गोल घुमाती हुई बोली। मल्लिका के दुखते सर को आराम मिला। मन-ही-मन वह हँसी।

'सुहागन? ज्यू कहते हैं धर्म-पोषिता...ये सब मन बहलाव के नाम हैं।'

प्रेम से बड़ा योजक क्या? बाकी सब तो दासत्व के अलग-अलग नाम हैं। जिसके क्षीण चुम्बन तक की स्मृति धूमिल हो रही है उसके नाम का उपनाम ही मल्लिका का उपनाम बन गया था। संसार के लिए वह उसकी पत्नी थी। मगर

जिससे मन जुड़ा, देह जुड़ी और फिर आत्मा जा जुड़ी उस रिश्ते में वह उसकी कोई नहीं थी। वे जिस रात्रि एक-दूसरे के हुए, वो परमतुष्टि के पल कुछ नहीं थे? कौड़ी लगी आँखों वाले किसी वनदेवता के समक्ष मुरझा जाने वाली चमेली की मालाओं की अदला-बदली उन पलों पर भारी हो गई? फिर रक्षिता से थोड़ा कोमल, थोड़ा संभ्रांत नाम खोजा गया क्योंकि वह 'धन पोषिता' तो नहीं थी तो 'धर्म-गृहीता' हो गई।

~

हल्के-गहरे भूरे, नीले-धूसर रंग पहले भी पहनती थी आज भी। कजरी के खुरदुरे हाथों ने जब केशों में तेल मला तो मल्लिका का मन तरल हो गया। और ये कजरी? माँ तो जन्म देने के कुछ माह में ही दूध के लिए रोता छोड़ गई और यह वृद्धा कौन है जो उसकी इतनी चिंता करती है?'

'का सोच रहीं बिटिया?'

'यही कि बहिन की बेटी के ब्याह में तो नहीं जा पाएँगी हम...'

'सोच लेव...खून के रिस्ते में पुराने झगरा न विचारो।'

'क्या सोचना कजरी; इस पर लम्बी बहस, चिट्ठियों में हो चुकी। मेरी बहन का हठ तो राजहठ है...मैं उस नौ-दस बरस की कन्या को वधू-वेश में न देख सकूँगी।'

'अशुभ न विचारो...। सब भली करी रामजी। हमार बियाह तो अम्मां का दूध चूंघत-चूंघत होऊ गवा, हमार मरद दुई बरस के रहिन।'

मल्लिका हँसने लगी, कजरी के कहने के अंदाज़ पर।

~

पिछले माह, एक प्रातः वसु दा' ने एक पत्र लाकर दिया था, उनके पते पर मल्लिका के नाम आया था। उसे सुखद आश्चर्य हुआ, पिछले छह बरस में शिउली का यह पहला पत्र था, बाकी चंद्र भैया के पत्र में वह अपना कुशल समाचार भिजवा देती थी। एक पत्र में बच्चों की फ़ोटो उतरवा कर भी भिजवायी थी। जिसे वक्ष से लगाकर वह बहुत रोई थी। यह पत्र छोटा-सा था और जो बड़े-से निमंत्रण पत्र के संग आया था। रेल टिकट भी भेजा था आने-जाने का।

प्रिय मल्लिका,

परम सौभाग्य से तुम्हारी भानजी जाह्नवी का सम्बन्ध कलकत्ता के एक प्रसिद्ध परिवार राय बहादुर अमृतरंजन बंद्योपाध्याय के तीसरे सुपुत्र से हुआ है। जिनकी वर्धमान जिले में जागीर है। विवाह कार्तिक माह की अक्षय तृतीया पर होना निश्चित हुआ है। मुझे प्रसन्नता होगी कि इस अवसर पर तुम भी सम्मिलित हो सकोगी तो, मेरा मातृपक्ष अब केवल तुम्हीं से है। जाह्नवी का भी बहुत मन है। तुम्हारी उपलब्धियों की चर्चा चंद्र भैया तक पहुँचती रहती है। उन्हीं से यह पता पा सकी। स्नेह के साथ।

तुम्हारी बहन शेफालिका

मल्लिका को पहली बार पत्र पढ़कर बहुत प्रसन्नता हुई, दूसरी बार पढ़ने पर मन में कुछ अटका, 'जाह्नवी इतनी बड़ी हो गई? बाबू की मृत्यु को तो अभी छह बरस ही बीते हैं, तब वह केवल तीन बरस की थी। शिउली की मति को क्या हुआ है? उसका जीवन एक उदाहरण की भाँति उसके सामने नहीं खुला है? नौ वर्ष की उम्र और विवाह? वह भी बंगाल के नवजागरण के दिनों में?'

मल्लिका वहाँ से लौटते ही अपने कक्ष में पर्यंक पर जा गिरी। लेटे-ही-लेटे न जाने क्या-क्या सोच गई। कमरे की कुंडी लगी थी। दोपहरिया में कजरी और भीमा भी अपनी-अपनी ठौर सोये थे। बगल की तिपाई पर रखा था, विवाह का निमंत्रण और साथ में पहले दर्जे का टिकट भेजा है, बहनोई रायबहादुर अभिरंजन बाबू ने। पीले सूत में बँधी चिट्ठी!! जिसे वह दुबारा-तिबारा पढ़ चुकी थी, जितनी बार पढ़ती उसके वक्ष में आग गहराती जाती। मन को चैन नहीं पड़ता था, न जाने कैसा एक बवण्डर-सा भीतर ही उठता रहा...इसलिए वह पत्र को फिर खोलती और पढ़ती रही और फिर पहले ही की भाँति अधीर होती रही। जाह्नवी का दुधमुँहा चेहरा उसके सामने घूम रहा है। उसकी तुतलाती बातें।

'माछी माँ ओ माछी माँ!'

आते माह, उसी पुतुल-सी बच्ची का ब्याह हो रहा है? क्या शेफाली ने अपनी बहन के जीवन से या हर तीर्थ में फिरती हज़ारों बाल-विधवाओं को देख कर भी सीख नहीं ली? ब्याह ही लड़की का अंतिम लक्ष्य है क्या? वह उठकर पत्र का उत्तर लिखने बैठ गई, माथे पर पसीना चुहचुहा रहा था। अंतस में क्षोभ था।

शेफालिका दीदी,

सादर प्रणाम,

आपका जीवनदायिनी पत्र दुर्भिक्ष में एक बूँद अमृत की तरह मिला। जाह्नवी के विवाह का निमंत्रण भी। पाकर मुझे प्रसन्न होकर नाच उठना था किंतु...यही

निमंत्रण कुछ बरस बाद जब मेरी कोमल जूही की कली-सी जाह्नवी एक पूर्ण विकसित फूल बन जाती तब मिलता तो मैं नंगे पैर दौड़ कर चली आती। मेरी करबद्ध प्रार्थना है आपसे कि यह अवसर 'पाग्दान' में बदल दें और विवाह का आयोजन कुछ बरस बाद ही करें। पंद्रह वर्ष की होने पर। मैं आपको एक पत्रिका भेज रही हूँ *बाला-बोधिनी* इसमें एक महिला चिकित्सक का लेख है, बाल-विवाह के बुरे परिणामों के बारे में। आप पढ़कर, अभिरंजन बाबू को भी पढ़वाइएगा।

हमारी जाह्नवी लक्ष्मी का बाल स्वरूप है। मेरी मानो तो आप इसी परिवार में बिटिया का संबंध पक्का कर दें। जब वे चौदह वर्ष की होने पर द्विराचार की प्रतीक्षा कर सकते हैं, तो इतने पर ही पाणिग्रहण की बात क्यों न मानेंगे? समय बदल रहा है। लड़कियों के विद्यालय खुल रहे हैं। हमने प्राथमिक शिक्षा ली है तो उसे दसवीं तक तो पढ़ने देना था। मुझे देखकर क्या आपके मन में प्रश्न नहीं उठते? या आपके ससुराल के लोगों के मन में नहीं उठेंगे? अभिरंजन बाबू को मेरा प्रणाम प्रेषित करें। जाह्नवी और सुतनु को स्नेह।

आपकी छोटी बहन मल्लि

भीमा को नींद से जगा कर चिट्ठी डाकखाने भिजवाई, तब जाकर मल्लिका को बेचैनी से छुटकारा मिला। फिर उसने माथे पर अमृत रंजन तेल मला और छत पर सैर करने लगी। हरिश्चन्द्र ज्यू के हिस्से वाली छत पर उनके हाथों लगाए गमले सूख रहे थे। मधुमालती की बेल मुरझा गई थी।

दस दिन पश्चात् उत्तर में शिउली का जो पत्र मिला वह बहुत शुष्क और कड़ा था। मल्लिका तिलमिला कर रह गई मगर उससे कहीं अधिक दुर्निवार तो वह संताप था, जो जाह्नवी के कमवयस में विवाह को लेकर उपजा था। यह कोई गुड्डे-गुड़िया का खेल था क्या?

मल्लि,

मैं तुम्हें हमेशा इसलिए क्षमा करती आई हूँ...कि जानती हूँ हतभाग्य ने तुम्हें मेरे प्रति ईर्ष्या से भर दिया है। ऐसे नकारात्मक, अपशगुनी भावों-विचारों से भरा पत्र पाकर भी, मैंने तुम्हें फिर से क्षमा कर दिया...आखिर बड़ी बहन हूँ। ऐसा न करके स्वर्गवासी बाबू की आत्मा को मैं दुःख नहीं पहुँचा सकती। एक बात अवश्य कहूँगी कि कलकत्ता से अधिक जागृति की लहर तुम्हारे बनारस में न आई होगी...किंतु उस जागृति की आवश्यकता निचले तबके की महिलाओं के लिए है। हम लोग संभ्रांत हैं, हमारी स्त्रियाँ मनचाहा खाती-ओढ़ती-पहनती हैं। विलम्ब करने पर अच्छा घर-बार नहीं मिलता है, यह कौन नहीं जानता? मेरी पुत्री जाह्नवी ने नौ बरस में ही अच्छी लम्बाई ले ली है। मेरे श्वसुरगृह से भी बड़े

और सम्पन्न परिवार में उसका भाग्य जुड़ा है, यह जानकर हमारे हितैषी प्रसन्न हैं, बाबू जीवित होते तो वे भी आत्मिक सुख पाते। मुझे प्रसन्नता होती अगर तुम आ पातीं...इतने आधुनिक मेरे परिवार के सदस्य हैं कि वे मेरी विधवा बहन का समादर-सत्कार करते। चंद्र भैया-भाभी सहर्ष इस पुण्य में सम्मिलित हो रहे हैं। हाँ, जाह्नवी बहुत उत्साहित थी कि वह समारोह में अपनी मल्लिका मौसी से मिलेगी। किंतु मैं उसे बहला लूँगी।

शुभाशीष<br>
शेफालिका राय चौधरी

यह पत्र एक अंतिम कपाट था जो धड़ाम से उसके मुख पर बंद कर दिया गया था। मल्लिका ने तुरंत उत्तर दिया और उसी लिफ़ाफ़े में टिकट भी रखकर भेज दिया।

शिउली,

मेरा अधिकार रहा नहीं जाह्नवी पर, तो क्या कहूँ? हाँ, मैं तो तिल-तिल जल रही हूँ, किंतु ईर्ष्या से नहीं अपने ही परिताप में कि अपने विवाह के समय मैं विरोध कर पाई होती। तुम जो अपराध करने जा रही हो, मैं उसकी साक्षी नहीं बनूँगी। मैं जिस विचारधारा पर चल रही हूँ वह इसकी अनुमति नहीं देती।

मल्लि

वह जानती थी कि उसके कहने भर से बच्ची का विवाह तो स्थगित नहीं होगा, लेकिन शुभ सलाह देने का उसका कर्तव्य था। विवाह, वाग्दान में बदल जाता तो सोने पर सुहागा होता। वह मासी थी जाह्नवी की। फिर भी शिउली के पत्र की भाषा में इतनी कटुता न होती तो मल्लिका मन बना चुकी थी जाने का। कजरी ने भी हामी भर दी थी साथ चलने को। लेकिन अब मन नहीं रहा, बाबू के बिना वह देस ही बिराना हो चला है। बाबा के होने से रक्त के सम्बन्ध थे। वे भी पराए हो गए। एक ही सहोदर भाई था जिसने क्रांति और पलायन की राह पकड़ ली और लौटा ही नहीं, सुनते हैं बर्मा में है। दूसरी गृहस्थी के राजपाट में ऐसी मगन है कि उसके लिए मल्लिका अब एक बहन नहीं, मात्र सम्बन्धी होकर रह गई है। मल्लिका भी तो साढ़े आठ वर्ष रहकर अब काशीवासी हो चली थी। चंद्र भैया के पत्र से पता चला कि गाँव में लड़कियों का प्राथमिक स्कूल खुलकर बंद भी हो गया, अब वहाँ महिलाओं के लिए हथकरघा केंद्र है। बाबू के नाम की ट्रस्ट अब भी है, जिसे बंकिम भैया और अभिरंजन जीजा देखते हैं। आम के बगीचे बेच दिए शिउली ने, उसमें से मल्लिका के हिस्से की रकम करीब दस सहस्र

शिउली के पास रखी थी। मल्लिका सोचती थी, वह रकम शिउली से न लेकर, जाह्नवी को विवाह में भेंट कर देगी। किंतु निश्चित ही अब यह रकम जाह्नवी को वयस्क होने पर ही देगी।

जाह्नवी के ब्याह की तिथि निकट आई तो मल्लिका को अपने गाँव की बहुत याद आई, शिउली की, बाबा की, भाई अनिर्बान की। फुलवारी के बीच बनी उस कुटिया की जिसे सुरसतिया की माई संग ऐपन से वो दोनों सजाते थे। आम, मोर, बतख, मीन, फूल, कमल, हरिण बनाते।

जब से वह रेल में बैठकर काशी आई थी, केवल एक बार ही बंगाल लौट कर गई थी। वह भी काशी आने के दूसरे वर्ष, जब बाबू बहुत बीमार थे और वसु काका के घर पर ही वह अशुभ तार आया था। वह भागी थी दो वस्त्र लेकर। मल्लिका को अच्छी तरह याद है, बाबू की मृत्यु के तीसरे दिन, चंद्र भैया ने जब उनकी वसीयत सबको सुनाई थी।

तब भी शिउली ने क्रोध में आकर अपरिचितों जैसा व्यवहार किया था। बाबा की वसीयत में लिखा था कि घर और फुलवारी कन्या-विद्यालय हेतु रख दिए जाएँ, पंद्रह एकड़ खेत की आमदनी से एक ट्रस्ट खोला जाए। जिसके मुखिया अनिर्बान के लौटने तक चंद्र भैया रहें। ट्रस्टी सदस्यों में अभिरंजन और दोनों बेटियों सहित मल्लिका के दादा श्वसुर महापंडित बंद्योपाध्याय का नाम भी था। कन्या-विद्यालय निज प्रयत्न से या सरकारी तंत्र द्वारा जब भी गाँव में खुले यह ट्रस्ट तब तक पैसा जमा करती रहे। बाबा की जो नकद जमापूँजी थी उसमें से मल्लिका के लिए उन्होंने 20,000 रुपए रखे थे और शेफालिका के लिए 10,000 रुपए। माँ के गहने दोनों में बराबर बाँट देने को लिखा था।

वसीयत में यह नोट लिखा था कि 'मल्लिका बाल-विधवा है और अभागिनी है। मुझे यही कष्ट रहता है और उसके जीवन की चिंता भी। इसीलिए मैं मल्लिका के नाम अतिरिक्त 10,000 रुपए कर रहा हूँ। यह सुनकर शेफाली का मुख म्लान हो गया था। उसने गुस्से को छिपाते हुए कहा—

'मुझे तो पिताजी के पैसे में से एक रुपया ही बहुत है। ईश्वर की कृपा से मेरे पास बहुत धन है।' यह कहकर वह कमरे से बाहर चली गई थी। चंद्र भैया को चुप देख शिउली के पति अभिरंजन ने कहा था—'चंद्र भैया आप आगे पढ़ें। क्रोध उसकी नाक पर रखा रहता है। जैसे गई है, अभी फिर आएगी। आप पर क्रोध नहीं कर रही...क्षमा करें उसे। आप उसके बड़े भ्राता हैं।'

आम का बगीचा उन्होंने आधा-आधा शिउली-शेफाली के नाम किया था।

चाहें तो बेचें या रखें। उन्होंने फुलवारी का एक छोटा हिस्सा माली और मालिन के नाम किया था। खाना बनाने वाली महाराजिन को उन्होंने आम के बगीचे के जंगल की ओर लगे दो वृक्षों का स्वामित्व दिया था। गाँव के बहुत से लोगों-सेवकों के नाम कुछ-न-कुछ था। फलदार वृक्ष, एक से आधा एकड़ ज़मीन, रुपया।

चंद्र भैया ने शेफालिका को समझाने की कोशिश की कि वसीयत मामा ने बहुत सोच-समझ कर बनाई है। ऊपर से संयत दिखती शेफालिका का आंतरिक क्रोध कम न हुआ यह उसके मुख से दिखाई पड़ता था। फिर मल्लिका से अधिक उसे कौन जानता था।

'हमें कुछ नहीं चाहिए, चंद्र भैया! स्वयं मैं इनसे कहती हूँ कि मैं बेचारी मल्लिका को काशी कुछ पैसा भिजवा दिया करूँ।' दाता के अभिमान से शिउली का यह सब कहना मल्लिका को चोट पहुँचाने के लिए ही था। मल्लिका पितृशोक को क्षुद्र क्रोध में तरल नहीं करना चाहती थी। वह अपने लिए एकांत खोज लेती थी, पिता को स्मरण करने के लिए। गाँव की तमाल नदी का किनारा और बरगद का वृक्ष और स़फ़ेद फूलों से भरे हुए कुटज के झाड़ उन दिनों उसकी शरणस्थली थे।

बाबू के अनुष्ठानों के अंतिम दिन जिस दिन शिउली, जीजा संग अपने जुड़वाँ बच्चे लेकर, मल्लिका को ठंडी-सी विदा देकर चली गई थी, उस दिन भी मल्लिका क्षीण धारा में बहती तमाल नदी के किनारे जा बैठी। वह स्वयं से, नदी से, समय से पूछती थी—क्या बचपन में साथ लिपट कर सोती, एक अमरूद को दाँत से काटकर बाँटतीं बहनों में वयस्क होने पर इतना ़फ़र्क आ जाता है? क्या धन इतना महत्त्वपूर्ण है? धन तो उसके श्वसुरगृह में भी पर्याप्त था अगर वह चाहती तो...शायद परिवार, संतान आपको धन के प्रति मोहाविष्ट कर देती हो!

अपने हिस्से का बगीचा, शेफालिका को सौंप, माँ के गहने और नकद पूँजी लेकर वह काशी लौट आई थी। उसके बाद कभी गाँव जाने का मन न हुआ। काशी ही सब कुछ हो गया था अब। अब क्या समझाए वह कजरी को? यह कजरी भी कैसा मोह रखती है, उससे। उसे सोच में डूबा देख, जाने कब दिन के भोजन की थाली ढककर और पानी की सुराही भर कर रख गई।

दिन कितने ही ठंडे हों, रात होने पर खिड़कियों में से दूर गंगा की लहर छूकर आने वाला शीतल समीर उसे सदा भला लगता है। दिन भर कितना ही मन क्लेश या थकान से भरा रहा हो...ये समीर सब हर लेता है।

उस सन्नाटे में ये समीर-लहरी थी कि, किसी बाजे के मीठे-मीठे सुर दूर से आ रहे थे? मल्लिका चौंक गई। क्या ये ज्यू ही बजाते हैं? क्या स्वस्थ हो

गए हैं? इस ओर से धुन की लहरें ज्यूं ऊपर उठतीं, वहीं दूसरी ठौर अंधियारे में खड़े हुए पेड़ों के, धीरे-धीरे लय में हिलते हुए पत्तों में से पतला-सा चाँद झाँक जाता था। ये चाँद, पेड़ और सुर ऐसे लग रहे थे जैसे आधे घूँघट में आँसू बहाती हुई कोई बिरहिन गा उठी है। अचानक बाजा बजते-बजते रुक गया, सुरों की दूर तक फैली हुई लहरें अँधेरे में लौट गईं। सन्नाटा फिर जैसा-का-तैसा हुआ। डेस्क पर कागज़ फड़फड़ाते रहे...।

मल्लिका उस पीतवर्णी चूर्ण से घिरे चाँद को देख मन-ही-मन बात करती रही। फिर जी न माना अपनी ही दैनंदिनी के पन्नों पर पाती लिखने बैठ गई। जालीदार प्रकोष्ठ से चाँदनी के टुकड़े इकहरी साड़ी में झलकती मल्लिका की श्यामल देह पर खेल रहे थे...जैसे पूर्णिमा की रात्रि में मानसरोवर झील पर राजहंस उतरते हों।

पहले उसने नीली-जामुनी-हरी स्याही से बांग्ला, हिन्दी और अंग्रेज़ी में लिखा—हरिश्चन्द्र! फिर एक कोण से अपनी देह को देखा...कितने-कितने संग-साथ के अदृश्य चिन्ह किसी जादुई लिपि-से उभर आए...वे चिन्ह अचानक टीसने लगे और लेखनी चल पड़ी।

~

हरिचंद प्यारे!

कैसे हैं आप? आप यहीं एक छत और दालान के पार हैं...किंतु मुझे क्यों यह अनुभव होता है कि आप उस आकाशगंगा के भी परे कहीं हैं...आप स्वस्थ और प्रसन्न तो हैं ना? मैं अक्सर आपकी चिंता में ईश्वर के पास लौट-लौट जाती हूँ, जिससे इस जन्म का बैर ठान कर रखा है। उसी जगन्नाथ से प्रार्थना करती हूँ कि मेरे निरर्थक जीवन के सारे दिवस-रात्रि लेकर आपके खाते में डाल दे। मेरे अकारथ स्वास्थ्य का कोष आपके कोष में रिक्त कर दे। मैं क्या केवल सुख की संगिनी हूँ? मुझे अपना कष्ट तो कहलवा भेजते। पीड़ा छुपा जाना कोई आप से सीखे। जितने गहरे घाव खाए बैठे होंगे, उतनी मोहक हँसी हँसेंगे। आपके अभिनय और सत्य का व्यतिक्रम मैं तो नहीं समझ सकी। लोग वृथा ही कहते हैं कि समुद्र की थाह है स्त्री मन की नहीं। मैं आपके मन की थाह क्यों नहीं पाती? क्या मुझे कभी-कभी ठीक ही प्रतीत होता है कि कहीं गहरे आपके भीतर एक स्त्री रहती है? मैं नहीं यह आपके कवित्त कहते हैं, जो मेरे मन की बात अपने शब्दों में मेरे ही लिए लिख देते हो...मुझ से वार्तालाप के बीच ही

*सखी मोरे सैंया नहिं आये, बीति गई सारी रात।*
*दीपक-जोति मलिन भई सजनी, होय गयो परभात।*
*देखत बाट भई यह बिरियाँ, बात कही नहिं जात।*
*''हरिचंद'' बिन बिकल बिरहिनी ठाढ़ी है पछितात॥*

अपनी कुशलता का समाचार अतिशीघ्र लिख भेजिए—

आपकी चंद्रिका

पत्र हाथों से बनाए एक कलात्मक लिफ़ाफ़े में डाल मल्लिका ने बत्ती बुझा दी। अपने लम्बे केश पलंग से नीचे लटका कर, पतली सेमल की रुई से बनी रजाई की उष्णता में सोने को उद्धत हुई। अनेकानेक दृश्य मानस-पटल पर बनते हुए स्वप्नों में बदल गए।

अगले दिन भी जब प्रत्यूषकाल में हरिचंद ज्यू उस राह से होकर नहीं पधारे...अनहोनी की आशंका को मानस से हटाने हेतु उसने सर झटका।

मल्लिका अपनी एक लघु आख्यायिका *सौंदर्यमयी* को विस्तार दे रही थी, अंतिम दो अध्याय बचे थे...कहानी अब आगे कहाँ बढ़े, इसी उधेड़-बुन और गृहकार्यों के बीच तीसरा पहर होने आया। तब उसने कजरी को हरिचंद ज्यू के घर उस पत्र के साथ भेजा। उत्तर मौखिक आया कि वे भिनसारे ही उदयपुर को प्रस्थान कर गए हैं। मल्लिका का मन शिरीष के फूल-सा तंतु-तंतु होकर बिखर गया। यह कैसी उपेक्षा है? यूँ अनायास? इतना भी अधिकार न समझा कि कहलवा ही देते। वह सोचती रही कि वे अस्वस्थ हैं...उसके नेत्र छलछला गए। पत्र उसने फाड़ दिया। डेस्क पर लिखे पन्नों को भी क्रोध में तितर-बितर कर दिया। कजरी उसकी मनोदशा समझ रही थी, उसने आकर उन पन्नों को समेट कर कपाट में रख दिया। चुपचाप केवड़े का शर्बत बना लाई। जिसे नक्काशीदार कुर्सी पर बैठी मल्लिका घूँट-घूँट पीती रही। ऐसा लगा मानो मन में भीषण धूल का बवंडर उठा था और तुरंत उसके बाद आई वर्षा ने धूल को बैठा दिया हो और मन की धूमिल-परत बैठ गई हो। मल्लिका को सहसा याद आया कि कह तो रहे थे... 'आर्थिक स्थिति बिगड़ रही है। सोचता हूँ, उदयपुर चला जाऊँ वहाँ मेरे मित्र राजकवि हैं और राणा जी मेवाड़ बड़े काव्य-रसिक हैं। फिर हिन्दी खड़ी बोली का प्रचार-प्रसार वहाँ भी करना है कि शिक्षा प्रणाली में हिन्दी का प्रवेश पूरे देश में हो सके। कब तक हम बोलियों के नाम पर बँटे रहेंगे?'

फिर भी आर्थिक सहायता के लिए राजा-महाराजाओं का स्तुतिगान मल्लिका को सामंती-गान लगता था। लेकिन हरिचंद ज्यू बहुत सरल हैं...वहीं व्यवहारपटु भी। अहं तो उनकी आत्मा को छू तक नहीं गया है। किसी बड़े काज को साधने के लिए वे छोटे-छोटे समझौते कर लेते हैं। मल्लिका साक्षी रही है कितनी ही बार उन्होंने स्वाभिमान पर गहरी चोट खाई है।

एक बार मल्लिका ने निश्चय भी किया था कि ज्यू की आर्थिक सहायता हेतु बाबू की सम्पत्ति में से मिला सारा धन ही उन्हें दे दे। किंतु शीघ्र ही उसने सम्भावित परिणाम की छाया देख ली। एक स्रोत से ज्यू को चालीस सहस्र रकम प्राप्त हुई थी, उन्होंने तुरंत ही एक जलसा कर दिया। तीस दिन की यात्रा पर निकल गए। सब स्वाहा! वह यही सोच कर रह जाती है। ऐसी अभूतपूर्व किस्म की धन-व्यय करने की उन्मादी प्रवृत्ति के चलते बाबू की पूँजी तो हवन में एक समिधा भर भी न होगी।

ज्यू के हाथ थोड़ा-सा धन क्या लगता है, शाहखर्चियाँ होने लगती हैं। लोलुप श्वान आ जुटते हैं। व्यर्थ ही तो नहीं खीझा करती हैं मन्नो देवी! मल्लिका के श्वसुरगृह से मिली पूँजी में से भी बहुत-सी तो 'हरिश्चन्द्रमल्लिकएंड कंपनी' के छापेखाने और पुस्तकों के प्रकाशन में स्वाहा हो गई। पलट कर कोई लाभ तो दूर लागत भी हाथ न आई। वस्तुत: मल्लिका इस बात से अनभिज्ञ न थी कि इस साझी कंपनी की स्थापना ने उनके इस रिश्ते को एक 'जेब' दे दी है।

कई बार मल्लिका को संदेह होता है ये उसी सेठ अमीचंद के वंशज हैं, जिन्होंने ईस्ट इंडिया कंपनी के व्यापार में से अपने लिए लाखों बना लिए थे।

यह संसार उदाहरणों से भरा पड़ा है कि धनिकों की आने वाली पीढ़ियों में, जब आनंद से बैठकर खाने की यह प्रवृत्ति जन्म लेती है तो धन-अर्जन करने का अभ्यास जाता रहता है। किंतु खर्च करने, राजसी जीवन जीने का व्यसन तो बड़े-से-बड़े संचित कुबेर कोष को नष्ट कर देता है। हरिचंद ज्यू, इस बचे-खुचे कोष को और नष्ट कर किससे बदला लेते हैं? विमाता से? पत्नी से? या भाई गोकुलचंद्र से?

कितनी बार कोमल क्षणों में मल्लिका ने भी समझाने की कोशिश की, किंतु हँसकर बात फिरा दी।

'तुम क्यों चिंता करती हो? भारतेन्दु का भाल सदा सोने की जरी की टोपी से सोहेगा। तुम्हारे जीवनभर के सुख और ऐश्वर्य में कमी न आने दूँगा।'

'ऐश्वर्य! मुझ-सी अल्पाहारी, साधारण वस्त्रों में रहने वाली को भला क्या ऐश्वर्य चाहिए। धन सम्पत्ति नहीं, मैं तुम्हारे रूप-गुण की भिखारिन हूँ—वही

मुझको चाहिए। उजाड़ में भी आपका संग-साथ हो तो वही स्वर्ग है। हाँ, पुस्तकों का व्यसन है मुझे।'

मन-ही-मन हँसती स्वावलम्बी मल्लिका ने उनसे कभी एक पैसे का लालच न रखा बल्कि अपनी संचित पूँजी से सहायक ही सिद्ध हुई वह। शायद माधवी के ऐश्वर्य-अनुरागी स्वभाव और साथ ने ऐसे वाक्य बोलने का आदी बना दिया है इन्हें।

इतनी क्रांतिकारी बातें करने के बाद कहने लगेंगे, 'नियति अपने हाथ नहीं, विधना का लिखा हुआ अमिट है। हम अपने बस भर कोई बात उठा नहीं रखते, पर होता वही है, जो होना है। जतन-उपाय सब ठीक है। किंतु उस बड़े खिलाड़ी के आगे किसी की नहीं चलती। चुटकी बजाते ही वह सब कुछ करता है और पलक मारते ही सबको बिगाड़ कर रख देता है। हम मिट्टी के पुतले क्या हैं, जो उसकी बातों में हाथ डालें।'

'हुँह, यह भी कोई बात हुई? ऋण लेकर दानवीर बनने चले हैं!! जीभ हिलाने में क्या जाता है?' मल्लिका के विचार से तो—'ये बातें उन्हीं के लिए हैं—जो सचमुच मन से ऐसा मानते हैं। उन लोगों के लिए नहीं हैं, जिनके भीतर कुछ और बाहर कुछ और हो। जहाँ बस चलता है, कोई भला काम बन जाता है, नाम होता है, वहाँ तो सब करतूत उनकी अपनी है। और जहाँ बस नहीं चलता, काम बिगड़ने लगता है तो कहेंगे, सब होनहार की बात है। ये दुरंगी बातें ठीक नहीं, पक्का तो एक ही रंग होता है। एक ही समय में दो नावों पर चढ़ने में बहुत कुछ डर रहता है—पार तो एक ही नाव कराती है।'

यह शहर ही टेढ़े ढंग का है। यहाँ इसी ढंग के लोग हैं। भाग्य के भरोसे बाप का कमाया लाखों रुपया दिखावे में उड़ा चुके हैं। अपने पुरखों के छोड़े, दहेज में मिले बाग, बाड़ियाँ, धर्मशालाएँ, तालाब, खेत! एक-एक करके सब बिक चुके हैं। रहने को दो-एक घर बचे रहते हैं या उससे भी हाथ धोना पड़ जाता है। बाहर नीलामी होती रहती है, महोदय सर पकड़ कर भीतर पलंग पर पड़े रहते हैं। ऐसे कितनों की यह गति देखकर उनकी पत्नी मन्नो हाहाकार करती रह जाती है। मल्लिका को भी यही भय होता है।

उन्हें मेवाड़ गए कई दिवस बीत गए। मल्लिका ने ठंडा पूस, ज्येष्ठ समान विरह में जलते काटा। आषाढ़ का प्रथम दिवस तो नहीं था मगर मेघ-सा मन को भिगोता, उनका पत्र आ गया। वह आकाश में उमड़ आए माघ माह के मेघों को देखकर दालान की क्यारियों में लगी मधु-मालती और हेमपुष्पा की बेलों की जड़ों की मिट्टी को गोड़ रही थी। गमलों को गलियारे से हटा कर दालान

में रख रही थी कि पाला पड़े ये पौधे अब भीग कर स्वस्थ हो लें। तभी डाकिये ने गुहार लगाई थी—'श्रीमती मल्लिका चंद्रिका...मल्लिका ने खुरपी वहीं गाड़ दौड़ कर सांकल खोली थी...लिफ़ाफ़े पर चिरपरिचित आखर चमक रहे थे। जैसे मालती के पत्तों पर बरसात की बूँदें। द्वार बंद कर मल्लिका नाच उठी। हरिश्चन्द्र प्राणधन...किशोरी की तरह दौड़ती हुई सीढ़ियाँ चढ़ी और सलीके से सजाए बिस्तर पर गिर पड़ी। देर तक पत्र को वक्ष से भींचे रखा फिर आहिस्ता से खोला...। अक्षर नहीं वहाँ निधियाँ थीं।

प्राण प्यारी मल्लिका,

आज मैंने तीन पत्र लिखे हैं, एक भट्ट जी को, दूसरा भ्राता गोकुलचंद्र को और यह तीसरा तुम्हें। पहले दो पत्र लिखकर मुझे थकान हुई किंतु यह पत्र जैसे मेरे लिए संजीवनी है। तुम विकल होगी किंतु इस विकलता की तुम्हें आदत डालनी होगी। कहने को तो मेरे प्राण बड़े ढीठ हैं, सहज नहीं जाएँगे...किंतु इतना समझ लो कि मैं वहाँ अपने स्वजनों का प्यार भरा उलाहना 'पैतृक सम्पत्ति अकेले ही उदरस्थ कर लेने का' और पत्नी का 'कृपा-स्नेह' और सहता रहता तो मैं उन्मादी बन सड़क पर निकल जाता। क्या मेरी आत्मा न कराही होगी तुम्हें बिन बताए वहाँ से प्रस्थान करने में? प्रिये, किंतु परिस्थितियों के आगे विवश था। उस दिवस सिद्धि योग नहीं भी होता तो भी मुझे यात्रा करनी पड़ती, संयोग की बात थी कि मैं निकला तो सिद्धि योग भी था।

मुझ जैसे यात्रा को यज्ञ की-सी तैयारी के साथ करने वाले को, दो वस्त्र एक थैले में डाल, जेब में सत्रह रुपए की पूँजी लेकर निकल आना पड़ा। यहाँ उदयपुर में मेरे परम मित्र पं. मोहनलाल पंड्या हैं, इस प्रवास में उनका गृह ही मेरा ठौर है। आज पंड्या जी के यहाँ मेरे नाम आए पत्रों को पढ़ते हुए, मूर्खतापूर्वक तुम्हारा पत्र खोजता रहा, यह भूल ही गया कि तुम्हारे पास मेरा पता कहाँ है जो पत्र लिखतीं। यह जान लो कि मैं अब तक एक मानसिक विस्मृति की अवस्था में था। मेरा स्वास्थ्य यात्रा में ही कुएँ का खारा जल पीने से खराब हो गया था। बहुत कमज़ोरी महसूस हो रही थी। अब मन को कुछ चैन है।

एक आश्चर्यजनक बात सुनो, एकादशी को मेरे मित्र मुझे यहाँ के जगदीश मंदिर ले गए थे। वहाँ जाकर उन्होंने जो किंवदंती सुनाई, उसने मुझे विकल कर दिया। वह यह कि विगत में कोई महाराणा जगत सिंह दर्शन हेतु जगन्नाथ पुरी गए, जब वे पहुँचे तो मंदिर के कपाट कई दिनों के लिए बंद हो गए। उन्होंने अन्न-जल त्याग दिया और राजहठ ठान ली कि अब स्वयं आप ही दर्शन दो...चाहे

स्वप्न में ही सही। तो एक रात भगवान जगन्नाथ ने दर्शन दिए कि 'तुम मेवाड़ से यहाँ तक क्यों चले आए? मुझे तो स्वयं मेवाड़ आना था, मीरा को दिया वचन निभाने के लिए।' उन्हीं राणा ने दो सौ वर्ष पूर्व यह मंदिर बनवाया।

तो तुम्हारे जगन्नाथ यहाँ भी हैं मेरे साथ...निस्संदेह तुमने भेजा होगा। मीरा के बारे में जानकर मैं और अधिक उत्सुक हो गया और कल हम चित्तौड़गढ़ प्रस्थान करने वाले हैं। शेष पत्र वहाँ बैठ कर लिखूँगा।

मेरी प्रिया,

मैं मेवाड़ के इतिहास के उस मुहाने पर आज आ खड़ा हुआ हूँ जहाँ से उत्तर भारत का एक इतिहास करवट लेता है। इतिहास को जाने दो प्रिय...इतिहास से मृत देहों और विस्फोटक बारूद की मृत्युगंध उठती है...रक्त सनी दीवारें ...जौहर-कुंड मुझे अनमना कर गए थे।

हाँ, मीरा मंदिर में खड़े होकर मैंने तुम्हें अनायास पुकार लिया। वहाँ लगे मीरा के चित्र में वे बड़े-बड़े तृषार्त नेत्र मुझे तुम्हारे नेत्र लगे थे। प्रश्न-सा खड़ा रहा उन नेत्रों के टापू पर मगर उत्तर नहीं मिला। हर पुकार का उत्तर नहीं होता, कुछ पुकारों को अनुत्तरित रहना होता है। उत्तरित पुकारों का भी भ्रम ही होता है, क्योंकि उत्तर जिन दिशाओं से मिलते हैं, वहाँ अब लोग नहीं निर्वात रहता है, जो आपकी अकेली आवाज़ की ही सौ आवृत्तियाँ बन गूँजता है।

चित्तौड़ के किले में मीरा के सच्चे मंदिर में अब कृष्ण का विग्रह नहीं, न मीरा का तानपुरा। शायद कुछ प्रतिगूँजें हैं, जिनके चलते गऊएँ वहाँ झाड़ पेड़ों में दुबके ऊबड़-खाबड़ मंदिर तक न जाने कैसे पहुँचती हैं, मंदिर का संकरा अहाता गोबर से पटा रहता है।

किसको और कैसे कहूँ कि जीवन बीत जाते हैं, प्रभु और प्रेम की तलाश में। वह सच्चा पल एक ही होता है परम साक्षात्कार का। मोती बिंध माला में गुँथ जाता है और सीप मुँह खोले मृत सदियों तट पर पड़ी रहती है। मैं दार्शनिक होने लगा, मल्लिका इन दिनों मन बस बहुत से प्रश्नों और प्रतिप्रश्नों में उलझा रहता है। मन यहाँ से भी ऊब रहा है। शीघ्र ही लौटूँगा।

तुम्हारा हरिश्चन्द्र

पत्र पढ़ कर मल्लिका के अंतस में दो विपरीत भाव जागे। एक ओर दिनों-दिन से संघनित व्याकुलता शांत हो गई...। वहीं वह प्राणधन ज्यू की मनःस्थिति से चिंतित हो गई।

'हे जगन्नाथ, उस पत्र में मैंने तुमसे प्रार्थना की और उन्हें आप वहाँ प्रवास में मिल गए, अपनी प्रिया मीरा संग। प्रभु उनके बिखरते स्वास्थ्य और मन को सँभालना।'

मल्लिका ने पत्र को उलट-पलट कर देखा। पत्रोत्तर हेतु संक्षिप्त-सा पता था। मल्लिका ने तुरंत उत्तर लिख भेजा।

प्राणधन पियारे ज्यू,

आप अनायास ही, बिना विदा लिए अनजानी यात्राओं पर निकल गए...मेरा आहत और विकल होना स्वाभाविक था...सच कहना, गोकुलचंद्र को तो आप क्या महत्त्व देंगे। क्या आप मन्नो देवी की कलहों, मेरी बहसों और माधवी की आए दिन की आर्थिक माँगों से पलायन कर गए हैं? मैं अपनी ओर से क्षमा तो माँग ही सकती हूँ। आप लौट आइए, आप तन-मन दोनों ही से स्वस्थ नहीं लग रहे।

इसी ग्लानि में, मैंने आपके दिए गए समस्त काम निपटा लिए हैं। आप लौट आइए। आप मेरी ओर से निश्चिंत रहें...मैं आप पर अपनी प्रतीक्षा का भार न रखूँगी।

आप प्रसन्न होंगे कि मैंने अपनी नई आख्यायिका का तीसरा अध्याय कल पूर्ण कर दिया और मैं अति उत्सुक और सशंकित दोनों अवस्था में डोलती हूँ कि आप इसे पढ़कर मुझ निपट अज्ञानी को फिर से लिखना सिखाने बैठेंगे, दूसरे बांग्ला परिवेश के चित्रण की प्रशंसा भी करेंगे। मैंने यह काम किसी यश की लिप्सा से पूरा नहीं किया है ज्यू...मुझे इसे प्रकाशित भी नहीं करवाना। बस आपकी अनुपस्थिति में मेरी उँगलियाँ और आहत मन व्यस्त रहकर इसी का उपक्रम करता रहा है। मुझे भय है, अगर यह प्रकाशित हुआ तो सुधिजन इस आख्यायिका में मेरे-आपके सम्बन्ध और मेरे अतीत को खोजने में जुट जाएँगे।

मीरा से आपका साक्षात्कार निरुद्देश्य नहीं है ज्यू। आप काशी आकर स्वास्थ्य लाभ करें। जब आप चाहेंगे, मैं आपकी सेवा में तनिक कसर न छोड़ूँगी।

आपकी चंद्रमल्लिका


पत्र लिफ़ाफ़े में डाल कर मल्लिका कलम एक ओर पटक कर मसनद पर लेट गई। गहरी साँस लेकर स्वगत कहा—मेरा अतीत और इतिहास लोग न ही जानें तो अच्छा हो। ज्यू भी उतना ही जानते हैं, जितनी उनकी उत्सुकता रही। जितना उन्होंने अंतरंग पलों में पूछा, मैंने बस वही बता दिया। नाना कारणों से मैं ऐसा चाहती रही थी। कुछ कारण तो अब ध्वस्त हो चले हैं। अपने अतीत से मेरी लज्जा का प्रधान कारण यही है कि मेरा जन्म जिस प्रख्यात वंश में हुआ, उसके निष्कलंक पट पर मेरी गाथा एक कलंक है।

स्मृतियाँ कभी उतनी स्पष्ट नहीं होतीं, जितने कि हमारे स्वप्न। कितने ही ऐसे स्वप्न हैं जो मल्लिका के मन में स्मृतियों से कहीं अधिक स्पष्ट हैं। यूँ अपने आप में मल्लिका का बचपन एक सुंदर सपने ही की तरह बीता है। अगर वह सबसे आत्मीय पल याद करने बैठे, तो बस वही बचपन याद आता है। वह आम के पेड़ों से घिरी फुलवारी और उसमें खिले नानाविध फूल...। वह पोखर और उसमें खिलते कमलिनी और नलिनी के कषाय सुगंध वाले मोहक पुष्प।

बाबा की वह कविता जहाँ दो बहनें कमलिनी और नलिनी एक श्राप के कारण एक-दूसरे का खिलना नहीं देख पातीं। क्योंकि एक का प्रेमी प्रखर सूर्य तो दूसरी का चंद्र!! आह!!

**2**

मल्लिका का बचपन आनंदमय और निरंकुश था। प्रकृति के सान्निध्य में पल्लवित। बाल्यकाल ही से मल्लिका का शब्दों से अनुराग था। मिताई चटर्जी स्वयं भक्ति गीतों के गीतकार थे। वे स्वयं लिखे गीत गुनगुनाते। मल्लिका उनके साथ तुतला कर गाती। फूलों की बाड़ी का बहुत चाव था मिताई बाबू को, घर के ठीक पीछे करौंदों की बाड़ से घिरी हुई एक बड़ी-सी फुलवारी थी। एक ओर आम्रकुंज और दूसरी ओर केलों के गाछ, जिन पर लाल-लाल कदली-कलियों के गुच्छ लटकते थे, जिनके लम्बे-लम्बे पत्ते हवा चलने पर धीरे-धीरे हिलते थे। तीसरी ओर पोखर था, जिसमें दिन में मधुर-कषाय गंध वाले गुलाबी कमल पुष्प और रात्रि में नलिनी के गंधहीन श्वेत पुष्प खिलते थे। उसमें रोहू और हिल्सा मछलियाँ सरर-सरर तैरतीं। यह जल गुप्त स्रोत से तमाल नदी से आप्लावित होता रहता। चौथी तरफ़ घर का पक्का पिछवाड़ा। जिससे लगती हुई शाक-तरकारियों की सधी-सुंदर क्यारियाँ। फुलवारी में तरह-तरह के फूलों वाले पौधे लगे हुए थे। सब बाबू के हाथ के लगाए हुए। चारों ओर बड़ी-बड़ी क्यारियों में सूरजमुखी की कतारें थीं, बेले-चमेली की निराली छवि, जूही-कुंजों में नन्ही महकती-जूही और गौरैयों का कलरव। सेवंती के कई मनभावन रंग। हरसिंगार की बिछी चादर। इस फुलवारी के बीचोबीच एक कच्ची फूस और बाँस की कुटिया थी, जिसका फ़र्श गोबर-गेरू और माटी से हर पंद्रह दिन पर लीपा जाता था। सुबह-सुबह बाबू इसमें डेस्क लगाकर लिखते-पढ़ते। वहीं पर बड़ा भाई

अनिर्बान गणित के बड़े-बड़े सवाल हल करता रहता और मल्ली-शिउली बैठी हुई फूलों की मालाएँ बनातीं, चौपड़ बनाकर इमली के बीज से खेलतीं। मालिन भी वहीं पर ला-लाकर शाक-भाजी का ढेर लगाती। आम के मौसम में तो आनंद ही कुछ और था। बाहर कुंडे में पानी भर पके आम डाल दिए जाते, जी भर खाओ।

इसके अलावा फुलवारी में कितने-कितने पुष्पों के वृक्ष, अमलतास, सीता-अशोक, बकुल (मौलश्री) शीरीष, शिउली, स्वर्ण-चम्पा भी लगे थे। पुष्प-लताएँ केतकी, मधु-मालती, चमेली, पोई कि कोई ऋतु हो, उनके मंदिर हेतु पुष्प-मालाओं का शृंगार उपलब्ध। मिताई बाबू का यही चाव था कि दोनों पुत्रियों के नामकरण पुष्पों पर ही किए थे, शेफालिका और मल्लिका। वे शिव और काली के भक्त थे। संस्कृत के प्रकांड विद्वान। *स्कंद पुराण* और *शिव तांडव स्त्रोतम्* कंठस्थ था उन्हें, बड़े मधुर स्वर में गाते और अपने शिष्यों के आगे व्याख्या करते—

*निलिम्पनाथनागरी     कदम्बमौलिमल्लिका—*
*निगुम्फनिर्भर          क्षरन्मधूष्णिकामनोहरः ।*
*तनोतु    नो    मनोमुदं    विनोदिनींमहर्निशं*
*परश्रियं    परं    पदं    तदंगजत्विषां    चयः ।।*

'शिव ताण्डव स्तोत्रम्' के 14वें श्लोक में रावण अपने आराध्य से प्रार्थना करता है कि देवी पार्वती के केशपाश में गुँथी हुई मल्लिका की पुष्पमाल से झरते हुए मधुकणों से पूरित, मनोहारी और अपने अंगों से निःसृत तेजोराशि से कांतिमय तथा परम पद प्रदाता एवं दिन-रात हमें प्रसन्न रखने वाली, मुदित रखने वाली परम शोभा-शालिनी श्री के देने वाले शिवजी हमारी रक्षा करें।

मिताई बाबू की बड़ी कन्या शेफालिका गौरवर्ण और अतीव सुंदरी थी। चारुविलास-चंचला। तीखी नासिका, रक्तिम दाड़िम से होंठ। वह इतनी वाचाल थी कि नितांत अपरिचित से भी वार्तालाप सूत्र निकाल लेती थी। उसका मुख इतना पारदर्शी और भंगिमाएँ इतनी स्पष्ट थीं कि दूर बैठकर आप जान लो कि उसकी वार्ता का विषय क्या हो सकता है। मनमोहिनी—व्यवहारकुशला, बचपन ही से बड़ी-बड़ी बातें करना। मातृविहीनता ने दोनों पुत्रियों पर विपरीत असर डाला। शिउली यानी शेफालिका ने घर की मालकिन की जगह ले ली...सब पर आदेश-दंड चलाती। जिसका त्वरित प्रभाव पड़ता मल्लि पर—मल्लि यह कर...मल्लि यह ला...वहाँ न बैठ, यह न कर।

मल्लिका श्यामवर्णा थी। स्वर्ण की आभा लिए श्याम-वर्ण मारक होता है, अगर गोलाकार मुख पर विशाल नयन-मणियाँ चिपकी हों तो फिर और अधिक। उस पर होंठ केवल हिलकर रह जाते हों और नेत्र बोलते हों। बहुत कम झपकने

वाली पलकें एक बार खुलकर बंद होना भूल जाती हों तो उन नेत्रों के वनप्रांतर में कोई भी अवाक् हो खो सकता था। उस पर मुख को ढकती सघन केशराशि। मल्लिका अंतर्मुखी अवश्य थी किंतु धुन की पक्की। शालीन थी, किंतु जिज्ञासु। उसे कोई भी बात मानने से पहले उस बात की जड़ तक पहुँचना आवश्यक लगता था। तार्किकता उसका अवगुण कहें कि गुण? बचपन में ही माँ की मृत्यु के कारण मल्लिका बाबू से ही लिपटी रहती, पिता के अध्यापक होने की वजह से मल्लिका भी शाला जाती उनके साथ। जो पुस्तकें लड़के पढ़ते, उन्हें देख वह भी पढ़ने लगी थी। संस्कृत का व्याकरण वह ठीक से नहीं जानती थी किंतु बहुत से संस्कृत के श्लोक उसने व्याख्या सहित कंठस्थ कर डाले थे। यह देखकर मल्लिका के पिता ने थोड़ा-बहुत व्याकरण भी पढ़ाना शुरू कर दिया। उसे भी मल्लिका शीघ्र सीखने लगी। बाकी अध्यापक भी बड़े विस्मित हुए थे। उसका चाव देखकर उसे साहित्य भी पढ़ाया गया, गणित भी पढ़ाई गई और भी विषय उसने चाव से पढ़े।

शुरुआत में मल्लिका ने लड़कियों के समान धोती नहीं पहनी, वह पाजामा-कुर्ता पहनती, उसके बाल हरदम खुले रहते। वह मुक्तकेशिनी और हरदम पड़ोस के लड़कों के साथ बाहर खेला करती। उसके घर के पास ही जंगल था, उस भूलभुलैया जंगल में लड़कों के साथ घुसकर कहीं हिरण, कहीं सुंदर फूलों की खोज में घूमा करती। पंडुकों की पुक-पुक और गिलहरियों की चिक-चिक उसे भाती। जंगल के अंदर पलाश के पेड़ों से फूल तोड़ कर रंग बनाना, उस रंग से चित्रकारी करना उसे बहुत प्रिय था। इस जंगल में इतिहास के कुछ खंडहरों का बसेरा था, भग्न स्तम्भ और द्वारों पर जंगली लताओं का साम्राज्य था। उनमें छिपे खरगोशों को खोजती मल्लिका को कभी भय नहीं लगता था। वैसे इस जंगल में अधिकतर वृक्ष साल के थे और इनसे निकलती परिमल युक्त वायु लहर-लहर होकर गाँव की ओर बहती थी।

शिउली बाबू से शिकायत करती, मल्लि के, स्कूल के लड़कों संग जंगल में भटकने की। मल्लिका कहती कि वह बाबू की बताई जड़ी-बूटियाँ खोजने गई थी। मल्लिका के पास तार्किक बुद्धि थी और शेफालिका के पास व्यावहारिक। मल्लि की अक्सर शिउली से बहस हो जाती...।

'जो कहा सो कहा, तुम छोटी हो वैसा ही करो।' मल्लिका की प्रतिक्रिया होती—'नहीं करेंगे, बैठे हैं। तभी करेंगे जब प्यार से समझाकर बताओगी कि ऐसा करना क्यों आवश्यक है।' हाँ, किंतु मल्लिका ढीठ न थी, एक बार बात मन में

उतर गई तो अगला प्रश्न नहीं करती थी। नहीं उतरी तो फिर वह शांत, निष्क्रिय हो जाएगी तुम लाख जल-थल एक कर लो।

दोनों बहनों में घना अंतर था, मल्लिका बहुत जल्दी कठिन परिस्थितियों से हार मानकर पलायन की सोचने लगती थी, किंतु शेफालिका में विपरीत परिस्थितियों से लड़ने की अदम्य क्षमता थी। चुनौती भरे सारे काम वह करती थी। एक बार पिता को, एक साहूकार ने फ़सल के दाम पूरे नहीं दिए। तब वह दस साल की थी। उसने मज़दूरों से कहकर साहूकार की बैलगाड़ियों से सारा धान उतरवा लिया था और सही दाम देने पर ही वह साहूकार मिताई बाबू के खेतों में उगने वाला सुगंधित और स्वाद भरा धान ले जा सका।

मिताई बाबू की दोनों कन्याएँ और उनके रूप-गुण चर्चा का विषय थे। अच्छे परिवारों की दृष्टि उन पर थी। मातृविहीना कन्याओं को बहुत कोमल भाव से पाला था मिताई बाबू ने। यूँ, मिताई बाबू का एक बहुत होनहार बेटा भी था, अनिर्बान चटर्जी। वह सदा अपने नाना के घर में पला-बढ़ा और वहीं से ज़मींदार नाना ने कलकत्ता में विद्याार्जन हेतु भेज दिया था। वह भी रूपवान कम न था। दोनों बेटियों के विवाह बाल्यावस्था में हो गए थे। अनिर्बान का सम्बंध भी नाना जी ने एक पुलिस इंस्पेक्टर की सुयोग्य कन्या से सुनिश्चित कर रखा था। अनिर्बान सदा गर्मियों की छुट्टियों में पिता और बहनों के पास आता था। अल्पभाषी अनिर्बान के मन की थाह मिताई बाबू को नहीं मिल पाती। वे पूछते भी कि उसे यहाँ आकर भला लगता है कि बुरा। वह सदा यही कहता—'भला क्यों न लगेगा बाबू?' किंतु सोच में गुम रहता या पोखर में काँटा डाल मछलियाँ पकड़ता, उनसे खेलता और छोड़ देता। कभी बैठकर बहनों को पढ़ाता अपनी पुस्तकों से अंश सुनाता और समझाता। विद्यालय के अवकाश का लघु प्रवास जल्दी ही बीत जाता और अनिर्बान लौट जाता। अगले बरस थोड़ा और लम्बा, समझदार और मूक होकर लौटने को। कलकत्ता प्रेसिडेंसी कॉलेज में पढ़ने जाने के बाद आना बहुत कम हो चला था।

बंगाल में उन दिनों कन्याओं को बिन पुरुष छाया रहने ही नहीं दिया जाता था। मन में पहली भाव तरंग उठने के पहले ही...यानी जब वे खेलकूद की मासूम दुनिया में मगन रहती थीं, तभी किसी दिन ढोल-शहनाई बजाकर उन्हें विवाह के बंधन में बाँध दिया जाता था। ऐसा ही मल्लि और शिउली के संग हुआ। अनिर्बान के विरोध के बाद भी मिताई बाबू ने सामाजिक आलोचना से बचने के लिए दोनों को एक ही मंडप तले ब्याह दिया।

बताने वाले बताते हैं कि दोनों बहनें ऐसी मालूम होती थीं मानो स्वर्ण और

चाँदी की पुत्तलिकाएँ हों...वर भी दोनों के रूपवान और बड़े घरानों के। अभिरंजन और सुब्रत। महिलाएँ आपस में कहतीं, 'यूँ ही तो नहीं दोनों ने चार बरस की उमर से ''माघ-मंडल का व्रत'' रखा था...तभी तो ऐसे वर मिले।'

'हुँह, वह व्रत तो हमें सुरसतिया की माई रखवाती, सहर्ष कौन रखता था? वह भी छेने के खजूर संदेशों की अनवरत उदरपूर्ति का लालच,' शिउली अपनी सखी को हँस-हँस कर बताती थी।

बाबू निर्देश देते माई को, 'बेटियों की भूख का पाप न चढ़ाना अपने ऊपर... जो खाना चाहें, देना—मिष्टी दोई, संदेश, मेवा, भुने आलू।'

विवाह तो अच्छे घरों से सामने से आए प्रस्ताव के कारण कर दिया था मिताई बाबू ने लेकिन वे दोनों उनकी आँखों का प्रकाश थीं। यही वजह थी कि बेटियों को द्विरागमन के लिए भेजते मिताई बाबू टालमटोल करते थे।

वे स्वप्न देखते कि बेटे का विवाह हो जाए, गृहद्वार पर अल्पना देने को आलता रचे, नुपुर बजाते सौभाग्यशाली पैर डोली से आ उतरें।...तो वे बेटियों को श्वसुरगृह भेजकर अपनी कलम-दावत, दरी-चादर लेकर, काली-बाड़ी के पास वाली कुटी में चले जाएँ। बेटा आए, वधू लाए। कृषि-भूमि सँभाले। अनिर्बान के गुण और आदर्श समाज-सुधारक वाले हैं। वह चाहे तो केशोपुर आकर लड़कियों के लिए विद्यालय आरंभ करे। किंतु उस दिन भानजे चंद्र ने आकर उनका स्वप्न-भंग कर दिया था।

'प्रणाम स्वीकारें मामा।' वे ऐसे ही विचारों में मग्न, मंदिर में पूजा हेतु पुष्प-माला गूँथ ही रहे थे कि श्वेत धोती और खादी का नीलवर्णी कुर्ता पहन, चमड़े की चप्पलें उतार चंद्र भीतर कुटी में आ गया था।

'सदा प्रसन्न रहो चंद्र! तुम केशोपुर कब आए?'

'मामा, मेरी कलकत्ता से बदली कर दी गई, मेदिनीपुर। फिरंगियों को पता ही नहीं...इस ज़िले में मेरा ननिहाल है। हा-हा-हा सोच रहे थे, ''पनिशमेंट पोस्टिंग'' है। किंतु अभिराम है यह स्थान...मैं तो यहाँ रहकर अपना उपन्यास पूरा करूँगा। जल्दी ही आपके नाती को भी बुला लूँगा। ग्रामीण जीवन का रस भी ले सके सुकुमार। अब उसकी माँ तो रही नहीं, सो मैं ही दोनों भूमिकाएँ निभा रहा हूँ।'

'ओह चंद्र, बहूरानी का तेजस्वी मुख ही सुकुमार को मिला है। अरे हाँ, तुम्हारा यहाँ डिप्टी मजिस्ट्रेट बनकर आ जाना तो हमारे लिए बढ़िया समाचार है और हमारे बहनोई जी कैसे हैं? सुना है, वर्धमान में ज़िला मजिस्ट्रेट होकर गए हैं।'

'जी, मामा।'

'शिउली-मल्लि देखो तो कौन आया है?' बाबू ने पुकारा तो मल्लि बाहर

निकल आई। विवाह के बाद लड़कों के चिढ़ाने पर उसने साड़ी पहनना शुरू तो कर दिया था, किंतु उसे भी कबड्डी खेलने के दौरान धोती बनाकर बीच से लाँग लेकर पीछे खोंस लेती। अब भी वही किया हुआ था। चंद्र भैया को देखकर शर्मा कर ठीक कर लिया।

'अरे, इस गिलहरी ने तो खूब लम्बा कद निकाल लिया।'

मल्लिका ताँत की साड़ी का छोर मुँह में दबाए सकुचाती रही। फिर धीरे से बोली, 'चंद्र भैया, आप की छपी कहानी दादा ने पढ़ने को दी थी, बहुत क्लिष्ट लिखते हैं आप। समझ नहीं आता, एक पन्ना एक दिन में पढ़ सकी।'

'ओ दद्दा रे, पत्रिकाएँ पढ़ने लगी तू? पाँचवीं पास कर ली तूने?'

'हाँ, प्रथम श्रेणी में, लेकिन इसके आगे घर ही में पढ़ना होगा,' मल्लिका ने मुँह फुला कर कहा।

'तुझे पढ़ने में इतनी रुचि है तो मैं तुझे शहर ले जाऊँगा।'

मल्लि ने 'हाँ' में गर्दन हिला दी। बंकिमचंद्र रिश्ते के मामा की इन नन्ही बेटियों से बचपन से ही बेहद स्नेह रखते थे। जब ननिहाल आते इन्हें किताबें ही उपहार में देते।...मल्लिका तो पत्र लिखकर और-और किताबों की माँग किया करती थी। वे बारह वर्ष बड़े थे मल्लिका से और शेफालिका से नौ। इनके भाई अनिर्बान से चार बरस बड़े थे। तीनों का आदर्श कोई था तो—चंद्र भैया!

'अगली बार सुकुमार को साथ ले आइएगा, चंद्र भैया।...क्या बताया था आपने अपने पहले उपन्यास का शीर्षक?' बाबू ने आँख दिखाई तो मल्लिका ने जीभ काट ली।

'*दुर्गेशनंदिनी*, मल्लि अब तेरी प्राथमिक की पढ़ाई पूरी हुई? तुझे आठवीं की पोथियाँ भिजवा दूँ। आवेदन कर परीक्षा दे लेना। फिर ऐसे ही दसवीं...फिर तू कहती थी कॉलेज जाऊँगी।'

मिताई बाबू बोले—'अब जो करना है श्वसुरगृह में करें। सोचता हूँ दो साल में इन दोनों को विदा करूँ। पहले शिउली को और फिर इसे...तब तक यह कक्षा आठ की परीक्षा उत्तीर्ण कर लेगी, अन्यथा दोष देगी पिता ने चाव होते हुए भी शिक्षित नहीं किया। प्राथमिक कक्षाओं की सारी परीक्षाओं में मल्लि अच्छे अंक लाई है। आश्चर्य तो मुझे इसके संस्कृत के नम्बर देख कर हुआ। गणित-विज्ञान में कुछ कम हैं बाकी हैं सभी प्रथम श्रेणी के।'

'बाबू शिउली को है चाव, श्वसुरगृह जाने का। हमें तो दसवीं करनी है...चंद्र भैया की तरह मजिस्ट्रेट बनना है।'

'हाँ-हाँ...मल्लिका। तुम बन सकती हो पर दसवीं नहीं आगे कॉलेज जाना होगा...'

'चंद्रबाबू, यहाँ कहाँ है, कॉलेज। इसके ससुरालवाले कलकत्ता के कुलीन हैं, चाहेंगे तो पढ़ा ही देंगे।'

'शिउली कहाँ है?'

'वह काश्तकारों का हिसाब करने गई है, आती होगी। मल्लि कुछ मिष्ठान्न तो ला बेटा।' मल्लि भीतर गई तो चंद्र, मामा के निकट भूमि पर ही आ बैठा।

'मामा, वो...मैं कलकत्ता में अनिर्बान से मिला था।' चंद्र का गंभीर वाक्य सुन वे चौंके।

'हाँ, पत्र आया था उसका। बी.ए. फ़ाइनल परीक्षा के बाद केशोपुर आएगा। बस तभी उसका विवाह कर देंगे। लड़की तेरी मामी के गाँव की है। अनिर्बान को वह पसंद भी है। तन्मयी नाम है।'

'ओह! ओह! मामा, मैं एक गंभीर सूचना देने आया हूँ। मामा, उसने कॉलेज छोड़ दिया है...बल्कि छोड़ना पड़ा...एक महीना वह जेल में रहा था। अभी रिहा हो गया है, किंतु पुलिस उस पर ध्यान रखे है...।'

'हैं, मेरे अनिर्बान ने ऐसा क्या कर दिया है? किसलिए चंद्र...किसलिए पुलिस उसके पीछे है?' मिताई बाबू का चेहरा रक्तहीन हो गया था...उनके नीली नसों के जाल वाले हाथ हौले-हौले काँप रहे थे। चंद्र ने मामा के दुबले कन्धों को थाम लिया।

'केवल वही नहीं, प्रेसिडेंसी के कई लड़के पकड़े गए थे, जिन्होंने क्रांतिकारियों के भेजे पर्चे कॉलेज में बाँटे थे। बाकी छूटकर, माफ़ी माँगने के बाद वापस कॉलेज चले गए। अनिर्बान, क्रांतिकारियों की सहायता करता है। रिहा होकर वह कहाँ गया है, यह भी मैं जानता हूँ। उसे मैंने ही 24 परगना में एक मित्र के यहाँ रखा है। हाँ, मैं ये सूचना स्वयं देना चाहता था। इसीलिए आया था। मैं असमंजस में हूँ कि आत्मसमर्पण करने को कहूँ या फरार रहने दूँ?' चंद्र भैया मामा के कानों में फुसफुसा रहे थे।

'चंद्र...उसे समझाना था ना!' मिताई बाबू कातर होकर बोले।

'मामा, मैंने बहुत पहले बुलाकर उसे समझाया था कि बी.ए. कर लो।'

'क्या कहता था, वह?'

'क्रांति...हर युवक की तरह देश की आज़ादी का सपना पाल रखा है उसने। सच पूछिए तो, मुझे तो जलन होती है, ऐसी भावना से। आजकल लहर चली है...बहुत से लड़के शामिल हैं।'

'चंद्र, मुझसे झूठ क्यों बोला अनिर्बान ने? विरोध भी कानून के भीतर रह कर किया जा सकता है ना। यह जेल...यह...अब क्या होगा बेटा मुझे तो समझ नहीं आ रहा...तुम ही कुछ करो।'

मल्लिका को कुछ बात स्पष्ट हुई, कुछ नहीं। वह बाबू को अशक्त होते देख डर गई।

'चिंता न करें मामा।...वह अभी एक मठ में साधु-वेश में रह रहा है और निरापद है। उचित समय देखकर आपको मिलवा लाऊँगा। मेरे रहते उसे कुछ नहीं होगा।'

चाय पीकर चंद्र भैया चले गए। लेकिन घर में दुःख एक बार फिर चोर रास्ते से घुस चुका था। मिताई बाबू को अब यही लगने लगा था कि देर-सवेर पुलिस गाँव-घर तक भी पहुँच सकती है। वे अब संतान-मोह त्याग ही दें। जब पत्नी मंदा की मृत्यु हुई थी तब लगता था संन्यासी हो जाएँ...किंतु संतान-मोह ने ऐसा होने न दिया। अब दोनों बेटियों को जल्दी से उनके श्वसुरगृह भेजकर वे पितृ-कर्तव्य से मुक्त हों। दोनों के लिए सौभाग्य से मनचाहे घर-वर मिल गए हैं। बेटे ने अपना भाग्य खुद अपने लहू से लिखना चुन लिया है...तो वे मन-ही-मन घुटने के सिवा क्या कर सकेंगे?

शिउली का ससुराल हुगली में था। राय बहादुर थे उसके श्वसुर। बड़ी हवेली और अथाह समृद्धि। बाबू बताते हैं जब देखने आए थे राय बहादुर अरविंदो गांगुली तो आते ही बाबू के पैर छूकर बोले थे—

'यश सुना था, आपके पांडित्य का और बेटी की सुंदरता का। मुझे लगा कि विलम्ब न कर बैठूँ और ऐसी कुलीन कन्या से हमारा वंश वंचित न रह जाए।'

तब शिउली ग्यारह बरस की थी और मल्लिका नौ की। उसका कद मल्लिका से दुगुना था...रंग ऐसा की नवनीत में जैसे गलती से सिंदूर का छींटा जा गिरे। तुरंत लगन तय कर दिया। उसके चक्कर में बाबू को मल्लिका का वर भी सायास खोजना पड़ा।

'बाबू इसके लिए तो पढ़ाई ही प्राण है। मल्लिका का वर तो ऐसा खोजना जिसके परिवारवाले शिक्षा का महत्त्व जानते हों...। मेरी इस छोटी को पढ़ने का बहुत शौक है,' जाने उस दिन जिह्वा पर सरस्वती आ बैठी थी क्या शिउली के? बाबू जब मल्लिका के लिए वर की खोज कर रहे थे, मेदिनीपुर में रहने वाली मासी-माँ को खबर लग गई। उन्होंने तुरंत नाई भेजकर लगन तय करवा दिया अपने देवर के बेटे सुब्रत से। वह अपने दादा जी के साथ रहकर पास के गाँव में हाईस्कूल में पढ़ रहा था। मिताई बाबू परिचित थे वर के दादा त्रिलोक्यनाथ बंद्योपाध्याय से। वे भी संस्कृत के प्रकांड-पंडित थे। वर के पिता व्योमेश कलकत्ता में राजस्व विभाग में सरकारी अफ़सर थे। किंतु कलकत्ता का वातावरण देख कर परिवारवालों ने दूरदर्शिता से काम लिया और बेटे सुब्रत को दादा जी के पास

गाँव भेज दिया। क्रांतिकारी दल उन दिनों युवकों को फुसला जो रहे थे।

मल्लिका और शेफालिका का विवाह खूब धूमधाम से हुआ। जैसा चार-पाँच कोस तक लोगों ने न देखा, न सुना। सात दिनों तक उत्सव हुए, भोज हुए। बारह वर्ष की लम्बी होती शेफालिका को तो दाई माँ ने मंगलाचारी साड़ी मोड़-माड़ कर पहना दी थी। माथे पर श्वेत-लाल बिंदुओं से नक्षत्र सजाकर आँखों में काजल आँज दिया था। मगर मल्लिका तो बच्ची ही थी, मासी माँ के हाथों घर पर सिला रेशम का गुलाबी-घाघरा और गोटेवाली चुनरी पहनाकर गुड़िया-सा खड़ा कर दिया था। विवाह की प्रथाओं में थक चुकी मल्लिका ने ऊँघते हुए अपने माथे की सारी श्वेत-लाल टिकुलियाँ मिटा ली थीं। रोने-कुनमुनाने से काजल आँख से बह गया था। विवाह के सारे अनुष्ठान उसने बाबू या मासी की गोद में ही किये थे मल्लि ने। शिउली ने अपनी समझ से जो कहा गया वह धैर्य से कर दिया। गहने पहनने पर वह प्रसन्न थी, मल्लिका को तो सब कुछ चुभता-सा रहा था। वह उतार-उतार कर फेंकती।

कहते हैं सबने बहुत आनंद लिया। बारातों को विशाल टैंटों में समस्त सुविधाओं के साथ ठहराया गया था। घर के लोगों के लिए जगद्धात्री मंदिर के कमरे खोल दिए गए थे, पड़ोस के कुमुद पट्टवर्धन काका ने अपना दुमंज़िला घर खोल दिया। कलकत्ता के हलवाई आए। इतनी तरह के पकवान बने कि सात दिनों में कुछ भी नहीं दोहराया गया। बारात में आए पुरुषों को ढाके की मलमल की धोतियाँ और रेशमी कुर्ते भेंट में दिये। ससुराल की महिलाओं के लिए बालुचेरी साड़ियाँ भिजवाईं। जब-जब मल्लिका अपने बाल-विवाह की गाथा सुनती, खीझ जाती। क्या लाभ? मैंने तो चखा ही नहीं कुछ, चखा भी होगा तो स्वाद याद नहीं। शिउली झूठ ही चिढ़ाती—'मुझे याद है, वह चमचम, वह मिष्टी पुलाव, लूचियाँ, खीर कोदोम और पोटोलेर डोल्मा, माछेर पोतूरी।'

मल्लिका हरिचंद ज्यू को हँसकर बताती है—

'न हमने उसे देखा, न उसने हमें। आठ साल के हम थे, दस साल के वो, जब हमारी शादी हुई। चेहरा किसे याद रहा? शिउली और जीजा तो शादी की रस्मों को टुकुर-टुकुर देखते थे। हम दोनों तो ऊँघ रहे थे।'

'हमारा हाल तो और बुरा था, हम ग्यारह के दुबले-पतले, मरियल और मन्नो देवी दस साल की लेकिन कदकाठी में लम्बी-चौड़ी और स्वस्थ। मन्नो तब भी तेज़-तर्रार थीं। हम ऊँघने लगे तो उसने हमें कोहनी मारकर जगा दिया और बड़ी-बड़ी आँखें दिखाई थीं। हमारे ससुर बाबू गुलाबचंद राय हँस पड़े थे—अभी से आँख दिखाय रहीं बिटिया!'

'हा–हा–हा...इस चर्चा से याद आया, हमने तो गुलेल से लगभग उसकी आँख ही फोड़ दी थी।'

'तुम तो मन्नो से भी महान हो! मगर कैसे?'

'वो ऐसे कि हमारे केशोपुर और उनके पिंगला इन दो गाँवों के बीच हमारे बाबू का आम का बगीचा था और वहीं पर दोनों गाँवों के बीच एक लड़कों का सरकारी विद्यालय था। हर गर्मियों में आम के बगीचे पर धावा बोलने वाले लड़कों को नहीं पता था कि यह किसका बगीचा है। छुट्टी की घंटी सुनते ही उस विद्यालय के सारे लड़के अपनी कलम–पाटी–पोथी लेकर आम के बगीचे में धावा बोलते और हम दोनों लड़ाका बहनें साड़ी की धोती बना उन्हें गुलेलों और गोफन से मार भगातीं।

'एक बार एक लड़कों के झुंड पर गोफन चलाते हुए हमसे एक लड़के की आँख में चोट लग गई, उस बेचारे की आँख फूटते–फूटते बची क्योंकि सब भाग गए थे, वही बुद्धू वहाँ हम दोनों को ताकता हुआ चुपचाप मेंड़ पर खड़ा था...' हरिचंद ज्यू को बताते हुए मल्लिका हँसी, फिर एक लम्बी साँस लेकर थोड़ी देर को मौन हो गई।

'फिर?'

'फिर एक दिन एक वृद्ध मोशाय हमारे यहाँ पधारे, उनके साथ वह घायल लड़का भी था। हम घबरा गए। बाबू के पूछने पर उसने गुस्से में मेरी तरफ़ इशारा कर दिया। हमने तुरंत कहा, ''बाबू, ये हमारे बगीचे में लड़कों के साथ आम तोड़ने आया था।'' दोनों ठहाका लगाकर हँस दिये।

'कोई बात नहीं सुब्रत, अपनी वधू से अनजाने कंकर खा जाना शास्त्रों में वैधानिक है—उसके दादा जी बोले तो हम दोनों पहले तो अवाक् रह गए फिर शर्माकर अपने–अपने अभिभावक के पीछे छिप गए और मुस्कुरा कर एक–दूसरे को ताकने लगे। जल्दी ही हम मित्र बन गए थे। हम अपनी फुलवारी में हँसते–खेलते रहते। मछलियाँ पकड़ते और छोड़ देते।'


जीवन की नदी तमाल–सी न बहे तो उसका पानी निर्मल कैसे रहे? शेफालिका को चौदहवाँ वर्ष लगा ही था। अनिर्बान की फ़रारी और पुलिस के भय से मिताई बाबू ने एक सप्ताह के भीतर बंगाली अनुष्ठानों के साथ शेफालिका का द्विरागमन कर दिया...। निकट रिश्तेदारों में चंद्र भैया, उनका बेटा सुकुमार, बुआ–फूफा, मासी माँ—उनके देवर व्योमेश और उनकी पत्नी जो मल्लिका के सास–श्वसुर थे, आए। हाँ, सुब्रत भी आया था। मिताई बाबू के स्थानीय रिश्तेदार सब एकत्र हुए, बस सगा बेटा ही न आ सका।

शेफालिका बहुत उत्सुक थी, श्वसुरगृह जाने के लिए। शेफालिका के पति अभिरंजन अब लम्बे-रूपवान वर में बदल चुके थे, जिनका प्रेममय पत्र-व्यवहार शेफालिका से पिछले बरस से चल रहा था। दोनों लज्जा छोड़ एक-दूसरे से बात करने का कोई अवसर नहीं छोड़ रहे थे। मल्लिका और सुब्रत तो सबके सामने शर्माते ही रह गए। एक पल को मिष्ठान्न देने के बहाने वह सुब्रत के निकट गई भी कि शेफालिका खींच ले गई...

'महिला संगीत हो रहा है...मेरी सब सखियाँ आई हैं री। जब हम नाचेंगी तो कृष्ण कौन बनेगा तेरे सिवा? यह कौन खड़ा है? ओह, अच्छा सुब्रत को चुपके-चुपके मिष्ठान्न खिला रही थी? चलो, सुब्रत, तुम भी चलो वहाँ संगीत में। तुम तो बालक दिखते हो तुम्हारा वहाँ जाना निषेध नहीं। अभी तो होंठ पर मूँछ तो दूर रेखा तक नहीं।' शिउली उसे खींच लाई मगर सुब्रत एकदम सुन्न पड़ गया था। जब वह शिउली और उसकी सहेलियों के बीच मुरली थाम, मोरपंख लगाकर कृष्ण बन कर मगन नाच रही थी, तभी किसी की एकटक देखती दृष्टि का भान हुआ। नाचते हुए एकाएक गति-भंग हो गई। वह उसे ऐसे देखता था जैसे किसी अलौकिक वस्तु को देखता हो।

देर तक सखियों के नाच और गान के बाद शिउली और मल्लि ने आँख ही बंद नहीं की, बातें करते, कभी हँसते तो कभी एक-दूसरे के आँसू पोंछते भोर हो गयी थी। सूरज की सुनहली किरणें चारों ओर छिटक रही थीं। शिउली की विदा का समय था। लाल-सुनहरी मंगलाचारी साड़ी पहन, मायके से छूटने का दुःख, स्मृतियाँ और बहुत-सा सुख संजोकर वह चली गई। शिउली ने हर दूसरे महीने केशोपुर आने का वचन दिया।


मल्लि अकेली छूट गई थी। मिताई बाबू एक बार बेटे से मिल आए और आकर फिर वे पहले के-से न रहे।

'क्या कहा भैया ने बाबू?'

'क्या कहता री बेटी? यही कि मेरा रास्ता मुझे खुद चुनने दीजिए। यही कि एक पिता की तरह मुझे स्वार्थी नहीं होना चाहिए...देश की दुर्दशा को देखूँ... कितना समझाया चंद्र ने भी उसे कि अनिर्बान, आत्मसमर्पण कर दो...थोड़ी सज़ा होगी। बाद में गाँव में खेती देखना। कसम देता रहा मैं भी। वह माना ही नहीं जैसे किसी ने उसका मस्तिष्क ही बदल दिया हो। पुत्र को इस तरह साधुवेश में देखना ही असहनीय था। साधु ही बन जाता तो इतना कष्ट न होता। उस वेश में

गोली-तमंचों को क्रांतिकारियों को पहुँचाना...वह भी तब जब आप पर वारंट जारी हो। मैं तो मन मज़बूत कर वहीं हुगली में उसका मानसिक तर्पण कर आया।'

दोनों पिता-पुत्री फफक कर रोने लगे। शिउली और उसके ससुरालपक्ष से यह बात छिपा ली गई। मल्लिका के दु:ख का पारावार ही न था। और कितनी हानियाँ?

शिउली को ससुराल गए साल बीत गया था। माघ की हवा ने जाने कब इन दो बालकों को किशोरावस्था में ढकेल दिया। मिताई बाबू से अधिक मल्लि को त्रैलोक्यनाथ आचार्य जी की प्रतीक्षा रहने लगी थी। बहुधा उनके संग सुब्रत भी आता था। वह कुछ देर तो संकोच में दादाजी और मिताई बाबू के संग अड़हुल के पौधों के ठीक सामने, पश्चिम ओर थोड़ी ही दूर पर बनी कुटिया में बैठता। जो हाथ के बने अनाड़ी चित्रों-अलंकरणों से सजी हुई थी। उसमें तीन बड़ी-बड़ी खिड़कियाँ बनी थीं, उनमें से बीच वाली खिड़की में वह छिपे ही छिपे, डूबते हुए सूरज की, फूली हुई फुलवारी की चारों ओर फैली हुई लाली की और उस पोखर में मछलियों को दाना खिलाने वाली उस साँवली-सजीली मछलियों जैसी ही आँखों वाली लड़की की अनूठी छटा देखता रहता। उस सुन्दर और छबीली लड़की के गालों की अनूठी चमक पर, किसी भाँति दीठ डालने से, जो रस की धारा-सी उसके कलेजे में बह-बह जाती है, उसका सुख किसी भाँति न वह बतला सकता था, न यहाँ लिखा जा सकता है। वह इस धारा में अपने आपको खोकर धीरे-धीरे आप भी बहता रहता और साथ ही अपनी सुध-बुध को भी चुपचाप बहाता रहता।

मल्लिका आठवीं की परीक्षा की तैयारी कर रही थी। उसने एफ़.ए. की। उसी बीच फागुन आ धमका था। उसने गाँव के एक बच्चे से कहकर तमाल नदी के किनारे वाले विशाल वट के नीचे, बहुत संकोच से मल्लिका को बुलाया। वह उछलती-कूदती चली आई। अबीर साथ लाया था वह। उसके किशोर गालों पर अबीर लगाते उसके हाथ काँप रहे थे। उस क्षण दोनों तालाब किनारे के वट के नीचे बैठे हुए दो पवित्र पुष्पों से दिखाई दे रहे थे। दोनों का मन ज़ोर से धक-धक कर रहा था। उसके छन्दमय हाथों के कोमल स्पर्श ने मल्लिका के अंतस की बंद कली को छू दिया था और उसकी पंखुड़ियों ने खिलना चाहा था। किंतु लज्जा से नेत्र झुक गए थे।

'मैं परीक्षाओं के बाद कलकत्ता चला जाऊँगा। कॉलेज के फ़ॉर्म भरने हैं ना।' मल्लिका बहुत उदास हो गई थी...चुपचाप तमाल की शांत लहरों में कंकर फेंकती रही।

'अगले वर्ष तुम कलकत्ता आ ही जाओगी। मैं माँ से कहकर बुलवा लूँगा अपने पास। आओगी ना?'

'हाँ, बाबा से कह दूँगी, मुझे श्वसुरगृह भेज दो,' वह दृढ़ स्वर में निस्संकोच बोली थी।

'आहा! बुद्धू लज्जा न होगी? और तुम्हें वे भेज देंगे?' सुब्रत ने हँसकर कहा था।

'हाँ! वो मेरी कोई बात नहीं टालते हैं।'

अपनी वधू के इस भोलेपन पर तब उसने चिबुक उठाकर उसके ताज़े नीबू की महक से भरे होंठों का पहला अनाड़ी चुम्बन लिया था। उस चुम्बन की स्मृतियाँ स्थायी हैं, स्मृति से मिट नहीं सकतीं। भले उस चुम्बन देने वाले का चेहरा स्मृति में धूमिल हो चुका हो।

उस बरस ग़रीबों और ग्रामीण इलाकों में हैज़े ने और शहरों में सम्पन्न परिवारों में राजयोग यक्ष्मा ने बहुत से युवकों-युवतियों को लील लिया था। अगले बरस मल्लिका के श्वसुरगृह जाने का अवसर आ ही न सका। उससे पूर्व विधना ने अपना लिखा स्वयं मिटा डाला।

सब कहते हैं, सुब्रत एक दोपहर कॉलेज से लौटा और उलटियाँ करने लगा, माँ ने पाचन की कोई हल्की समस्या जान भुना अजवायन खिलाकर नाभि पर सरसों का तेल मलकर उसे लिटा दिया। रात कँपकँपी छूटी और बुखार चढ़ा, बड़े अस्पताल में सात दिन इलाज चला और आठवें दिन सुब्रत एक रक्त की उल्टी के साथ जो मूर्च्छित हुआ तो फिर चेतना आई ही नहीं, सीधे महाप्रयाण को चला गया। गोरा म्लान मुख, बालकों जैसा चेहरा, रक्तिम होंठ और घनी पलकें...जो देखता कहता, 'कौन कहता है यह बालक मृत है, तनिक हिलाओ अभी पलकें खोल देगा।' माँ तो रो-रोकर मूर्च्छित हो गई। पिता अवसाद में चले गए। दोनों बहिनें ससुराल से आकर बिलखकर रोने लगीं। सुब्रत की अनंतयात्रा से जिसे जीवनभर प्रभावित होना था, उसने तो उसका शव तक नहीं देखा। तार दूसरे दिन पहुँचा। मिताई बाबू ही सुब्रत के दादा आचार्य त्रिलोक्यनाथ जी को लेकर कलकत्ता पहुँचे। वे तो खबर सुनकर ही निस्पंद हो चले थे। मिताई बाबू ने बिटिया को उस समय बताना उचित न समझा।

वह तो सखियों के साथ लुका-छिपी खेलने में व्यस्त थी। उसे भान तक न था कि कोई आत्मीय उसका सदा के लिए जा लुका है।

'लड़का स्वस्थ और प्रसन्न था मेरे पास। अकारण ही संग ले गए बहू-बेटा। शहर रास न आया मेरे बालगोपाल को।' आचार्य जी रास्ते भर बिलख कर कहते रहे थे। मल्लिका को तेरह दिन बाद बताया गया। वह तो समझी ही नहीं, भौंचक बाबू को देखती खड़ी रही। दाई सुरसतिया आकर बोली, 'हाय! अब

बिना खिले मुरझा गई हमारी कमल-कली। हा! ईश्वर क्या किया। मेरी बिटिया बालविधवा का जन्म तो बहुत भारी!!'

मिताई बाबू चीखे थे दाई पर—'चुप रहो, कुवचन न कहो। मल्लिका अपना भाग्य लेकर आई है विदुषी बनेगी वह।'

मल्लिका ने बस इतना जान लिया था कि माँ की तरह ही उसे सुब्रत की अनुपस्थिति जीवन भर झेलनी है, माँ का चेहरा तो कभी देखा नहीं, किंतु सुब्रत...!!!! उसने अपना रुदन स्थगित कर लिया। मूर्तिवत भोजन भी कर लिया, बाबा संग बैठ कर।

अगले दिन सुबह वह तमाल नदी के तट पर जब वट के नीचे बैठी तो उसकी डालियों से लिपट-लिपट कर खूब रोई। मन किया कूद जाए तमाल के भारी वेग में। पर अभागी बाबा का मलिन मुख, झुकी रीढ़ की कल्पना कर रुक कर घर लौट गई।

'सब क्यों छीन लिया मुझसे। माँ ले ली, शिउली को ससुराल भेज दिया, अनिर्बान दादा भी छीन लिए...एक वह था, जिसे मन की बात कह सकती थी...ईश्वर मैं अब क्या करूँगी? बाबू तो एकदम चुप हो गए हैं।'

चौदह वर्ष की मल्लिका ने घर सँभाल लिया। खेत-खलिहान, बाग-फुलवारी भी। बाकी समय पुस्तकों में बिता देती। यह दुःख बाबू के लिए हृदयाघात ही-सा था। एक बार और अनिर्बान दा आए थे। उसे देख फूट-फूट कर रोए थे दादा।

'यह समय ही क्रूर है मेरी बच्ची...तेरी-मेरी-देश की एक ही स्थिति है। हमसे सब छीन लिया गया है। मेरे बस में होता तो तेरा विवाह न होने देता। आक्रमणकारियों और अंग्रेज़ों की वजह से बाल-विवाह प्रचलित हुए हैं हिन्दुओं में। मैं तो शिक्षा पूरी न कर सका...तू करना। तू अकेली नहीं है...मेरी छाया तेरे संग है। मेरी जगह अब तुझे बाबू का सपना पूरा करना है, यहाँ लड़कियों का स्कूल खोलने का। मुझे आज रात जाना होगा, पुलिस मेरे पीछे है। मैं चंद्र भैया के मातहत संग आया हूँ, उनको मुसीबत में न डालूँगा।' कहकर दादा ने मल्लि के माथे का विदा-चुंबन लेते हुए महसूस किया, खूब लम्बी हो गई है भगिनी उनकी।

एक माह पश्चात् जब सब शोक प्रकट करने मल्लिका के श्वसुरगृह गए थे कलकत्ता, मल्लिका भी संग गई। उसके श्वसुर ने समझा कि मिताई बाबू अपनी बेटी मल्लिका को उनके घर छोड़ने आए हैं। उन्होंने त्वरित बुद्धि से मिताई बाबू से आग्रह किया था कि मल्लिका को विधवा न समझा जाए, यह जैसे रहती थी पहले वैसी रहे और समय आने पर उसका विवाह किसी सुशील लड़के से कर दिया जाए। आप स्कूल खोलना चाहते हैं यह मेरा छोटा-सा योगदान—उन्होंने मल्लिका के नाम के ज़ेवर और दस हज़ार रुपया बाबू को दे दिया था।

बाबू तो नहीं समझे लेकिन शिउली यह समझ गई थी। मल्लिका को भला नहीं लगा, बाबू का पैसे-ज़ेवर ले लेना—'बाबू ये ज़मींदार लोग आपको विद्वान पंडित तो मानते हैं जिसकी संस्कृत के महान ग्रंथों पर टीकाएँ संसार पढ़ता है। मगर दरिद्र नारायण क्यों समझते हैं...ये दुष्ट, सामंती लोग? हमारे पास दस बीघा उपजाऊ भूमि है। पक्का घर है, बाड़ी है, पोखर है। मालदा आमों का बाग है। दरिद्र तो हमारे गाँव में ऐसे हैं जो एक जून भात खाकर खुश रहते हैं।'

बाबू हँसकर बोले थे...'ये उनके संस्कार हैं री मल्लिका। दारिद्रय उन्होंने देखा नहीं है। लेकिन मैंने बहुत से ऐसे ज़मींदार देखे जिनको सच में दारिद्रय देखना पड़ा।'

शिउली अपनी व्यवहारपटु बुद्धि से बोली थी...'तू तो लगता है बंकिमचंद्र भैया के उपन्यास को बहुत पढ़ रही है। सुन वो ज़ेवर और पूँजी तेरा अधिकार हैं। अधिकार तो तेरा उनके कलकत्ता वाले घर और हवेली पर भी है। किंतु जब इन दस सहस्र में सर का बोझ निपटता है तो क्या? व्योमेश काका यूँ ही तो राजस्व अधिकारी नहीं हैं!'

'शिउली बेटा, ठीक ही तो है, स्वतंत्र जियेगी यहाँ अपने घर में। वहाँ सेविका बन, दस बंधन सहती,' बाबू ने कहा।

'बाबू, सच में इन सबसे तो कितने अच्छे हैं ना चंद्र भैया...अपने पद और सम्पत्ति का अभिमान नहीं किया उन्होंने। न ही फूफा जी ने,' मल्लिका शाक बीनते हुए बोली थी।

'वे तो चंद्र से भी आगे के विनम्र व्यक्ति हैं। जैसे गांगुली मोशाय हाथ माँगने आए थे ना शिउली का, वैसे ही मेरी बहन चंद्रभागा का हाथ माँगने वे पिता-पुत्र आए। हमारे साथ भूमि पर बैठ दाल-भात खाकर चले गए। बाद में हमने जाना कि बाबा रे! चट्टोपाध्यायों के किस नामी घर में रिश्ता हुआ है भगिनी का।'

'अच्छा!'

'उसके बाद भी हमारे आत्मसम्मान को कभी आहत न किया। ऐसे सरल बड़े लोग मैंने न पूर्व में देखे, न अब देखता हूँ।'

'जी बाबू!'

'बेटी, मैं चाहता हूँ पहले तू अपनी शिक्षा पूरी कर ले और फिर लड़कियों का स्कूल खोलने का विचार करना।'

'जी बाबू।'

～

समय को बीतना था, बीतने लगा। मल्लिका ने अपने आपको पुस्तकों में डुबो लिया। कुछ बरस बीतने पर तो मल्लिका के मन में उस भीषण पीड़ा की स्मृतियाँ भी नहीं जागती थीं। वह हिस्सा निस्पंद पड़ चुका था। बाबू और अधिक पूजा करने लगे। टीकाएँ लिखना—संस्कृत साहित्य पढ़ना बंद कर दिया। मल्लिका ने चंद्र भैया से ज़िद करके बक्सा भर किताबें मँगवा ली थीं। हर तीन-चार माह पर चंद्र भैया आ जाते। आते ही चिढ़ाते—

'वो बंदरिया, कहाँ गई? ज़रूर साड़ी में लाँग लगाकर आम-अमरूद तोड़ती होगी। किताबें लाया हूँ, फाड़ तो न देगी?' मल्लिका झूठ-मूठ गुस्सा दिखाती। वह फिर उनको खाने के समय हमेशा रोक लेती।

'खाने का समय हो गया है, तुम्हें मेरी कसम है खाकर ही जाना।' बंकिमचंद्र उस सात्विक थाली का मोह न छोड़ पाते। भात, अरहर की दाल, परवल की तरकारी, रोहू मछली का रसा और फिरनी। उन दिनों वे *कपाल-कुंडला* लिख रहे थे तो भोजनोपरान्त मामा-भानजा शास्त्रार्थ करते, मल्लिका सुनती। तेज़ स्वर में बहस होने पर वह भयभीत होती कि कहीं अप्रिय स्थिति न हो जाए। किंतु चंद्र भैया अंतत: सहमति होने पर भी और असहमति होने पर भी बहस रोक देते, यह कह कर—'घर जाकर शब्दकोश देखता हूँ, संभवत: मामा आपका अनुमान सत्य हो।'

'शत-प्रतिशत भानजे। सत्य निकले तो तार करवा देना। असत्य है ही नहीं यह बात,' बाबू ठठाकर हँसते। यही पल होते जब बाबू हँस पाते थे।

फिर चंद्र भैया मल्लिका को लेकर पोखर की सैर पर जाते। उसकी कुशलता और आर्थिक स्थिति का जायज़ा लेते। आर्थिक स्थिति ठीक थी, खेतों की काश्तकारी का पैसा ठीक-ठाक आ जाता। फिर मिताई बाबू के विद्यालय का वेतन, घर पर संस्कृत पढ़ने आने वाले शिष्यों का शुल्क। माली और मालिन आम्रकुंज-कदलीकुंज से आमदनी का भी पचास प्रतिशत पैसा मल्लिका के हाथ में देते थे। आर्थिक स्थिति सुदृढ़ थी। पिता-पुत्री दोनों कन्या विद्यालय का स्वप्न देख रहे थे।

'चंद्र भैया, मैं ग्रेजुएट तो नहीं हूँ। न ही शिक्षण का अनुभव। हाँ, बाबू को है, क्या विद्यालय को सरकारी अनुदान मिलेगा?'

'अनुदान, तो कह नहीं सकता, किंतु कन्या-विद्यालय खोलने की अनुमति मिल जाएगी। तेरा रिज़ल्ट तो आ जाए, सैकेंड्री का। तू अठारह की हो गई?'

'अगले अगहन में...'

'एक वर्ष रुक जा फिर...काग़ज़ात तेरे नाम ही बनें। वरना मामा के नाम से तेरे नाम आने में क़ानूनी अड़चनें आ सकती हैं।'

'जो आप ठीक समझें।'

मल्लिका का यौवन बिलकुल सादा था, कोई सजावट नहीं, बहुत सुंदर वस्त्र नहीं फिर भी उसके भीतर से सौंदर्य बनकर टूटा पड़ता था। जैसे काँटों से घिरे गुलाब की कली के बीच सौंदर्य सोता है। नैनों में सरलता, हृदय में भावना, शब्दों में संगीत...वह आकर्षण से भरी थी और इस आकर्षण का मूल्य उसे ही देना पड़ा।

उन्हीं दिनों कन्या विद्यालय खोलने के प्रयास के चलते मिताई बाबू का परिचय मेदिनीपुर में पदस्थ एक कायस्थ विधुर ज़िलाधिकारी रंजन मजूमदार से हुआ। उनके साथ अक्सर कार्यालय आती सुंदर-सलोनी कन्या मल्लिका को देख कर उन्होंने मित्रता करनी आरंभ की।...शुरू में तो वे सज्जन बने रहे किंतु उनकी आँखों में नागफणी उग आए जो मल्लिका के दुबले शरीर में करवट लेते यौवन को चुभते थे। जाने क्यों बाबू को वे नागफणियां दिखाई नहीं देती थीं। आघातों को सह-सह कर शायद वे मजूमदार की लच्छेदार बातों में संतोष पाते थे। वह बड़ी-बड़ी बातें करता...। बदलते समय की। बाबू राममोहन राय की। सती-प्रथा के विरोध की। अंतर्जातीय विवाह और स्त्री शिक्षा की। जब वह विधवा-विवाह की बात करता तो उसकी आँखें भूखे श्वान की आँखों में बदल जातीं।

मल्लिका ने बाबू के साथ मेदिनीपुर जाना बंद कर दिया। मजूमदार ने बाबू से कहा कि स्कूल खोलने के लिए, मल्लिका को अंग्रेज़ी की जानकारी ज़रूरी है। वह सप्ताह में एक बार दौरे पर केशोपुर आता है, मार्गदर्शन दे देगा। आरंभ में मल्लिका को मजूमदार भला व्यक्ति मालूम हुआ, वह उसे चाचा जी कहती थी। दो-एक महीना सब ठीक-ठाक चला। एक दोपहर वह अचानक चला आया, बाबू के सोने का समय था वह।

'मैंने सोचा आज जल्दी आकर यह नई पुस्तक पूरी करा दूँ।' निस्संकोच कुर्सी खींच कर वह बैठ गया।

'भोजन करेंगे चाचा जी?' रसोई समेटती सुरसतिया को रुकने का इशारा कर मल्लिका ने पूछ लिया।

'क्या है भोजन में?' वह लार गटकता हुआ बोला।

'ईलिश बनाई है...भात के साथ...'

'और क्या-क्या बना लेती हो तुम?'

'मुझे बहुत रुचि तो नहीं खाना बनाने में, बस जो बाबू खाते हैं वह सब बना लेती हूँ।'

'वाह...चलो ले आओ,' उसने भोजन की थाली पकड़ते हुए उसका हाथ छू

दिया तो, मल्लिका ने उसे गलती समझा। मगर उसी दोपहर उसने 'वर्ड्सवर्थ' का 'द प्रेल्यूड' पढ़ाते-पढ़ाते हाथ जाँघ पर रख दिया तो वह इतना तेज़ चीखकर उछली कि बाबू भीतर से उठ आए—'क्या हुआ मल्लि कोई फणिधर इधर चला आया क्या?'

'फणिधर कहाँ बाबू? यह तो एक चूहा था बाबू। बाबू! मजूमदार चाचा कहते हैं कि अब आगे से पढ़ा न सकेंगे। हैं ना चाचा?' मल्लिका ने मजूमदार को गुस्से में घूरते हुए कहा।

'जी मिताई बाबू, वो क्या है कि इधर के दौरे पूरे हो गए हैं।'

'जी कोई बात नहीं मजूमदार बाबू, मल्लिका इतना तो सीख ही गई कि दसवीं की परीक्षा दे सके,' बाबू ने पता नहीं भांपा कि नहीं पर वे सशंकित अवश्य हुए।

'जी हाँ...'

फणिधर साँप तो रास्ता दिखाने पर दुबारा नहीं पलटते किंतु केंचुए तो नई-नई जगह से फूटते हैं। एक दिन शहर से लौटकर बाबू बोले—

'मजूमदार देखने में अधिक वयस का लगता है...किंतु बत्तीस से अधिक नहीं। नहीं?'

'तो आपको भला क्या प्रयोजन उसकी वयस से?' चावल बीनती मल्लिका ने खीझकर कहा।

बहुत देर चुप रहने के बाद वे बोले—

'उसने कहलवाया है कि उसे तुम्हारी बहुत चिंता है, पहाड़-सा जीवन आगे... तो तुम्हें अपनाने का पुण्य कमाना चाहता है। और कहता था कि लड़कियों का स्कूल खुलने की सारी अड़चनें समाप्त हो जाएँगी जब वह स्वयं...'

'बाबू! रुकिए...क्या कह रहे हैं? और आप ही कह रहे हैं? यह मुझे विश्वास नहीं हो रहा कि...आप ऐसा विचार ला भी कैसे सके मन में? आप अपने सपने के लिए बेटी की घूस देंगे?'

'छि: मल्लि! ऐसा पशुवत विचार कैसे ला सकता हूँ। तेरी चिंता है बस, कल को मेरी आँखें मुँद गईं तो...'

'तो भी बाबू मैं सक्षम हूँ...'

'सोच ले मल्लिका! मैं निश्चिंत जी और मर सकूँगा।'

'सच कहो, क्या मैं बोझ हूँ तुम पर बाबू?' उत्तर में बाबू के गालों पर आँसू ढलक आए। मल्लिका का मन तो कहता था कि वह यहाँ से दूर चली जाए। लेकिन दिन-पर-दिन तन-मन से अशक्त होते बाबा की चिंता हो आती।

एक दिन तो कुछ ज्यादा ही हो गया, जेठ का महीना था। भयानक गर्मी पड़ रही थी। पृथ्वी जैसे आग उगल रही हो। रास्ते की धूल उड़कर पेड़ों पर चढ़ गई थी।

शरीर से पसीने की धार बहती थी। वह पोखर में नहाकर गीले वस्त्रों में ही चारपाई पर आ लेटी। हवा वस्त्र सुखाते हुए ठंडक दे रही थी। दोपहर थी, सो मल्लिका की आँख लग गई। इस भीषण, विकल कर देने वाली गर्मी में जाने कब मजूमदार चला आया। बाबू को सोता हुआ पाकर, उसके कमरे में उसके पास पलंग की पाटी पर आकर बैठ गया। वह अचानक जागी तो खींच कर अपनी गोद में उसका सर रख लिया और बालों पर हाथ फिराना शुरू कर दिया। वह हड़बड़ाकर बिस्तर से निकल भागने को हुई तो अपना मुख मल्लिका के वक्ष के पास रख दिया, 'मल्लिका बहुत अकेला हूँ मैं, समझो। मैं तुम्हें अच्छा जीवन देना चाहता हूँ...बदले में थोड़ा-सा प्रेम...' और उसका एक हाथ मल्लिका के माँसल शरीर पर भटकने लगा।

'हटिए! हटिए, आप पागल हैं मजूमदार चाचा जी?' मल्लिका ने ज़ोर से उसे पाटी से ढकेल दिया। मगर वह ढीठ उठ कर खिड़की में बैठ कर कहने लगा—

'चाचा जी क्यों कहती हो मल्लिका? मैं थोड़ा ही तो बड़ा हूँ तुमसे। दुर्भाग्य ने मुझे ऐसा बना दिया है। मैं पागल हूँ तुम्हारे लिए, एक साल से तपस्या कर रहा हूँ। दिन-रात चेष्टा में रहता हूँ कि मेरा प्रेम तुम पर असर करे लेकिन तुम्हारे मन में कोई बीज जमता नहीं। अब तो मिताई बाबू भी चाहते हैं कि तुम मुझसे विवाह कर लो।'

'इतना होने पर भी आपको को साहस कैसे हुआ? मैं नहीं मानती कि वे ऐसा अधर्म सोचेंगे भी!' मल्लिका तमतमा कर उठकर खड़ी हो गई।

'विधवा विवाह अधर्म नहीं। राजा राममोहन राय को तो तुम पढ़ती ही हो।'

'चाचा जी, अधर्म है किसी की विवशता का लाभ उठाना। आप जाइए तुरंत यहाँ से, अन्यथा मैं बाबू को बुलाती हूँ,' मल्लिका ने दरवाज़े की ओर तर्जनी उठाकर कालीबाड़ी की मूर्ति की तरह आँखें फैला दीं।

'तुम्हारे बाबू ने कहा है मुझे कि मल्लिका मेरा कहा तो मान नहीं रही, तुम समझा सको तो...फिर हम दोनों ही मिलकर यहाँ इसी भूमि पर सरकारी मान्यता प्राप्त कन्या विद्यालय खोल सकते हैं।'

मल्लिका चीख पड़ी...'भागो यहाँ से, बाबू! बाबू! मेरे बाबू ऐसा कभी नहीं कह सकते।' मजूमदार पसीना पोंछते हुए बाहर निकल गया था।

बाबू को क्या सुनाई नहीं पड़ी चीख? माना आजकल उनके कान कुछ कम सुनते हैं। उसी शाम जब वह पोखर से मछली लेकर लौटी तो मजूमदार, बाबू के संग शतरंज खेल रहा था। वह आग्नेय दृष्टि से उसे देख रसोई में चली गई थी। बाबू के लाख चिल्लाने पर भी उसने पानी नहीं भिजवाया।

मल्लिका का मन आक्रोश से भर गया था। वह जान गई थी कि न केवल

उस पर बल्कि मजूमदार की काक दृष्टि उनके संचित धन, सम्पत्ति और भूमि पर भी थी? मल्लिका ने उसी दिन शेफाली को पत्र लिखा। वह जानती थी कि शिउली माँ बनने वाली है किंतु उसे यह जानकर भी क्लेश होगा कि इतनी बड़ी बात उससे मल्लि ने छिपाई क्यों?

शिउली दी,

आपके कुशल मंगल की हर दिन शिव से प्रार्थना करती हूँ। मैं तो उत्सुक हूँ कि कब मैं मासी माँ बनूँगी और मैं आपको ज़मीन पर पैर न रखने दूँगी। शिशु की देखभाल बस मैं ही करूँगी। अपनी सासू माँ और जीजा को कह रखिएगा कि आप बहुत दिनों पश्चात् पितृगृह आ रही हैं सो कुछ माह यहीं रहेंगी।

मुझे भी आपकी इन दिनों बहुत आवश्यकता है। समझ नहीं पा रही कैसे कहूँ। मुझे शब्द नहीं सूझ रहे हैं। तुम हँसोगी या कुपित होओगी जब मैं अपनी बात ठीक से कह पाने की जगह विस्तार में जाने लगूँगी। पर विस्तार में जाए बिना इस बात को तुम्हें कैसे समझाऊँ?

तुम्हें याद है, पास के गाँव का वह विद्यालय जिसमें 'सुब्रत' पढ़ते थे। उसी विद्यालय में एक अध्यापक रंजन मजूमदार अंग्रेज़ी पढ़ाया करते थे। वे आजकल जिला शिक्षा अधिकारी बन गए हैं। बाबू ने उनसे मित्रता कर ली थी कि वे मुझे आगे की परीक्षाओं के लिए इंग्लिश पढ़ने में सहायता कर देंगे। उन्होंने आरंभ में मुझे पढ़ाया भी। मैं उनको शिष्टाचारवश चाचा जी कहने लगी। किंतु उन्होंने कुछ ऐसी कुचेष्टाएँ कीं कि मैंने इनसे पढ़ना बंद कर दिया। उसके बाद से वे बाबू के कन्या-विद्यालय को खोलने में सहयोग देने का स्वप्न दिखलाने लगे। वे अब भी शनिवार या रविवार को हमारे घर आते हैं। अब वे मुझे नहीं पढ़ाते हैं। अब वे बाबू के साथ शतरंज खेलने आते हैं। मैं उसे आदर से क्यों लिखूँ। शिउली, मजूमदार. शतरंज नहीं खेलता है, क्योंकि वह मुझ पर ही कुदृष्टि डाले रखता है। जबकि बाबू एक के बाद एक पासे उठाकर उसे हराते जाते हैं। मैं जानती हूँ कि मजूमदार के साथ भाग्य ने अच्छा नहीं किया। उसकी पत्नी लम्बी बीमारी के बाद चली गई और उनकी बहुत-सी ज़मीन और बहुत पैसा उसके इलाज में जाता रहा। उसके अलावा वह अपनी एक सात साल की बेटी को भी हैजे में खो चुका है। उसकी हवेली गिरवी रखी है और वह अब छोटे से घर में पहुँच चुका है। उसने बाबू के आगे शादी का प्रस्ताव रखा, बाबू ने मुझे वह मान लेने को कहा और मजूमदार को मेरे पास भेजकर समझाने को कहा, मैंने उसे मना कर दिया है।

जिस बात ने मुझे दुखी किया वह यह कि बाबू ने यह प्रस्ताव स्वयं ही क्यों अस्वीकृत नहीं किया? मानो मैं उनकी लड़की नहीं कोई दूर की विवश, उन

पर निर्भर रिश्तेदारिनी होऊँ। तुमसे निवेदन है कि तुम आकर बाबू को समझाओ। वृद्धावस्था ने उनकी बुद्धि हर ली है। तुमने नहीं समझाया तो मैं काशी/वृंदावन भाग जाऊँगी।

पत्र की प्रतीक्षा में
तुम्हारी मल्लिका

~

लगभग पंद्रह दिन बाद, एक दोपहर मल्लिका, माली का जंगल से लाया गया स्वर्ण-चंपा का नया पौधा, पोखर किनारे रोप रही थी।

'माली काका अगली बार पुटुस का पौधा लेते आना। कितनी बार मैंने चाहा पुटुस फूल को अपनी फुलवारी में लाकर लगा दूँ।'

'बेटी, वह बेशर्म फूल कभी क्यारियों में नहीं लगाया जाता। वह तो फुलवारी के बाहर का झाड़ है, वहीं शोभा देता है।' माली काका कोमलता से स्वर्ण-चंपा को पानी देते बोले। बाबू कोई पोथी पढ़ रहे थे। वह हाथ धोकर गीले हाथ अपनी धोती के आँचल से पोंछ नंगे पैर भागी थी, जब डाकिया उसे आता दिखाई दिया। उसका अनुमान सही था डाकिया पत्र का उत्तर लाया था, साथ ही चंद्र भैया की भेजी दो किताबें और उनका छोटा-सा पत्र। शिउली के पत्र का उत्तर अभिरंजन ने दिया तो वह पहले लज्जा में डूब गई, फिर सकते में आ गई।

मल्लिका बहन,

तुम्हारा पत्र मिला तो शिउली इस स्थिति में नहीं थी कि मैं उसे पत्र पढ़ा सकूँ। उसका स्वास्थ्य बहुत खराब चल रहा है। कलकत्ता के बड़े अस्पताल की ब्रिटिश डॉक्टरनी कहती है, उसके गर्भ में जुड़वाँ बालक हैं और उच्च रक्तचाप भी बना हुआ है। उसे कोई तनाव न दिया जाए। ऑपरेशन की संभावना भी है।

मैं पत्र पढ़कर चिंतित हूँ। मुझे दोनों समस्याओं का एकमात्र निदान यही समझ आता है, तुम हमारे पास हुगली चली आओ। बहन की सुश्रुषा भी कर सकोगी और उस दुष्ट व्यक्ति की कुदृष्टि से बची रह सकोगी। वैसे यहाँ सभी लोग हैं लेकिन मैं जानता हूँ कि स्त्रियों को ऐसे समय में अपनी माँ और भगिनी का होना बहुत आश्वस्त और प्रसन्न करता है। यह आपका परोपकार होगा मुझ पर।

आपका भ्राता समान अभिरंजन

~

मल्लिका बहन की चिंता में डूब गई। जब भी वह पूछती थी, मासी माँ से कि माँ की मृत्यु कैसे हुई थी तो वे यही बताती थीं कि चौथे बच्चे के प्रसव के समय उच्च रक्तचाप से अधिक रक्त बहने से...माँ और बेटा दोनों काल कवलित हो गए। मल्लिका का सर चकरा गया। वह हतप्रभ-सी बाबू के पास पत्र लेकर जा बैठी।

'क्या बात है मल्लि किसका पत्र है, चंद्र का?'

'दो पत्र हैं बाबू, पहला पत्र चंद्र भैया का है, लिखते हैं कि उनका तबादला कलकत्ता हो गया है। आगे लिखा है...उन्होंने मंदिर में सादगी से महापंडित गौरीशंकर ओझा की बेटी राजलक्ष्मी से विवाह कर लिया है, शीघ्र ही नई वधू को मिलवाने लाएँगे। हाय! अब वे हर दूसरे महीने न आ सकेंगे। दूसरा पत्र अभिरंजन जीजा का है। शिउली का प्रसव निकट है और उसका स्वास्थ्य कमज़ोर है, उच्च रक्तचाप रहता है। मुझे जीजा ने हुगली बुलाया है।'

'हे, ईश्वर!! कैसी परीक्षा! तुम्हारा क्या मन है बेटी?'

'बाबू मैं जाऊँगी, प्रसव का अनुमानित समय अगले माह है, जल्दी ही जाना होगा।'

'ठीक है, मैं मजूमदार को कह दूँगा तुझे पहुँचा आएगा, रेल में जाने-आने का अभ्यास है उसे...'

'बाबू! आपको उस दुष्ट में एक विश्वासपात्र क्यों दिखने लगा है? कान तो मैं मानती हूँ कम सुनते हैं। किंतु दृष्टिहीन तो नहीं हो...' पहली बार बहुत कुपित हो गई थी मल्लिका मिताई बाबू पर। स्वर ऊँचा हो गया था। हाथ में पकड़ा शिउली का पत्र उसने उनके मुख पर फेंक दिया था। वे मुँह बाए उसे देखते रह गए थे। 'हे ईश्वर! कृपानिधान!' कहकर वे बुदबुदाने लगे थे। मल्लिका वहाँ से रसोई में चली गई थी, बहुत देर सर पकड़े दीवार से सटी बैठी रही।

मल्लिका की ज़िद पर स्वयं मिताई बाबू उसे रेल से हुगली पहुँचाने चल पड़े। मल्लिका ने तीन-चार महीनों का सामान बाँधा। फिर उसने बाबू से पूछा...

'मेरी पूँजी और गहने आपने कहाँ रखे हैं बाबा?'

'तेरी माँ के फूलदार संदूक में, ताले में बंद हैं।'

'साथ ले लो बाबा, मुझे लोगों की बदलती दृष्टि पर संदेह है। लोग आपको झाँसा देने लगे हैं। यहाँ लूटपाट का माहौल बनने लगा है,' मल्लि बाबा की धुलकर आई धोतियाँ समेटती हुई बोली।

'फिर तो मेरी जमापूँजी और तेरी माँ के गहने भी ले लें। चंद्र के पास सुरक्षित रहेंगे। किंतु रेलयात्रा में भी तो सुरक्षित नहीं हैं!' बाबा चश्मे का काँच पोंछ कर मल्लिका की ओर अनुभवहीन बच्चे की मुद्रा में देखने लगे।

'कुछ उपाय कर लेंगे। शिउली बताती है ना वैसे ही, भोजन के थैले में, कपड़ों में जेबें सिलकर ले चलेंगे,' मल्लिका ने कपाट में कपड़े जमा दिए।

'ठीक है फिर मैं तो तुझे हुगली छोड़, शिउली की कुशलक्षेम पाकर, समधियों के यहाँ प्रणाम कर फलों के टोकरे पहुँचाकर अगली रेल से चंद्र के पास चला जाऊँगा। वकील बुला कर सोचता हूँ, वसीयत भी बनवा कर चंद्र के पास रख दूँ।'

'ठीक है बाबू।'

~

मल्लिका ने स्वादिष्ट चूड़ा, पटाली गुड़ के संदेश और रसगुल्लों की हाँडी मँगवाई जो शिउली को बहुत पसंद थे। रास्ते के लिए पूड़ी और परवल की भुजिया, मिर्च का अचार रखा। साड़ी के पेटीकोट में और बाबू की सदरी के भीतर जेबें सिलीं। सारी जमापूँजी यात्रा के सामान में छिपा ली। शेष भाग्य के हाथ छोड़ दिया। वह और बाबू मुँह अँधेरे उठ गए थे तब जाकर घर में हर जगह ताले लगा कर। माली और मालिन को सब सँभलवा कर सुबह आठ बजे बैलगाड़ी पर बैठ सके। मेदिनीपुर स्टेशन की तरफ़ चल पड़े, वहाँ से दोपहर बारह बजे की रेल थी।

चैत का मौसम था, वातावरण चैत के फूलों से गमक रहा था। खेतों में धान पक रहा था। कच्चे रास्तों पर धूल उड़ती थी। बैलगाड़ी पर बाबू तो चादर बिछ लेट गए, मल्लिका घुटनों में मुख रखे शिउली के बारे में सोच रही थी। बरस-बरस मौसमों के चक्रों में घूम वह बचपन जाने कहाँ खो गया? उसकी दो साल बड़ी बहन अब माँ बनने वाली है। कितने-कितने शोक सहने के बाद एक शुभ समाचार आने को है। ईश्वर, हे शंभो! सब कुशल करना। भूल-चूक में, बचपने में कभी तुम्हारा अनादर किया हो तो क्षमा करना। ऐसी प्रसन्नता लाना कि हमारे परिवार के भाग्य पर जमा गाढ़ा-गाढ़ा शोक मिट जाए। गौने के चार बरस बाद यह शुभ समाचार मिला है। पहले बरस तो गर्भ ठहर कर गिर गया था। तब शेफालिका मायके चली आई थी और गुमसुम रहा करती थी। मल्लिका ने उसका मन बहलाया, स्वास्थ्य का ध्यान रखा। शिउली बताती थी—कलकत्ता की ब्रिटिश डॉक्टरनी ने पहले ही कहा था, कोख कच्ची है, लेकिन हर सास की तरह शिउली की सास को जल्दी थी, सो बेटे को उकसाती रहीं—

'हम तो चौदह वर्ष के थे और तुम गर्भ में थे।'

'माँ, आपके समय वर्ष, माह, दिनांक की कौन खबर रखता था? वो बरस जब हुगली में बाढ़ आई, वो बरस जब इस बरगद पर बिजली टूटी थी। वो बरस

जब म्लेच्छों ने घर लूटे,' अभिरंजन हँस कर कहा करते थे।

कच्चे रास्तों पर उछलते-कूदते बैलगाड़ी पर दुलू काका ने दो घंटे में मेदिनीपुर रेलवे स्टेशन पहुँचा दिया था। मल्लिका की यह पहली रेलयात्रा थी। वह चारों ओर चकित होकर देख रही थी। ग्रामीण स्त्री-पुरुष सर पर मलिन पोटलियाँ रखे, दो-दो आने में बीस-बीस मील के सफ़र का टिकट ले रहे थे, तीसरी श्रेणी का। देसी बाबू लोग होल्डॉल लिए, संदूक लिए कुली संग दूसरी श्रेणी का टिकट ले रहे थे। अंग्रेज़ अफ़सर, देसी नौकरों को बाहर बैठा कर अपने लिए बनाए गए 'रेस्टरूम' में बैठे थे। सबको हावड़ा जाने वाली रेल की प्रतीक्षा थी। लोहे की पटरियाँ देख मल्लिका चकित हुई, इन पर रेल टिककर कैसे चलती होगी? शेफाली के किस्से याद आ रहे थे। कैसे रेल जंगल के बीच अकारण रुक गई थी, उसने देहाती महिलाओं की तरह घूँघट काढ़ लिया था और गहनों को अभिरंजन की जुराबों में ठूँस दिया था। पता चला कि डाकू नहीं हाथियों का दल वहाँ से जा रहा था। बाबू ने रेल से चार-पाँच यात्राएँ कर ली थीं, किंतु वे फिर भी घबराए हुए थे।

रेल ठीक समय पर आ गई थी। तीसरे दर्जे में भीड़ थी। किसी तरह एक कुली ने उन्हें आखिरी डिब्बे में बैठने, सामान रख लेने की जगह दिलवा दी। बाबू ने उसे चार आने पकड़ा दिए थे, इतना तो बनता था, सामान बहुत था। मल्लिका काठ की सीट पर बैठ गई थी, खिड़की से लगकर। रेल हिंडोले की तरह चलने लगी, बागान, बाड़ियाँ, पोखर, नदियाँ, जंगल साथ चलने लगे। उनके डिब्बे में देहातियों की रौनक थी। दूध की गंध वाले ग्वाले, फ़सल बेचकर लौटते किसान, देहाती नववधुएँ, भारतीय मध्यमवर्गीय छात्र। रेल के चलने के एक घंटे में सबने अपने-अपने भोजन निकाल लिए। डिब्बा तरह-तरह के देसी पकवानों की सुगंध से भर गया। छात्र तो चिउड़ा ही रूखा फाँक रहे थे। ग्वालों ने दही में मिला गुड़-चिउड़ा खाकर डकार ली। किसानों ने रोटियाँ निकालीं और भुने आलू के भर्ते से खा लीं। नवविवाहित जोड़ों ने पूरियाँ और कद्दू की तरकारियाँ निकालीं, मिठाई सब यात्रियों को बाँटी। किसी ने तुरंत ले ली, कोई जात-पांत का संकोच कर गया। मल्लिका ने भी हाथ जोड़ दिये। किंतु अपना भोजन सभी के आगे रखा लेकिन वे मिताई बाबू के जनेऊ और मल्लिका की संभ्रांतता देख संकोच कर गए। छात्रों, दोनों नववधुओं और उनके पतियों ने संदेश तुरंत उठा लिया। मल्लिका को संतोष हुआ। फिर बातचीत चल पड़ी, कितने समय बाद मल्लिका ने बातें कीं, पढ़ाई की, किताबों की, बांग्ला देशभक्ति गीतों की, छात्रों ने शहर के चमकीले संसार के अनुभव बाँटे, नवविवाहिताओं ने परिवार की बात की। मल्लिका प्रसन्नता के अतिरेक में थी। चार घंटे की यात्रा पता ही नहीं चली।

हावड़ा, कोलाहल से भरा स्टेशन। रेल से उतरने पर मल्लिका घबरा ही गई। पर बाबू ने तुरंत कुली तय किया जो उन्हें हुगली जाने वाली रेल में बिठाता। हुगली की गाड़ी शाम पाँच बजे खुलनी थी। सहमी हुई मल्लिका बाबू का हाथ पकड़ ज़मीन पर बिछवन बिछा कर बैठी थी। संदूक पर टिककर उसे झपकी लग गई। हुगली की रेल आने पर कोलाहल हुआ तो वह जागी। बाबू कुली संग रेल में चढ़े, मल्लिका भीड़ में छूट गई।

'बाबू-बाबू!' मल्लिका घबराहट में तेज़ स्वर में पुकारने लगी। अब सब डिब्बे तो एक-से। क्या करे? तभी कुली ने सामान भीतर रखकर उसे देखा।

'एई बबुनी! डरने की कोऊ बात नाहीं। तोहार बाबू सामने तो खड़े...' कुली ने उसका हाथ थाम कर डिब्बे में चढ़ा दिया। इस डेढ़ घंटे की यात्रा में मल्लिका का हृदय रेल की धक-धक का साथ देता रहा। आज वह कोलाहल करती भीड़ में खो जाती तो?

हुगली स्टेशन पर अभिरंजन बाबू उपस्थित थे, अपनी बग्घी के साथ। आकर्षक, सौम्य और संभ्रांत। उन्होंने बहुत सरलता से बाबू के पैर छुए, मल्लिका का प्रणाम स्वीकार कर सर पर हाथ रख दिया। उनकी ज़मींदारी का गाँव महेशपुर तीन मील की दूरी पर था। बाबू कुशलमंगल पूछते रहे परिवार की। मल्लिका ने बहन के समाचार पूछे। तब उन्होंने बताया, 'कलकत्ता की डॉक्टरनी ने कहा है, जुड़वाँ बच्चे हैं और संभवत: ऑपरेशन करना पड़े।' मल्लि जुड़वाँ सुनकर खिल गई, बाबू ऑपरेशन शब्द सुनकर सहम गए।

मल्लिका बहन से मिलकर अत्यधिक प्रसन्न थी। दोनों बहुत देर आलिंगनबद्ध रहीं, फिर शिउली ने हल्की-सी सिसकारी ली तो मल्लिका हट गई।

'यूँ बाहर क्यों चली आई? आराम करो ना।' उसकी सास ने आकर बाबू से पर्दा कर प्रणाम किया। मल्लिका को दूर से आशीर्वाद दिया। नकली सौजन्यता से समाचार पूछे गाँव के। गाँव से आए गंवई उपहारों को हल्की उपेक्षा से रसोई में भिजवा दिया।

अभिरंजन बाबू ने अतिथिकक्ष खोल दिया। बाबू और मल्लिका के लिए। दोनों ने स्नान किया। मल्लिका को तो शिउली अपने कमरे में ले गई। जहाँ विशाल पलंग, बड़े-बड़े दर्पण और तैलचित्र, लैम्प लगे थे। इस विशाल हवेली में मल्लिका को हावड़ा स्टेशन जैसा ही लगा, खो जाने जैसा...कि बाबू जाने किस कक्ष में होंगे और वह यहाँ है।

'बाबू भी तो बात करना चाहते होंगे, तुझसे शिउली, चल बाबू के पास चलें।'

'मैं रात में अतिथिकक्ष में आऊँगी, तब हम तीनों बात करेंगे। अभी वे मेरे श्वसुर के कक्ष में उनसे अभिवादन करने गए हैं। वहाँ चाय पी जाएगी। फिर

सारे पुरुष भोजन करेंगे, फिर हम-तुम और मेरी जेठानी, उनकी लड़कियाँ, अंत में बुआ सास, मेरी सास।'

'ओ बाबा रे!'

खाने के समय, वह शिउली की सास के पास सौजन्यता के तहत सहायता करवाने पहुँची। वे झूठे लाड़ से बोलीं—'दो-दो महाराजिनों के होते तुम क्यों सहायता करोगी? तुम यात्रा से आई हो, आराम करो।' जब वह मुड़ने लगी तो सुनाई दिया। रसोई के भीतर खाना बनाने वाली एक ब्राह्मणी पूछती थी—

'बहुरानी की बहिन हैं? दोनों बहिनें गंगा-यमुना-सी सुंदर हैं। इतने बरस में पहली बार आई है।'

'अरे, देखा नहीं गहनों के नाम पर हाथ में एक पतली सोने की चूड़ी, उस पर अभागन! हमारे यहाँ आते संकोच होता होगा,' शिउली की सास बोली।

'ओ ईश्वर, अपनी बहू के रिश्तेदारों को गहनों से देखते हैं भला?' नौकरानी ने दर्शन बघारा।

'चुप कर, साफ़ बात तो यही है,' सास ने नौकरानी को डाँट दिया।

मल्लिका अपमान सह गई, वह कहती भी तो क्या? ये अपने से कम सम्पन्न लोगों के प्रति असंवेदनशीलता को स्पष्टवादिता कहते हैं। रात भोजन के बाद शिउली अतिथिकक्ष में चली आई। बाबू बहुत देर शिउली को वक्ष से लगा कर रोते रहे।

'बाबू रोते क्यों हैं? मैं सुखी तो हूँ।'

'सुख से ही तो रोता हूँ...बस केवल मल्लिका की चिंता है।'

'बाबू मैं आपका बेटा हूँ ना, मेरी चिंता न करें। मैं सदा आपके साथ रहूँ इसी से विधना ने सौ रूप धरे हैं। मैं भी सुखी हूँ बाबू,' मल्लिका ने बाबू और शिउली से एक साथ लिपट कर कहा।

'बाबू आप नींद ले लें। थकान दिख रही है। यह कुर्ता बदल कर आराम से भीतर के कक्ष में सो जाएँ, हम बहनें बातें करेंगी।'

दोनों बहनें सर जोड़कर बातों में डूब गईं।

'तुम लोग तो मेरी सुधि लेने ही नहीं आए, जबकि खुशखबर तो तीसरे महीने बाबू को पत्र लिखकर भेजी थी।'

'हे भगवान, मैं तो कब से आना चाहती थी, मगर बाबू उस लंपट मजूमदार के संग भेज रहे थे।'

'तुम और बाबू दोनों एक-दूसरे पर डाल दो ज़िम्मेदारी। मुझे ब्याह कर निश्चिंत जो हो। होना भी चाहिए मुझे बहुत ध्यान रखने वाला पति और सम्पन्न परिवार जो मिला है,' शिउली ने चिढ़कर ताना कसा। किंतु मल्लिका सोचती रह

गई कि इसने मजूमदार की बात पर प्रतिक्रिया क्यों न दी? क्या जीजा ने इसे मेरा पत्र अब तक नहीं दिया? मगर क्यों? मल्लिका ने सोचा कि ठहर कर बताएगी यह बात। जल्दी क्या है? प्रसन्नता में विष क्यों डालूँ?

तीसरे दिन सुबह, बाबू को अभिरंजन बाबू हुगली स्टेशन छोड़कर आए ही थे कि शिउली को गर्भ-पीड़ा की लहर रह-रह कर उठने लगी। मल्लिका वहीं उसके कमरे में थी। उसने नर्स को आवाज़ दी, उसकी सास भी चली आई। यह अनुभवी नर्स जो शिउली के लिए रखी गई थी उसने जाँच की और घबरा कर उसकी सास से कहा—'मलिकिनी, यह तो वही पीड़ा है, एक महीना पहले ही... प्रसव हो जाएगा। लगता है जल्दी ही गर्भाशय का मुँह खुल जाएगा। मुझे तो यह प्रसव सरल नहीं लगता। कलकत्ता ले जाना ठीक है। बच्चे जुड़वाँ हैं।'

'क्या बेकार की बात करती हो, पहला प्रसव है, समय तो लेगा। कठिन भी होगा। कलकत्ता जाना बेकार है,' सास ने रेशमी आँचल में चाबी का गुच्छा कसते हुए अपना मत रखा।

'बच्चे कमज़ोर हैं, उनके नालबंध आपस में उलझे हुए लग रहे हैं। कोई सर नीचे नहीं दिख रहा है। बहुरानी कष्ट में आ जाएँगी। मैं इंजेक्शन लगा रही हूँ कि दर्द कम हो, लहर कम उठे तो समय मिल जाएगा यात्रा का।'

तभी मल्लिका के बुलाने पर अभिरंजन चले आए। नर्स से कहा, 'तुरंत चलिए, मैं घोड़ागाड़ी लाया हूँ।' शिउली ने मल्लिका को साथ लेने का संकेत किया, नर्स, सहित चार लोग घोड़ागाड़ी में पाँच घंटे में कलकत्ता के बड़े अस्पताल पहुँच गए।

'बाबा रे! कलकत्ता कितना बड़ा शहर है। शुरू होता है तो अंत ही नहीं होता। अट्टालिकाएँ, पुल, चौड़ी सड़कें, दुकानें, टमटम, बग्घियाँ!' मल्लिका दर्द से रह-रह कर कराहती बहन का हाथ पकड़े मन-ही-मन सोचती रही।

~

अस्पताल ही पूरे केशोपुर की बस्ती जितना था। वे शिउली को सीधे वार्ड में फिर शल्यचिकित्सा कक्ष ले गए। उसी रात ग्यारह बजे दो अंग्रेज़ और एक भारतीय डॉक्टर ने शिउली का ऑपरेशन कर दिया। बाबू जी घर पहुँचे ही होंगे कि अगले दिन उन्हें तार मिला होगा—

'शिउली गॉट ऑपरेटेड बिफ़ोर टाइम। ब्लेस्ड विद गर्ल एंड बॉय। वीक बट स्टेबल, नथिंग टू वरी, वी विल बी इन कैलकटा फ़ॉर ए वीक, टिल मदर एंड इन्फेंट्स रिकवर।'

शिउली की देखभाल, बच्चे और सुख और आनंद के उत्सवों में कब समय बीता पता ही नहीं चला। राय साहब तो सौम्य और उदार थे, पुत्रीवत स्नेह करते थे। किंतु पूजा और हवन या किसी आयोजन के समय उसे, जीजा और बहन के संग देख, शिउली की सास का मुख रक्ताभ हो जाता। वह सहम कर पीछे हो जाती। पूजा के आडम्बर से हटकर कहीं नेपथ्य में बैठ जाती, तब शिउली खोजती, आगे बुलाती।

'हमारे यहाँ सब आधुनिक हैं, कोई अपशकुन विचार नहीं करता। मेरे ससुर के विद्यार्थी रहे हैं ''ईश्वरचन्द्र विद्यासागर''।'

इसी अंतराल में जुड़वाँ बच्चे ढाई-ढाई माह के हो चुके थे। मल्लिका ने बाबू के पास लौटने की इच्छा ज़ाहिर की तो शिउली की सास ने कहा कि यहाँ की दुर्गा पूजा देख कर चली जाना।

उन्हीं दिनों एक विचित्र-सी घटना घटी। सास के रिश्ते के एक ग्रामीण ज़मींदार शिउली के ससुराल में अतिथि बने। उनकी पत्नी की मृत्यु हो चुकी थी, अपने बेटे को लेकर आए थे। गोरा रंग, शरीर हष्ट-पुष्ट, चेहरा भरा हुआ। गले में मोटी सोने की ज़ंजीरें, हाथों की उँगलियों में अँगूठियाँ। अपनी सम्पन्नता का भौंडा प्रदर्शन करते हुए। शिउली की सास ने मल्लिका को उनके भोजन का ध्यान रखने में लगा दिया। कहने को दासी कमला ही भोजन का थाल लगाती थी, किंतु मल्लिका को मनुहार हेतु वहाँ उपस्थित होना होता था।

'मल्लिका बेटी, मैं ज़रा जुड़वाँ बच्चों की मालिश करवा लूँ। तुम भाई वीरमदत्त के भोजन की व्यवस्था देख लो।' मल्लिका ने आज्ञा का पालन किया मगर जुगुप्सा से भर गई। ज़मींदार साहब कमला को देखकर ही लार टपका रहे थे।

शाम को बगीचे में बैठकर सब वार्तालाप में व्यस्त थे। मल्लि-शिउली बच्चों को घुमा रही थीं।

'नन्ही जाह्नवी का चेहरा बिलकुल जीजाजी जैसा है शिउली और बेटा सुतनु एकदम तुम पर गया है। बस थोड़ी अपने बाबू से मिलती है।'

'और जाह्नवी की कर्णचुंबी आँखें तो मासी पर गई हैं और घने काले-काले बाल...वो अंग्रेज़ डॉक्टरनी तो चकित रह गई थी। बोली—टिपिकल बॉन्ग ब्यूटी!'

उधर बगीचे में मेज़ पर बैठे रायबहादुर साहब की नपी-तुली बातों के बीच ज़मींदार साहब की ऊँची आवाज़ की हँसी कर्कश मालूम होती थी। वे अपने भू-स्वामित्व का बखान कर रहे थे, अभिरंजन मूकदर्शक थे। तभी शिउली की सास ने दोनों को पुकारा। फिर मल्लि का परिचय देते हुए कहा—'हमारी मल्लिका सर्वगुण सम्पन्न है, भले गाँव की रहनेवाली है मगर वैसी गंवार नहीं, घर पर शिक्षा ली है।'

मल्लिका को अटपटा लगा, ये सास जी, स्वयं ठेठ देहात की होकर ऐसी बात कर रही हैं ? मल्लि के चेहरे पर क्रोध आता देख शिउली ने हाथ दबा दिया। मल्लि को मुस्कुराना पड़ा। तभी रायबहादुर गांगुली बोले—'चिंतक-लेखक, समाज-सुधारक बंकिमचंद्र चट्टोपाध्याय मल्लिका के रिश्ते के भाई हैं। इनके पिताजी भी उदार और चिंतक व्यक्ति हैं।'

मल्लिका समझ ही न सकी कि यह वार्तालाप किस दिशा में जा रहा है। मगर सास का अगला वाक्य मल्लिका और शेफालिका दोनों को खटका।

'वीरमदत्त को देखकर लगता ही नहीं कि तीस पार कर गए हैं। हैं ना ? इनका स्वास्थ्य इतना बढ़िया है। विधुर हैं किंतु कुँवारी कन्याओं के रिश्ते आ रहे हैं। पक्का तिमंज़िला मकान है गाँव में, घर बैठे पीढ़ियाँ खाएँ ऐसी ज़मींदारी है।'

बच्चों के रो पड़ने से शिउली उठ खड़ी हुई तो मल्लिका भी पीछे दौड़ पड़ी। उस रात जब दोनों बहनों को एकांत जुटा तो मल्लिका ने मजूमदार की सारी बात कह सुनाई, पत्र के लिए भी पूछा। शिउली चुप थी। असमंजस में भी।

'क्या बात है ?'

'मैंने पढ़ा था तेरा पत्र, उसके पूर्व बाबू का भी पत्र आया था। वे बीमार थे, पड़ोसी दशरथ ने हमारी ज़मीन दबा ली थी। वे असहाय हो रहे हैं मल्लिका, अशक्त बूढ़े की भावना समझूँ तो उनका कहना गलत न था। उन्हें चिंता रहती है तुम्हारी।'

'तू भी यही सोचती है कि मैं विवाह कर लूँ ?'

'हाँ,' शिउली ने नन्ही बेटी को जाली ओढ़ाते हुए कहा।

'किसी भी जीभ लपलपाते, बड़ी वयस के कुपात्र से ? और ये तेरी सास किसलिए वीरमदत्त-पुराण लिखने बैठी हैं ?'

'तेरा अनुमान सही है...मेरी सास का वीरमदत्त पुराण तेरे ब्याह के लिए ही है। मैं सोचती हूँ कि अवसर मिल रहा है तो, जीवन को लीक पर ले आना चाहिए। किसी से भी क्यों ? वीरमदत्त सम्पन्न ज़मींदार है। शिक्षा का अभाव है उस परिवार में...। और सुन मल्लि, वे स्वयं से नहीं लेकर बैठी हैं, अपने बाबू जी कह कर गए थे, मेरे श्वसुर से कि मल्लिका का विवाह भी किसी सम्पन्न घर में करवा दें। अब तुमको अविवाहित युवक तो नहीं ही बैठे मिलेंगे ना! बाबू सोचते तो होंगे ना जब देखते होंगे मुझे कि मेरे जैसा आराम तुमको भी मिले। नौकर-चाकर, जड़ाऊ गहने।' मल्लिका शिउली का आत्ममुग्ध भाव देखती ही रह गई।

'तेरी सासू माँ तो शास्त्र मानती हैं, शास्त्रों में विधवा-विवाह निषेध है। मेरे विवाह से उनकी कुलीनता पर कलंक न लगेगा ?' मल्लिका ने फुसफुसा कर कहा।

'बहस मत कर मल्लिका, मैं बस पूछ और कह भर सकती हूँ। तू हाँ कहे

तो वीरमदत्त...अभिरंजन बता रहे थे, बहुत ममता है मेरी सास की अपने भाई पर और कहती हैं कि मल्लिका जैसी शिक्षित, सुशील...' बहन को समझाने का अंतिम प्रयास किया शिउली ने।

'शिउली! सोच लिया नहीं करना है मुझे विवाह, बहुत बोझ है बाबू को तो मैं काशी ही चली जाती हूँ। और तेरी सास को मुझ विपन्न, गंवार लड़की पर क्या मोह जाग गया है अचानक?' मल्लिका खीझने लगी थी।

'तुझे हमेशा तेरा भला चाहने वाले कुटिल ही लगते हैं। फिर भी सोचना शांत मन से...'

शिउली की बात सुनकर मल्लिका का मन बुरी तरह आहत हो गया। वह बगीचे में बने कमल-ताल के पास आ बैठी। मल्लिका जब भी यहाँ आती है, एक पुरानी भोली-स्मृति जाग जाती है। केशोपुर की ही बात है जब गाँव के बाहर वन में एक प्राकृतिक पद्म-सुरभित पोखर में वह और सुब्रत जलक्रीड़ा कर रहे थे और मल्लिका एक पद्म-पुष्प पर मुग्ध हो गई थी। वह पुष्प लेने के लिए सुब्रत कूद पड़ा जैसे ही वह पुष्प की तरफ़ बढ़ा दलदल में धँसने लगा था और मल्लिका उसे देखकर घबरा गई और तुरंत उसकी तरफ़ तैरने लगी और बड़ा परिश्रम करके उसे बचा लाई थी। बस तभी से उनकी मित्रता परम प्रगाढ़ता में बदल गई। उस प्रगाढ़ता का अंश-अंश अब तक मल्लिका के मन में जीवंत है। वे कुछ पल ही इतने परम-तोष के पल थे कि एकाकी जीवन उसे कभी भार न महसूस होगा।

शिउली के यहाँ जगद्धात्री पूजा धूमधाम से मनाई गई। नौ दिन ढोल-बाजे, नौबत-नगाड़े। दिन-रात नवरस भोजन की पंगतें। ग्रामीण, शहरी, सम्पन्न-विपन्न हर तरह के अतिथि जुटे। जुड़वाँ बच्चों के लिए आए उपहारों से कमरा भर गया।

इतनी चहल-पहल के बाद भी मल्लिका का मन एक सुनसान मरुस्थल में बदल गया था। मल्लिका के मन में बार-बार एक ही बात गूँजती थी—'य पलायति स जीवती'—जीने के लिए पलायन ही सही...

∽

दो रोज़ बाद वह शिउली को कहकर कलकत्ता चंद्र भैया के पास चली आई। हावड़ा रेलवे स्टेशन से वह उनके पत्र पर लिखे पते पर ताँगे से पहुँच गई। चंद्र भैया चौंक गए थे।

'मल्लि, स्त्री का पहली बार अकेले यात्रा करना ही कठिन होता है, फिर सारे डर खुल जाते हैं।'

'भैया, जब पीड़ा असह्य हो तो...'

'मल्लि, सच पूछो तो हमारे शिव-भक्त मामा, शिव ही की तरह भोले हैं और औघड़ भी...कोई भी उनको फुसला लेता है। तुम मेरे पास रहो जब उनके मस्तिष्क से तुम्हारे विवाह का प्रेत उतर जाए तब चली जाना। मैं उन्हें तार भेज कर खबर कर देता हूँ। तुम यहाँ रहोगी तो तुम्हारी भाभी को सहारा रहेगा वे दूसरी बार माँ बनने वाली हैं।'

'यह तो शुभ समाचार है भैया,' मल्लिका पुलक कर बोली।

सच पूछो तो, कलकत्ते में मल्लिका का मन न लगा। यहाँ न तो नदी का किनारा था न बाँस के झुरमुट। न फूलों के झाड़ और न ही फलदार वृक्ष। यहाँ तो थे आकाश को छूते ऊँचे-ऊँचे मकान और लोगों की भीड़।

किंतु इस नगर में स्वयं को भूला जा सकता था, दुनिया के कौतुकों के आगे। चंद्र भैया पूरी कोशिश करते कि उसका मन लगे। दफ़्तर से लौटकर मल्लिका के साथ बैठकर गप-शप व हँसी-मज़ाक करते। कई बार शतरंज खेलने बैठ जाते। हारमोनियम लेकर अपना नया देश-भक्ति गान उसे सुनाते। एक शब्द में कहें तो सही अर्थों में चंद्र भैया चाहते थे कि मल्लिका प्रसन्न रहे। बीच-बीच में सुकुमार अपने दार्जिलिंग के बोर्डिंग-स्कूल से आ जाता तो मल्लिका को अच्छा लगता था।

आरंभ में तो राजलक्ष्मी को मल्लिका का आना एक सहेली के आने जैसा लगा। वह प्रसन्न रहती। लेकिन मनुष्य का तो स्वभाव ही है, पल-पल में बदलना। राजलक्ष्मी भी तो हाड़-मांस की मानवी ही थी तो वह इसका अपवाद कैसे हो सकती थी! किसके जीवन में कब और कैसे परिवर्तन आ जाए, पहले से तो कोई नहीं जानता है। मल्लिका के सहज-भाव से उनकी सेवा-सुश्रुषा करने के बाद भी उसका मुँह बेवजह फूल जाता। एक तो वह मल्लिका और चंद्र की बातचीत के बीच अपने आपको अलग-थलग पाती थी। वे साहित्य, कविता, इतिहास बतियाते। वह खाने-पीने, बाज़ार-हाट, रिश्तेदारों की बात करना चाहती। इसी सबके बीच न जाने कब अशांति ने जन्म ले लिया। इसी तरह अशांति की छोटी बहन ईर्ष्या का भी जन्म हुआ।

महीना भर रहकर अचानक मल्लिका को लगने लगा कि राजलक्ष्मी भाभी का व्यवहार बदलने लगा है। उनकी प्यार भरी बातों में उलाहने स्थान लेने लगे हैं। राजलक्ष्मी की एक रिश्तेदारिन ने उनके कानों में कु-बोल फूँक दिए थे कि 'लगता है तुम्हारे पति अपनी बहन के वश में हैं,' तभी से भाभी को यह सच लगने लगा था। जब भी मल्लिका चंद्र भैया के साथ उनकी स्टडी में चर्चा हेतु

जाती, न जाने क्यों राजलक्ष्मी दबे पाँव आकर देखती। जितनी देर मल्लिका, चंद्र भैया के निकट होती राजलक्ष्मी किसी-न-किसी पर अपना क्रोध प्रकट करने को आतुर रहती। वे अपना क्रोध सोफे, मेज, कुर्सी, बर्तनों और कमरे में रखी पुस्तकों पर उतारती। कभी स्टडी में आकर खिड़की के पास जा खड़ी होती। यह देखकर मल्लिका का मन कमज़ोर हो जाता, सोचती कि कलकत्ता आने पर मेरा मन इतना क्षीण कैसे हो गया है? मेरी आँखों से इतनी जल्दी आँसू क्यों बहने लगे हैं?

बीती एक शाम स्टडी में ही, शिउली का पत्र देने के लिए चंद्र भैया ने बुलवा भेजा था। पत्र भैया ने खोल लिया था और पत्र में वही बातें थीं...कि उनकी सास के रिश्ते के वही ज़मींदार साहब ने कहलवा भेजा है कि मल्लिका से विवाह हेतु क्या निर्णय तय हुआ है? उन्हें कन्या पसंद है। चंद्र भैया ने अनायास पूछ लिया—

'मल्लिका तुम सच में विवाह नहीं करना चाहतीं? सोच लो...। जीवन में कष्ट कम होंगे। मैंने भी इसीलिए पुनर्विवाह किया।'

'कष्ट कम हो गए क्या भैया?' मल्लिका ने मन-ही-मन तो यही पूछा, किंतु प्रकट तौर पर कहा—

'विधवा का भी कहीं विवाह होता है?' चंद्र भैया के हाथ से पत्र छीनकर मल्लिका ने कहा।

'व्यर्थ हैं ये बातें, तुम तो न कहो...'

'भैया सच कहूँ, अपनी स्वतंत्रता मुझे अच्छी लगती है। विवाह कर अब मैं खुश न रह सकूँगी। कृपा करके यह विषय बदल दें,' कहकर मल्लिका के नेत्रों से टप-टप आँसू बहने लगे।

'मल्लिका क्या तुम अपने मन की बात मुझे साफ़-साफ़ बता सकती हो। क्या तुम मुझे नहीं बताओगी। क्या मैं तुम्हारा कुछ नहीं हूँ,' मल्लिका के आँसू पोंछते हुए बंकिमचंद्र ने पूछा।

'भैया, मैं काशी चले जाना चाहती हूँ।'

'हम सबको छोड़कर तुम प्रसन्न रह सकोगी? मेरे होते तुम्हें किसी चिंता की आवश्यकता ही क्या है?'

तभी बाहर कोई काँच का बर्तन टूटने की भीषण आवाज़ हुई...यह राजलक्ष्मी थी। मल्लिका के लिए उत्तर देना संभव न हुआ।

'चंद्र भैया, जिसका तुम जैसा बड़ा भाई हो, उसे किस बात की चिंता होगी? लेकिन बोउदी के मन में मैं कुछ और होती जा रही हूँ। तुम्हारे निकट आती हूँ तो भाभी की दृष्टि में एक ईर्ष्या व द्वेष पाती हूँ। डरती हूँ कि आपके दांपत्य में अशांति न ला दूँ,' कहकर मल्लिका अपने कमरे में चली आई। अगले दिन चंद्र

भैया शहर से बाहर दौरे पर चले गए।'

एक दिन अति हो गई। राजलक्ष्मी ने बातों-बातों में कहा—'मैं पति-पत्नी के रिश्ते को स्वामी-दासी न मानकर सखा-बंधु मानती हूँ।'

'सही कहती हैं बोउदी। पति का पत्नी से अच्छा मित्र कौन हो सकता है?' मल्लिका ने मुस्कुराकर कहा था। मल्लिका की सहज मुस्कान को व्यंग्य समझ राजलक्ष्मी तिलमिला उठी।

'तो...तुम सोचती हो साहित्य-चर्चा कर तुम उनके निकट आ जाओगी?'

'नहीं बोउदी, मैं तो चाहती हूँ आप भी सम्मिलित हों, पुस्तक चर्चा में। यह तो आपका सौभाग्य है कि आपको मेरे भैया जैसा प्रसिद्ध और उदार पति मिला है,' कहते हुए मल्लिका के चेहरे पर उदासी की काली छाया घिर आई।

'मैं जानती हूँ मेरे पति काफ़ी बड़े आदमी हैं। उनका संसार भर में नाम है। फिर भी मैं उन्हें अपने ऊपर राज करने का अवसर नहीं देती।' अगर उसके वश में होता तो मल्लिका को इसी वक्त द्वार दिखा देती। किंतु वह केवल इतना ही बोल पाई—

'वे कब आप पर राज करना चाहते हैं? वे तो स्वयं समाज-सुधार की बातें करते हैं,' मल्लिका ने चकित होकर, हल्के तेज़ स्वर में पूछा।

'यह सोचना सरासर तुम्हारी भूल है, अक्सर महान लोगों का व्यवहार वही नहीं होता जो वे दिखाते हैं। तुम जैसी गाँव में पली स्त्रियाँ इससे अलग सोच ही नहीं सकेंगी। संसार में सभी स्त्रियाँ पैरों की धूल नहीं होतीं। आत्मगौरव की रक्षा करने वाली स्त्रियों का भी संसार में अभाव नहीं है।' कुछ देर चुप रहकर राजलक्ष्मी पुन: बोली—

'तुम अपने रुदन से उनको फुसलाने की योजना क्यों बनाती हो? ठीक ही तो कहते थे वे उस दिन, अभी तुम्हारी आयु ही कितनी है चाहो तो पुन: विवाह कर सकती हो। अपनी आकांक्षाओं के लिए तुम किसी और का जीवन क्यों उजाड़ती हो?' मल्लिका कुछ देर तो राजलक्ष्मी का मुख देखती रही फिर पलट कर अपने कमरे में चली आई।

'हाय! मैं किसी रसातल में क्यों नहीं समा जाती?' बोउदी-मल्लिका के बीच बातचीत बंद हो गई। एक ही घर में एक साथ रहने पर इस तरह के अपरिचित बने रहना कठिन है, मल्लिका के प्राण व्याकुल हो उठे।

'यहाँ से भी पलायन का समय हुआ मल्लिका,' वह स्वगत कहती, बारम्बार कहती।

जब चंद्र भैया लौटे तो मल्लिका ने काशी जाने की दोबारा चर्चा की, इस

पर चंद्र भैया चुप रह गए। उनकी चुप्पी को मल्लिका ने मौन स्वीकृति समझ लिया। मन-ही-मन काशी जाने की तैयारी करने लगी। राजलक्ष्मी को उदास देख बंकिम ने राजलक्ष्मी से पूछा—

'तुम्हें मेरी कसम सच बताओ, तुम्हें कुछ दिन से हुआ क्या है? इस अवस्था में तुम्हें क्लेश नहीं पालना चाहिए।'

'क्या बताऊँ तुम पहले से ही सब जानते हो।' वह बगल में लेटकर रेशमी चादर ओढ़कर पलटते हुए बोली।

'क्या तुम मल्लिका से ईर्ष्या करती हो? क्या तुम्हें कोई संदेह है?' उन्होंने उसकी पीठ सहलाकर पूछा।

'तुमने क्या मुझे अधम समझ रखा है जो मैं तुम भाई-बहनों के प्रेम से आशंका-ग्रस्त हो जाऊँ। क्यों तुम्हारी बहन को ऐसा लगा?' वह अभिनय करते हुए बोली।

'नहीं-नहीं। वह काशी जाने को कहने लगी है।'

'तो जाने दीजिए ना...। ईश्वर की शरण में जाकर दु:खित मन को थोड़ी शांति मिल जाएगी।'

अगले दिन सुबह जब चंद्र भैया, बगीचे में समाचार-पत्र पढ़ रहे थे। तो मल्लिका ने कहा—

'भैया, मेरे लिए काशी में दो कमरों के मकान की व्यवस्था हो सकेगी? मैं अतिशीघ्र वहाँ जाना चाहती हूँ। न हो सके तो वहाँ आश्रम भी हैं।'

'मल्लिका, इतना उतावलापन ठीक नहीं। काशी के आश्रमों में विधवाओं की स्थिति तुम नहीं जानतीं। मैं समाचारों में पढ़ता हूँ। वे धरती के नर्क हैं। यह अधर्म मुझसे न होगा कि मैं जीते जी तुम्हें नर्क में धकेलूँ।'

'आप चाहेंगे तो कोई-न-कोई व्यवस्था कर देंगे। आप इतने बड़े अफ़सर हैं। यहाँ रहकर मैं अपने कारण आपको क्लेश में क्यों धकेलूँ? मैं तो ईश्वर के रूप में आपकी पूजा करती हूँ और आपकी प्रसन्नता में मेरा हार्दिक तोष है,' मल्लिका गुरुतर गंभीरता से बोली।

'मैं प्रयास करूँगा कोई मकान मिल जाए। वहाँ मेरे मित्र जगन वसु वर्षों से रह रहे हैं। थोड़े पारंपरिक हैं सो वे स्वयं तो किसी कुलीन एकाकी विधवा को अपने घर यूँ नहीं रखेंगे। लेकिन मेरे कहने से व्यवस्था अवश्य करवा देंगे। मैं तुम्हें बस एक या दो माह के लिए काशी प्रवास की अनुमति दूँगा, फिर तुम लौट आओगी मामा के पास। मैं उन्हें समझाऊँगा। वहाँ सरकारी स्कूल खुले और तुम उसमें नौकरी पा सको मैं इसका भी प्रयास कर रहा हूँ। किंतु अड़चन यह

है कि लड़कियों के बाल-विवाह थमते ही नहीं। पढ़ने कौन आएगा?' कहकर चंद्र भैया अख़बार में डूब गए। अपने बढ़ते गर्भ के अलस-भाव में राजलक्ष्मी भी वहाँ चली आई। उसके चेहरे पर ग्लानि का भाव था।

कुछ दिन बाद भैया ने सूचना दी—'काशी में तुम्हारे मकान की समुचित व्यवस्था हो गई है। वसु बाबू का ही पुराना मकान है। वे वहीं निकट रहते हैं। मेरी तुमसे प्रार्थना है कि जब लगे काशी-प्रवास पूरा हुआ लौट आना। हावड़ा से बनारस तक रेल का दूसरी श्रेणी का टिकट करवाने को कह दिया है। देखो जब का मिले।'

'भैया, जीवन भर ऋणी रहूँगी।'

'मल्लिका प्लीज़...तुम और तुम्हारा ब्रदर...दोनों ज़िम्मेदारियों से भागते हो। तुम दोनों व्यवस्था में रहकर लड़ने की जगह पलायन में विश्वास करते हो ...एक शिउली है जो स्वभाव की कटु है मगर ज़िम्मेदारियों को पूरा वहन करती है। वैसे शिव का क्रोध तुम्हारी बहन का क्रोध, वह जानेगी कि तुम्हारे पलायन में मैं सहायक हुआ हूँ तो...। तांडव करेगी मेरे सर पर,' कह कर वे हँसने लगे।

'मैं तो नहीं बताने वाली...' पुलकित हो मल्लिका बोली।

इस तरह एक सप्ताह बाद मल्लिका वसु परिवार के नाम का पत्र और पता लेकर हावड़ा स्टेशन पर चंद्र भैया और उनके सहायक के साथ खड़ी थी। रेल में चढ़ते हुए मल्लिका का गला भर गया।

'आप बाबू की खबर रखिएगा, मुझ तक समाचार पहुँचाते रहिएगा,' कह कर मल्लिका ने उनके पैर छू लिए।

'चिंता मत करो, मेदिनीपुर के अपने पुराने क्लर्क को कह आया हूँ, हर सप्ताह उनके पास जाकर खबर दिया करे। वे यही जानते हैं कि तुम मेरे पास हो, वे निश्चिंत हैं। बाद में बता दूँगा, काशी जलवायु बदलाव हेतु गई है, आपकी बिटिया। सुनो, अपनी पूँजी सँभाल कर रखी है ना? काशी में ठगों का वास है। किसी को पता भी न होने देना...कि तुम सम्पन्न हो। दीन-हीन दिखने में ही भलाई है।'

'जी।'

'चलो, भीतर जा बैठो, सहायक ने तुम्हारी बर्थ पर बिस्तर बिछा दिया है। भोजन और जल रखवा दिया है। आराम से जाकर बैठ जाओ। रेल चलने का समय हुआ।' वह बैठी और एक हल्का धक्का खाकर रेल खिसकने लगी।

चंद्र भैया, हाथ हिलाते पीछे छूट गए। द्वितीय श्रेणी की निचली बर्थ पर बैठी हुई मल्लिका, रेल के डिब्बे की धुँधली रोशनी में अपने एकांत से घबराने

से पहले ही कोई छोर पकड़ लेना चाहती थी। उसने गरदन खिड़की पर टिका कर, दीठ क्षितिज तक दौड़ा दी। उसके सामने वाली बर्थ पर एक कुलीन बूढ़ा था। अचकन-टोपी वाला, जो खाँसता रहा या सोता रहा। मल्लिका ने आँचल सिर पर लेकर, मुख मोड़ लिया था।

रेल हावड़ा के पुल से पार होने लगी, खिड़की के परे हुगली के किनारे कांस और नरकट के जंगल थे। पिछली बरसातों की बाढ़ का पानी दूर तक भरा था। रेल बाढ़ के पानी को चीरती हुई, अनजान क्षितिज की ओर भागे जा रही थी। लहरों में स्पंदित हुगली के वक्ष स्थल पर नाचती हुई अनेक पाल खुली नाँवें तैर रही थीं। मन मांझी होने लगा।

*एबार बांग्ला मायेर दोहाय दे रे...*

*नदी नाला खाले-बिले;*

*पद्म चांपा दीघिर कूले—*

*खेते माठे ग्रामे घरे!*

*आगुन ज्वाला गानेर माला दे रे बिलाय दे...रे*

*रे माय बांग्ला देशेर मांझीर हाथे सकलि तुलिया दे...*

*बांग्ला मायेर दोहाय दे रे*

हुगली पीछे छूट गई, फिर नारिकेल-सुपारी, खजूर, आम-जाम, कटहल, अशोक, बकुल के वन साथ दौड़ने लगे। माघ में खिलखिलाते अंतहीन सरसों के खेत। घाट...। गाँव के जीवन चित्र साथ चलने लगे। गोल-मटोल बच्चों को नहलाती माँएँ। कलसी लेकर डुबकी लगातीं ननद-भौजाइयाँ। सद्यः स्नात सौंदर्य। किसी नाव में बैठी नवेली दुल्हन, इलिश माछ से भरे ताल। नित नए दृश्य आते रहे फिर पीछे छूटते रहे। मल्लिका ने मन को बहुत देर दृश्यों से बहलाया किंतु कोई-कोई गाँव ऐसा निकल आता जो केशोपुर का जुड़वाँ भाई-सा लगता तो मल्लि उन बाड़ियों, घरों में झाँकती...कोई बाबू, कोई मल्लि-शिउली...दिख जाएँ। वह पहचान भी नहीं पाती कि रेल सबको पीछे छोड़ देती। क्या फिर आ सकूँगी मैं लौटकर? जंगल-नदी, मैदान-खेतों को पार करके नदियों की लहरों से भीगी बंगाल की शस्यश्यामला धरा पर? मल्लिका का मन कच्चा होता, आँसू आँख की कोर के मुहाने पर आते कि वह खुद को बहला लेती दृश्यों में।

रेल के बाहर शाम ढलने लगी तो मन व्याकुल हो गया मल्लिका का। कहाँ जा रही है वह? क्या यह पलायन और आत्मघात नहीं? जाने क्या भविष्य का अघट प्रतीक्षारत हो! किंतु बाबू के साथ रहना कठिन हो चला था। वे यही चाहते थे ना अपना अमंगल लिए वह वहाँ से ओझल हो जाए। सामने डिब्बे में भोजन

था, किंतु वह पानी पीकर, चादर ओढ़ सो गई। नेत्रों के आगे पल-पल बदलते दृश्यों और मन के संताप के कारण माथे की पीड़ा असहनीय हो चली थी। जाने कब आँख लग गई, जब नींद खुली तो गाड़ी कटिहार जंक्शन पर खड़ी थी। कुछ देर के लिए सूर्योदय हुआ फिर बादल उमड़ने लगे, बूँदें बरसने लगीं। गाड़ी फिर चल पड़ी गाँव, खेत, बाग, जंगल, प्रकाश, अंधकार को पीछे छोड़ती हुई।

**3**

दिमाग में असमंजस, मन में कोहरा लिए मल्लिका बनारस के स्टेशन पर उतरी। यहाँ दूसरी श्रेणी के अधिक यात्री नहीं उतरे। अधिकतर इलाहाबाद जा रहे थे। प्रथम श्रेणी से कुछ बरतानवी अफ़सर उतरे। मल्लिका के पास सामान था, दो संदूक, बिस्तरबंद और ज़रूरी बर्तनों की एक बोरी। वह रेल के दरवाज़े पर खड़ी थी। उसे सामान और असमंजस के साथ देख बरतानवी अफ़सर ने अपना हिन्दुस्तानी अर्दली सहायता के लिए भेजा। अर्दली संयोग से बंगाली था। उसने रेल से सामान उतरवा कर उसे कुली करवा दिया।

'कोथाए येते हाबे ?'

'चौखंभा।'

'बाईरे थाके तांगेना पाबे।'

'ठीक आश्छे, धन्नोबाद।'

साधु-संन्यासियों की भीड़-भाड़ और सामान के भार से लदे-फँदे यात्रियों के पहले से वहाँ होने का कोलाहल था। पंडे, बंगाली यात्रियों की गंध पाकर मँडराने लगे। तीसरे दर्जे के डिब्बों से जवान बंगाली विधवाओं की एक टोली, घुटे हुए सिर पर पोटलियाँ लिए उतरीं। पंडों का एक झुंड गंदी नज़रों और लालची मनोवृत्ति के साथ उनकी तरफ़ बढ़ा, मल्लिका के मन में हूक-सी उठी। हे ईश्वर, पहले अकाल अब यह यक्ष्मा राजरोग बन पूरे बंगाल में आतंक मचा रहा है।

एक पंडा उसे गौर से देखने लगा—न भाल पर बिंदी, न माँग में सिंदूर ! हाथ भी निपट सूने, न कोई शाखा-पोला (सुहाग-चूड़ी) ? वैसे भी आजकल कम वयस की पढ़ी-लिखी विधवाएँ सफ़ेद साड़ी कहाँ पहनती हैं। वह उसकी तरफ़ बढ़ता कि एक गहरी साँस भीतर ले, मल्लिका ने तुरंत अपनी नीली साड़ी का आँचल सर पर ढक कर हल्का-सा घूँघट कर लिया। दूसरी ओर मुड़ गई। यूँ भी इन जवान विधवाओं से जाने किस ग्राम का कैसा संबंध, कब का परिचय निकल आए।

कुली ने सामान उठाया तो वह भी पीछे-पीछे बाहर चल पड़ी। बाहर पहुँच कर कुली ने उससे कहा, 'बहन, वह ताँगा खड़ा है, मेरे भाई का ही है। आप जाकर बैठिए, मैं सामान आगे चढ़ाता हूँ।' सामान ताँगे पर चढ़ा दिया गया। मल्लिका ने गौर किया, घोड़ा मजबूत है। सामान और सवारी दोनों के बोझ से ज़रा भी नहीं बिदका। घोड़े को प्यार से सजाया गया है, गले में कौड़ियों की माला और सिर पर मोरपंखी कलगी लगी हुई है।

बंगाली विधवाओं का कातर झुंड, पंडों से घिरा बाहर आ गया। उसे किसी पुस्तक के एक अंश का स्मरण हो आया। जिसमें कम उम्र की विधवाओं का एक दल मथुरा पहुँचता है, वहाँ वे दिनोदिन भूखी रह रही थीं। उन कम उम्र विधवाओं की मुख्य समस्या थी दोजून की रोटी। ऐसे में पंडा लोगों ने उनका शोषण किया था। वैसी ही लम्पट पंडा मंडली वृंदावन, प्रयाग-काशी जैसे तीर्थ स्थानों पर, इसी तरह कुकुर-घात लगाये घूमा करती होगी। भय और दुख से मल्लिका के नयन भीग गए।

'अली! चौखंभा पहुँचाना है बहन को। बहन, मेरा हिसाब भी अली के किराए संग दे दीजिएगा। खुदाहाफ़िज़। अली, सामान देहरी तक पहुँचाना बहन का।' मल्लिका की निगाह अपने इस विजातीय भाई पर अनायास उठ गई। वह एक हाथ सर पर लगा, सर झुका कर सलाम कर रहा था। मल्लिका ने हाथ जोड़ दिए। ताँगेवाला अली, एक युवक था।

'जी भाईजान, चिन्ता न करें। चलते हैं।'

ताँगा रेलवे स्टेशन से निकल किसी बाज़ार की ओर जाने वाले मार्ग पर बढ़ चला। सड़क के दोनों तरफ़ प्राय: टूटे-फूटे ऐसे मकान थे, जिनकी दशा देखभाल और रखरखाव के अभाव में पुराने वृक्ष जैसी हो गयी थी। आगे जाकर छोटी-छोटी रहस्यमय गलियों की शुरुआत तो दिखाई दे रही थी, परन्तु कहाँ जाकर ये गुम हो गयी हैं, इसका पता नहीं चल रहा था।

ताँगेवाले ने एडवोकेट वसु बाबू के घर पर ताँगा रोक दिया।

'भाई थोड़ा ठहरना। हम आते हैं।'

वसु बाबू का विशाल मकान था। कुछ ही देर में नौकरों ने उसे वसु बाबू की बैठक में पहुँचा दिया। किताबों से भरी अलमारी, बड़ी-सी टीक की मेज़। कुछ ही देर में अपने विशालकाय शरीर के साथ वे उपस्थित हुए।

'नमस्कार, आमि बोंकिम बाबूर भगिनी मल्लिका। आपानेर सहाज्या प्रयोजन...' (नमस्कार, मैं बंकिम बाबू की बहन मल्लिका हूँ। आपसे सहायता हेतु आई हूँ।) मल्लिका ने विनीत भाव से कहा तो उन्होंने उसे ध्यानपूर्वक देखा।

एक कुलीन, स्वाभिमानी युवती। हल्की ठंड की वजह से, थोड़ी मोटी रेशमी चादर उसने ढक ली थी मस्तक पर, जिसका एक सिरा दाँतों में दबा रखा था और बड़ी-बड़ी आँखों से उन्हें देख रही थी।

'हाँ, आमि चिन्नते पारी। बोंकिमेर चिट्टी पेयची (हाँ, मैं पहचान गया। बंकिम की चिट्ठी मिली थी)।'

'जी।'

'जदि अपनी चान, केयिक दिनेर जॉन्या एखाँने। आपनारा बसस्थान ब्योबस्था आचे, एखाँने आस्पाशे (आप चाहें तो कुछ दिन यहीं रहें। वैसे हमने आपका रहने का बंदोबस्त करवा दिया है। यहीं पड़ोस में)।'

मल्लिका ने आज ही वहाँ चले जाने का प्रयोजन बता दिया। उस परिवार की महिलाओं से परिचित होकर, कुछ बातों के औपचारिक आदान-प्रदान और चाय-नाश्ता करके चलने लगी तो उनकी पत्नी ने कहा—'अमार कयिके दिने खाद्यार पठाते हेब, बिसाए चिंता करबेना ना (मैं कुछ दिन खाना वहीं पहुँचा दूँगी.. । उसके लिए चिंता न करना)।'

'कृतज्ना हेबे। (आपकी आभारी रहूँगी) प्रणाम।'

आश्वस्ति से भर मल्लिका ताँगे में लौट आई। वसु बाबू ने मकान की चाभियों के साथ मुंशी को पीछे भेज दिया। चौखंभा के पास खदेरूमल की वह अति-संकरी गली देख क्षणांश को मन खिन्न हो उठा था। गली के मुहाने पर ही तीक्ष्ण सींगों वाली दो गऊएँ बैठी थीं, जुगाली करती हुईं। वह डर-डर कर उस गली में दाख़िल हुई थी, क्योंकि ताँगा गली के बाहर ही रुक गया था, सामान लेकर अली भी मुंशी जी के साथ आया। नौकर आगे-आगे बताए हुए पते पर चल दिए थे।

लम्बे समय तक मन की खिन्न अवस्था मन को स्पंदनों से शून्य कर देती है। मल्लिका उसी अवस्था को प्राप्त होकर मकान में प्रविष्ट हुई थी। मुंशी जी से पता चला, यह मकान वसु परिवार का ही पुराना मकान है, जिसे वे किराए पर देते हैं। मल्लिका ने मुंशी को घर के एक वर्ष के अग्रिम शुल्क हेतु पचास रुपए पकड़ा दिए।

अली और नौकर ने मल्लिका का सामान वहीं दालान में छोड़ दिया और पैसा प्राप्त कर उड़न-छू हो गये। अब वह बिस्तरबंद और पाँच लोहे के बक्सों और एक बर्तन-भांडों की बोरी, एक सिलाई मशीन सहित अकेली खड़ी थी कि इस मकान के कोने में अवस्थित एक कोठरी में से एक नाटे कद की मज़बूत, अधेड़ महिला और एक मूँछों वाला अधेड़ पुरुष प्रकट हुए। दोनों ने झुक कर प्रणाम किया।

'मलिकिनी, हम कजरी हैं, ये हमार भर्तार हैं, ई मकान की देखभाल और चौकीदारी करत बानी। उ कुठरिया में हमार गिरस्ती...तोहार आवै की खबर पा के मकान हम एकदम साफ़ कर दिहिस। आपकी किरपा रहे तो पाँच रुपिया महीना में हम घर का काम संभार लई।'

'ये सामान...'

'हम जमवा दई...' कजरी का भरतार भीमा बोला।

मल्लिका ने अपने इस नये जीवन को स्वीकारने का प्रयास किया। मल्लिका ने नीचे के हिस्से में एक बड़े कमरे को खोला, कुछ अँधेरा-सा लगा तो ज़ोर लगा कर खिड़की खोल दी। सामने एक पहलवान का अखाड़ा था, जहाँ केवल लंगोट में कुछ पहलवान मल्ल-अभ्यास कर रहे थे। मल्लिका को देखकर पहले तो दोनों अभ्यास रोककर ताकने लगे, हँसने लगे, फिर एक ने अश्लील संकेत किया। मल्लिका ने खिड़की बन्द कर दी। साथ ही उसने इस पहले दिन ही कसम खायी कि दोबारा फिर कभी यह इस ओर की कोई खिड़की नहीं खोलेगी। दूसरे कमरों में गली की तरफ़ खुलने वाली खिड़कियाँ थीं, जहाँ से कोलाहल भीतर आता था। उसने ऊपरवाले हिस्से में ही रहने का निर्णय लिया। जहाँ तीन कमरे और गलियारा और दालान था। उसके बीच सीढ़ियाँ थीं जो तीसरी मंज़िल की छत तक जाती थीं। कजरी और भीमा को कहकर उसने पहली मंज़िल के बड़े कमरे में बिस्तर लगवा लिया। बिस्तर पर बैठकर उसने दोनों हाथों से सिर दाब लिया। नहीं, इस प्रकार से बहुत समय तक नहीं बैठा जा सकता। उसका मन ऊहा-पोह से घिरा था। वह नहीं जानती कितने दिन रहेगी यहाँ? मन-शांत होने तक? वह क्यों आयी है यहाँ? क्या सचमुच वह समाजच्युत है? क्या वह...? क्या वह यहाँ थोड़ी देर बैठकर चीखकर रो ले? नहीं-नहीं, कजरी सुराही भर कर लाती ही होगी।

दोपहर के भोजन के बाद उसने छत पर जाकर देखा, सूरज नीमों के झुंड के पीछे जा छिपा है। छत के इस हिस्से से एक बड़े दालान वाला घर और छोटा-सा मंदिर दिख रहा था। उस घर में बड़ी चहल-पहल थी। तभी घर में सामान जमाती कजरी का स्वर सुनाई पड़ा।

'ओ माँ, मलिकिनी, हम सोचे इस संदूक में न जाने कितना बेशकीमती सामान होगा। ये तो पोथियाँ हैं।' मल्लिका बगलवाले कमरे में चली गई।

'कजरी, ये पुस्तकें ही मेरे सम्बन्धी हैं। बहुत ध्यान से पोंछना। वहाँ सामने उन आलों में जमा दो।'

मन से हार मान मल्लिका उस उजाड़ मकान को घर बनाने में जुट गई।

यह मन जो लगातार काम करता है, यह बिना काम के नहीं बैठ सकता। जब रातों को हम गहरी निद्रा में होते हैं, मन उस घड़ी भी अपना चरखा चलाता हुआ रूई-सूत में उलझा रहता है। जो घटनाएँ जागते गुज़रती हैं, जो काम हम जागते में करते हैं। जो दृश्य हम खुली आँखों से देखते हैं, बस उन्हीं को उलट-पलट कर वह ऐसी कहानियाँ, ऐसे नाटक रचता है। जो हम होश रहते नहीं सोच पाते। इसी का नाम सपना है।

मल्लिका भूल नहीं पाती, काशी पहुँचने के बाद एक सप्ताह तक उसने हर रात कोई-न-कोई स्वप्न अवश्य देखा था। कभी देखा कि—बाबू काशी में एक घाट पर संन्यासी बने बैठे हैं, उसकी तरफ़ खड़ाऊँ फेंककर मार रहे हैं। कभी वह काशी की अजीब-अजीब गलियों में मजूमदार से बचकर दौड़ रही है, छतों-मकानों पर चढ़ती है, उतरती है, एक घाट पर फिसल जाती है, कोई अजनबी उसे पकड़ लेता है, नदी में गिरने से पहले। वह उसका चेहरा देख ही नहीं पाती। कभी देखती कि वह एक नाव खे रही है, नाव में शिउली के बच्चे बैठे हैं, उस पार से शिउली चिल्ला रही है, 'मेरे बच्चों को मत ले जाओ मल्लिका।' बस नहीं दिखे तो केवल चंद्र भैया!

मल्लिका को आरंभ में काशी में भाषा समझने में समस्या हुई किंतु संकेतों और हाव-भाव से वह समझने लगी। दो दालानों, तीन सीढ़ियों, दो ऊपर-दो नीचे चार कमरों, दो कोठरियों वाले इस घर को घर बनाने में तीन जन की ऊर्जा खूब खपी। सप्ताह भर बाद घर घर बन ही गया। रसोई भी आरंभ हो गई। रसोई में भोजन सामग्री भर ली गई।

मल्लिका ने कजरी के साथ बाज़ार जाकर विदेशी लिनन खरीदा और सुंदर पर्दे सिल डाले। दालानों में नई चिकें लगवा दीं। पीतल के भारी गुलदान और शमादान सजा दिए। वैधव्य के चलते मल्लिका ने अपनी रुचियों का परित्याग नहीं किया था। भली-भाँति सिले वस्त्र और सुस्वादु भोजन वह त्याग नहीं सकती। फिर जब अपना सम्पूर्ण अस्तित्व जगा कर, उस कुलीन विधवा मल्लिका बंद्योपाध्याय के काँपते तन-मन को वह वहाँ मेदिनीपुर में ही छोड़ आई है, तो यहाँ तो वह अपनी इच्छानुसार जीवन बिता सकती है।

सब कहते हैं काशी धाम पहुँचने के बाद यात्रियों को सबसे पहले गंगा घाट पर जाना चाहिए। किंतु वह दस दिन बाद पहुँची। कजरी के साथ ही, कलकत्ता की तरह बनारस गलियों और भीड़ का गुंजल था, मगर छोटा। यहाँ वैसे पुल और अट्टालिकाएँ नहीं थीं। घर, हवेलियाँ, घाट थे। रास्तों में बैठी गऊएँ थीं, सींग लड़ाते साँड़। घाटों पर मल्लिका को अजीब लगा एक ओर महिलाएँ नहा रही

थीं ऊपर मंदिर के छज्जे पर खड़े कुछ लोग उन्हें टकटकी लगाकर देख रहे थे। उसने नहाना स्थगित कर दिया।

अपने एकांत को भरने के लिए मल्लिका ने एक सारिका पाल ली थी, जो बोलती थी। एक बढ़ई को बुलाकर एक डेस्क और पुस्तकों के लिए एक दीवार पर काँच वाली अलमारी बनवा ली थी। जब मन शून्य से भरने को होता वह शब्दों से पन्नों पर खेलती। एक महीना बीत जाने पर उसने चंद्र भैया को पत्र लिखा।

परम आदरणीय, पूजनीय चंद्र भैया,

मेरी सकुशलता का समाचार देने हेतु यह पत्र लिख रही हूँ। विलम्ब के कारण आप चिंतित होंगे किंतु आप स्वयं जानते हैं, अपरिचित नगर में सुचारू रूप से स्थापित होने में समय तो लगता है। कोटि-कोटि आभार कि आपने रेल यात्रा से लेकर, काशी में मेरे लिए मकान तक की व्यवस्था ऐसे करवाई कि मुझे बिलकुल कष्ट मालूम नहीं हुआ।

मुझ कु-गृहस्थन को एक गृह सहायिका 'कजरी' मिल गई है। इस पुराने चलन की अटारी को हमने मिलजुलकर गुज़र-बसर लायक बना लिया है। हाट-बाज़ार और चौकीदारी कजरी का पति भीमा करता है। जिस गली में मकान है वह इतनी संकरी है कि मुझे सूरदास का वह पदांश याद आता है, 'प्रेम गलि अति सांकरी।' मेरे मकान से सटे हुए दो मकान हैं, जिनको गली अलग करती है मगर छतें तीन सखियों की तरह सिर मिलाए रहती हैं। आपने वचन दिया था, जब मैं काशी में स्थापित हो जाऊँगी आप मेरी सुधि लेने हेतु आएँगे और अपने साहित्यिक मित्र और उनकी मंडली से मेरा परिचय करवाएँगे।

मुझे आपने आते-आते बताया था कि आपने *दुर्गेशनंदिनी* के बाद एक और उपन्यास प्रकाशनार्थ दिया है। आपकी इस भगिनी का सर्वप्रथम अधिकार बनता है। मैं संस्कृत प्राथमिक कक्षाओं में पढ़ चुकी हूँ, देवनागिरी लिपि मुझे आती है। यहाँ मैं हिन्दी को सुचारू ढंग से बोलना, लिखना चाहती हूँ। ठीक-ठाक शुल्क में कोई अध्यापिका मिल जाए तो वचन देती हूँ अगला पत्र बांग्ला में नहीं हिन्दी में लिखूँगी।

राजलक्ष्मी भाभी को मेरा आत्मीय प्रणाम कहें, आभार कितना अर्थहीन है, उनके और आपके प्रेम के आगे। आप लौटते हुए पत्र में विस्तार से बताइएगा, बाबा का समाचार दीजिएगा। उन्हें बहुत कष्ट हुआ होगा किंतु जब कभी दौरे पर मेदिनीपुर जाएँ उन्हें मेरी कुशलता का समाचार दीजिएगा। मैं भी उन्हें पत्र लिखूँगी।

मेरे नेत्र सुख से बार-बार भर आ रहे हैं, शब्दों पर टपककर यह सुख का जल इन्हें धुँधला कर रहा है। आप बिलकुल विचलित नहीं होना, मुझ-सी सौभाग्यशालिनी

कौन, जिसका आप सा यशस्वी बड़ा भाई हो। जिसकी बड़ी बहन अपने घर में गृहस्थी सुख में निमग्न हो। जिसके पिता...मैं भगवान चंद्रमौली से निसदिन प्रार्थना करती हूँ कि अपने पूजनीय पिता की चरणधूलि फिर-फिर मस्तक पर लगा सकूँ।

पत्र तो लम्बा होता चला जाएगा अगर मैं पूरा अनुभव लिख दूँ तो...कलकत्ता से रेलयात्रा से काशी आने से यहाँ स्थापित होने तक का। वह आपसे मिलकर सुनाऊँगी कि कितना दुष्कर है एक स्त्री का अकेले यात्रा करना। कितने प्रश्न, कितनी कुचेष्टाएँ। वह तो एक बर्तानवी रेल अफ़सर मेरे से अगले डिब्बे में था तो मैं सुरक्षित पहुँच गई।

मेरी क्षुद्रताओं की उपेक्षा कर मुझ पर वरद हस्त बनाए रखिएगा। पत्रोत्तर की असीम अभिलाषी।

सादर चरण स्पर्श<br>आपकी भगिनी मल्लिका

(मैंने अपना उपनाम त्याग दिया है चंद्र भैया।)

पुनश्च—मैंने कल ही एक सारिका पाली है। उसका नामकरण किया है भुवनमोहिनी। वह बड़ी वाचाल है, प्रातः पुकार उठती है—राधे-राधे। व्याध ने उसके पर कतर दिए हैं, सो पिंजरा खुला होने पर भी नहीं भागती। मैं उसे प्रातः बेला, अपने कमरे में स्वतंत्र कर देती हूँ। आप सोचते होंगे काशी आकर मैं स्वयं कितनी वाचाल हो उठी हूँ। पत्र के उत्तर की प्रतीक्षा में।

~

मल्लिका इन भूलभुलैया से मकानों को देखकर आश्चर्य किया करती थी। गली उन दोतरफ़ा घरों को अलग करती थी, तो छतें उन घरों को जोड़ा करती थीं। असमान तल पर अलग आकार-प्रकार के कक्ष, छतें, कोठरियाँ, दुछत्तियों के असमतल फ़र्श। सुविधानुसार उनका निर्माण अलग-अलग काल में हुआ होगा। कमरों को जोड़ते ऊँचे नीचे घुमावदार गलियारे।

मल्लिका का प्रिय कमरा वह था जिसके द्वार के आगे लम्बा गलियारा था, गलियारे में बीचोबीच आगे को निकला षट्कोणीय गवाक्ष जैसा नक्काशीदार जालियों वाला प्रकोष्ठ था। वह वहीं प्रकोष्ठ में बैठकर पढ़ा-लिखा करती थी। इस प्रकोष्ठ से गली, इस घर का दालान और निकट वाले घर की छत दिखती थी। साथ ही घर के भीतर सुरक्षित रहकर बाहरी वातावरण से जुड़ा जा सकता था। इस तरह के बहुत से घर मधुमक्खियों के छत्ते से आपस में जुड़े थे जिनके

भीतर की ओर स्त्रियाँ भोजन पकातीं, सिलाई-कढ़ाई करतीं, वार्तालाप में निमग्न रहतीं। बाहर गली की ओर के कमरों में पुरुष आया-जाया करते और कारोबार चलाते, बैठकियाँ करते।

मल्लिका मन बहलाने को पुस्तकें पढ़ती, ईशभक्ति की छोटी बांग्ला या संस्कृत कविताएँ लिखती या टूटी-फूटी बांग्ला मिश्रित ब्रज भाषा में वैष्णवी दोहे लिखा करती थी। प्रात:काल में वह धूप खाने और प्रकृति से परिचय हेतु छत पर चली जाती। छत को जोड़ती जालियों वाली दीवार के आर-पार से ही मल्लिका और हरिचंद ज्यू का परिचय हुआ था।

हरिचंद जी से मल्लिका की भेंट विचित्र घटना ही थी, वह दिसम्बर की शीत से ठिठुरकर छत पर धूप की उष्णता सोखने चली आई थी। आर्द्र केश कन्धों पर फैले थे...कत्थई चौखाने वाली साड़ी का आँचल सर से हटा था...सारिका भुवनमोहिनी से बतिया रही थी—

'सुन! दादा कहते थे कि इस नगर के लोग बड़े ज्ञानी और कलावंत हैं, मगर जब से मैं आई हूँ मैंने यहाँ केवल कर्कश बूढ़े और दिन भर गृहस्थी में लगी स्त्रियाँ ही देखी हैं। मुझे तो कोई पुस्तकों की दुकान या पुस्तकालय तक नहीं मिला।'

हरिचंद अपनी छत पर बैठे एक पत्र लिख रहे थे। अचानक उन्हें बांग्ला मिश्रित हिन्दी में यह उलाहना सुनाई पड़ा। वे उठकर आए ईंटों के बीच खुले चौखाने से झाँका—एक विचित्र दृश्य दिखा...एक मुक्तकेशिनी, एकवसना स्त्री दरी पर पेट के बल लेटी है। चेहरा नहीं दिख रहा बस साँवली-सुनहरी पीठ पर फैले घने केश और उन केशों से खेलती एक सारिका 'कुट-कुट' कर रही थी। सामने एक पुस्तक के पृष्ठ फड़फड़ा रहे थे। तभी सारिका बोली—'भुवनमोहिनी! भुवनमोहिनी!!'

कुछ घड़ी को उस दृश्य को वे समझते रहे, फिर याद आया कि रजतमोहन ने बताया था, 'एक भद्र विधवा महिला ने पड़ोस के मकान में डेरा किया है।' क्या यह वही है? बहुत दिनों से वे आस-पास की सुधि नहीं ले पाए। काशी महाराज अस्वस्थ चल रहे हैं तो रोज़ का वहाँ आना-जाना। तभी उस स्त्री ने करवट ली और सारिका को पिंजरे में डाल दिया—'ओ बाबा रे! चल भीतर...यहाँ के गगन में तो कैसे-कैसे चील, बाज़ और शिकरे उड़ते हैं, कहीं तुझे ग्रास बना लिया तो?'

एक श्यामलवर्णा, लावण्यमयीमुख पर अतिविशाल दृगद्वय देख हरिश्चन्द्र चकित रह गए। कैसा अनोखा-सा चेहरा है यह, न कभी देखा न सुना। वाणी कितनी मीठी और उच्चारण मनमोहक...वैसा, जैसा कि पुरी में बाऊल गायकों का था। उत्सुकता चरम पर जा चढ़ी। किंतु वे चुप रहे...चुपचाप अपने आसन

पर आ बैठे। सोचने लगे, इस एकाकिनी पड़ोसन के बारे में—भुवनमोहिनी! वे सोचते थे कोई वयप्राप्त, अधेड़, कुलीन विधवा होगी जो काशी प्रवास को आई है। यह तो नितांत अल्पवयस है। पुस्तकों में बंगाली सुरुचि...काशी में पुस्तक की दुकान और पुस्तकालय खोजती है। वे मुस्कुराए...एक गूढ़ मुस्कान।

~

उसी दिन, साँझ ढलने से पहले उन्होंने घर की सेविका को कुछ चुनिंदा पुस्तकों के साथ भेजा। जिनमें सूर-तुलसी की कविताओं पर सरल हिन्दी में टीकाएँ थीं। मल्लिका उस बेला, प्रकोष्ठ में अनमनी बैठी आकाश निहार रही थी, पक्षी नीड़ की ओर लौट रहे थे...उसका मन इस नगर से स्वयं को जोड़ नहीं पा रहा था। गली से बाहर निकलते ही पुरुषों की निगाह उस पर गड़-गड़ जाती, स्त्रियाँ कानाफूसियाँ करतीं। भाषा की समस्या...यूँ तो वह मितभाषी है किंतु कभी तो किसी से दो शब्द बात हो। तभी एक स्त्री उसके दालान में दिखी, उसके हाथ में एक थैला था। वह कजरी को पुकार रही थी, कजरी शाक-भाजी लेने गई हुई थी। मल्लिका नीचे उतर आई।

'कौन चाहिए?'
'बीबी, मालिक ने ये पोथियाँ भेजी हैं।'
'कौन मालिक?'
'वे बगल की कोठी के मालिक, सेठ साहब।'
'कहलवा भेजा है कि, इनमें से जो चाहें रख लें, बाकी भेज दें।'

~

मल्लिका ने थैला दीवान पर उलट दिया—उसमें दो बांग्ला किताबें थीं, शेष हिन्दी की। वह असमंजस में पड़ गई। साथ में एक काग़ज़ का टुकड़ा था—

'भुवनमोहिनी जी! मैं हरिश्चन्द्र अग्रवाल हूँ। ये कुछ पुस्तकें मैं अपने निज पुस्तकालय से आपकी शिकायत पर भिजवा रहा हूँ। यहाँ पुस्तकों की दुकान भी है, कुछ दूर पर सार्वजनिक पुस्तकालय भी।'

मल्लिका ने सभी किताबें रख लीं। कलम लेकर एक काग़ज़ पर लिखा देवनागरी में—'धन्नबाद।'

अगली सुबह मल्लिका और उसकी सारिका छत पर आए ही नहीं। हरिचंद

ज्यू दो बार टहल कर चले गए। ऐसे ही कई सुबहें बीत गईं। एक ऐसी ही भोर के कोहरे के जाल में से सूरज की सुनहली किरणें धीरे-धीरे आकाश में फैल रही थीं, पेड़ों की पत्तियों को सुनहला बना रही थीं, चारों ओर किरणों की ही जमावट थी। हरिश्चन्द्र अपनी छत पर टहल रहे थे और छिटकती हुई किरणों की यह लीला देख रहे थे पर मन अनमना था...वह कहाँ है? मन टीस उठा...तभी चेहरे पर किरणों का जाल लिए, उन्होंने एकाकिनी पड़ोसन को अपनी ही छत की तरफ़ ताकते पाया। इकहरी, लम्बी देह। साँवला रंग, पूरे चेहरे को परिभाषित करने को पर्याप्त विशाल नयन। उसके साँवले सुघड़ पैरों में लाल आलता था, भेस विधवा का? बालों में घूँघर, आँख में काजल और होंठ मिसवाक से रचित। वह विधवा थी, पर दिखती नहीं थी।

'प्रणाम भुवनमोहिनी जी,' हरिश्चन्द्र ने नयन मिलते ही कहा।

'महोदय, यह मेरी सारिका तो प्रणाम नहीं बोलती और पुस्तकें भी नहीं पढ़ती...। जो आपने इसे भेजी थीं। वो मैंने पढ़ डालीं।'

'जी?'

'इस मैना का नाम है भुवनमोहिनी...' कहकर हौले से हँस दी मल्लिका। एकसार दंतावली और सुगढ़ होंठ।

'हे ईश्वर! मैं सोचता रहा ''भुवनमोहिनी'' आपका शुभनाम है। आपकी विनोदप्रियता का आज से दास हुआ,' ठहाका मार कर हँस दिये हरिश्चन्द्र।

'हम मल्लिका हैं। आभार पुस्तकों के लिए...हिन्दी हम पढ़ लेते हैं मगर बहुत धीमी गति से। बांग्ला पुस्तकें तो हम पढ़ चुके हैं, वापस भिजवा रहे हैं, हिन्दी पुस्तकें कुछ दिन बाद...'

'आप हिन्दी बोल लेती हैं...?'

'कलकत्ता में मेरे भैया की दासी ब्रजवासिनी थी, वह हिन्दी बोलती थी। एक बात पूछनी है, क्या यहाँ मुझे हिन्दी लिखना सिखाने वाली कोई महिला अध्यापिका मिल सकेगी? वैसे संस्कृत देवनागरी लिपि का मुझे अभ्यास है।'

'जी, मैं पता करके बताता हूँ। प्रसन्नता हुई आपका हिन्दी प्रेम देख, यहाँ तो बाहर से आई भाषाओं के पीछे लोग भाग रहे हैं। अच्छा अब चलूँ।'


~


मल्लिका का मन यहाँ स्थिर होने लगा था। आते-जाते हरिश्चन्द्र जी मिल जाते। मल्लिका का पुस्तकों का लेन चलता, देन में तो बस बड़ी आँखों को उठाकर

आभार...सुबह वे ठाकुरद्वारे जाते तो उसके घर के नीचे पुकारते, 'जय श्री कृष्ण।'

उसके कान मानो प्रतीक्षा करते। एक सुबह वह गलियारे में थी, घर के बाहर धीरे-धीरे करताल बजने लगा, धीरे-ही-धीरे एक बहुत ही सुरीला गान चारों ओर फैल गया। वह दौड़कर गलियारे में आई। यह स्वर एक भिखारी ब्राह्मण के बहुत ही सुरीले कंठ से निकल रहा था, जो बड़ी भक्ति के साथ उसके घर के पास खड़ा था। उसके बगल में हरिचंद ज्यू खड़े थे। लम्बी देह, घुँघराले बाल, साँवला-सलोना गात, नीलवर्णी अंगरखा और धोती। समाप्त होने पर उन्होंने उसे पाँच रुपए दिए, जिसे लावनी गायक अविश्वास से देखता रहा, फिर प्रणाम कर वह चला गया। मल्लिका और हरिश्चन्द्र की परस्पर दृष्टि टकराई। वे ऊँची आवाज़ में बोले—

'राधे-राधे!...तुमको भी आकृष्ट किया ना इसके गाने ने? यह बहुत ही दुर्लभ लावनी गा रहा था।'

'मैं अर्थ तो न समझी, सुर भला लगा था,' मल्लिका संकोच से बोली।

'आज्ञा हो तो मैं आकर बताऊँ कि वह क्या गा रहा था,' हरिश्चन्द्र जी ने मुस्कुरा कर पूछा।

'आइए। स्वागत।' मल्लिका ने दौड़ कर नीचे आकर दरवाज़ा खोला। उन्हें ऊपर ले आई।

'वाह आपने तो इस खंडहर में प्राण डाल दिए, सुंदर सज्जा।'

'आसन लीजिए।'

'समय न लूँगा, खड़ा-खड़ा ही चला जाऊँगा। वह जो लावनी गा रहा था उसका अर्थ यह था—एकाएक कृष्ण के सामने चले आने और कृष्ण की सज-धज देखकर राधा सुध खो बैठी हैं। कृष्ण की त्रिभंगिमा, मोरपंख और भाल का टीका, घुँघराले बाल, होंठों से लगी बाँसुरी देख, राधा के मुख पर स्वेद बिंदु छलक आए हैं, होंठ हल्के से खुल गए हैं। हृदय की गति बस में नहीं है। उनके हाथों में जो माला है, उनका मन चाहता है कि वे उसे कृष्ण के कंठ में डाल दें किन्तु लजा जाती हैं—अच्छा, अब चलने की आज्ञा दें।'

'कुछ देर बैठिए, दूध और मिष्ठान्न ग्रहण करके जाएँ। मुझे सुख मिलेगा।'

'लावनी के चलते ठाकुरद्वारे को विलम्ब हो गया। मैं दर्शन-पूर्व कुछ भी नहीं खाता। दुबारा शीघ्र आने का वचन देता हूँ। हाँ, हिन्दी की अध्यापिका की व्यवस्था तो न हो सकी, मैं स्वयं सप्ताह में एक बार मार्गदर्शन कर सकता हूँ।'

'आहा! मेरा सौभाग्य।'

लावनी सुनकर, अर्थ जानकर मल्लिका का जी ही ठिकाने पर न रहा।

'ठीक मेरे ही मन की दशा। प्रातः उन्हें सामने पाकर कैसे दौड़ पड़ी। क्या सोचते होंगे?'

कक्ष में कोई था ही नहीं, लज्जा रह-रह कर उसके चित्त पर छा जाती। अपने आप वह धरती में गड़ी जाती थी—हाँ! मैं अभागिन हूँ, मैं विधवा हूँ। मेरे जीवन में आगे की दिशा में मुझको अँधेरा ही दिखता है। पर क्या इस अँधेरे में कुछ पल उजाले में बदलने को मुझे अपनी मर्यादा छोड़नी चाहिए? हरिश्चन्द्र जी की छवि उसकी आँखों के सामने फिर गयी। साँवला गात, उनकी गहरी काली आँखें, निराली चितवन, उनका हँसी-भरा मुँह, अनूठा ढंग, सहज अलबेलापन— सब एक-एक करके उसके जी में जागे। वह बहुत ही धीरे-धीरे, अपने जी से भी छिपे-छिपे, कहने लगी, 'हरिश्चन्द्र जी, तुम क्यों मेरे मन को भरमाते हो?'

~

हरिश्चन्द्र स्वयं तो न आ सके, किंतु सप्ताह बाद ही रविवार को मल्लिका ने अपनी छत से देखा, सामने उनकी छत पर एक लम्बी चौड़ी चाँदनी तनी हुई है, चाँदनी के नीचे चौकियों पर और चौकियों के नीचे छत पर गद्दे और सफ़ेद बिछावन बिछ हुआ है। एक-एक, दो-दो, चार-चार, दस-दस, करके लोग आ रहे हैं, और सलीके से बिछावन पर बैठते जाते हैं। बिछावन ऊपर-नीचे लगभग भर गया है, कितने ही लोग आस-पास खड़े भी हैं, सब लोग चुपचाप किसी की बाट देख रहे थे, पान बँट रहे थे, पंखे झले जा रहे थे और हरिश्चन्द्र जी अपने दस-बीस साथियों के साथ इन सब लोगों की आवभगत में लगे हुए थे।

कुछ देर बाद एक पगड़ी वाले अधेड़ प्रविष्ट हुए। कुछ देर के वार्तालाप के बाद एक युवक ने काग़ज़ से कुछ दोहे पढ़े, मल्लिका चहक उठी—'अहा! काव्येर गोष्ठी?'

मल्लिका ने कजरी को संकेत देकर छत के इस पार जाली के पीछे कुर्सी लगवा ली और काव्यरस का आनंद लेती रही। खड़ी बोली और उर्दू बहुत समझ नहीं आती किंतु ब्रज कुछ समझ लेती है, बाबू ने सूरदास के 'भ्रमरगीत' का बांग्ला में अनुवाद जो किया था।

मल्लिका ने महसूस किया कि ये लोग लयबद्धता में उतने पक्के नहीं हैं। काव्य-गान तो बांग्ला में मधुर है। मगर कविता का पर्याय ही आनंद है उसके लिए। हरिश्चन्द्र जी ने जब पद पढ़ा तो उसका मन सिहर गया। फिर वे उच्च स्वर में मानो उसे ही अर्थ बताने लगे—

—भारतेन्दु हरिश्चन्द्र

मल्लिका ऐसी घबराई कि पैरों के पास रखे भुवनमोहिनी के पिंजरे पर पैर लगा वह चीख पड़ी—'कें कें...केंकें...बोलो बोलो भुवनमोहिनी...कें कें'

मल्लिका ने कहा—'श्शश...! और वह नीचे जाकर भुवनमोहिनी का पिंजरा भीतर ऊँचे आले में रख आई। गोष्ठी भी समाप्त हो चली थी। क्या हरिश्चन्द्र जान गए थे रसिका प्रतिवेशिनी आज की काव्य-गोष्ठी की दीवार पार की श्रोता रही हैं। इधर वह सोचने लगी, ' हरिश्चन्द्र जी से मैं कभी औपचारिक बातों के सिवा बोली नहीं। न कभी आँख उठाकर भली-भाँति उनको देखा। फिर क्यों मैं थोड़ा-थोड़ा उनकी ओर खिंचने लगी हूँ?'

एक रोज़ वसु परिवार के निज उत्सव में जब वह शामिल हुई और हरिश्चन्द्र जी के नाम का उल्लेख बड़े सम्मान से हुआ तो चकित हिरनी से उसके कान उधर ही सुनने लगे। जगन वसु दादा से कोई अतिथि कहता था—'आपके पड़ोसी तो हैं ना, हरिश्चन्द्र बाबू, इतनी कम वयस में इतना नाम है। काशीराज भी इतना मान देते हैं। साहित्य सेवा करते हैं। दानवीर भी बहुत हैं। आज अखबार में उन पर बड़ा लेख छपा है।'

'जी, पढ़ा मैंने वह लेख।' जगन दा सर हिला कर बोले थे।

'किसकी बात करते हैं, भैया?' मल्लिका ने वसु परिवार की बहू से पूछा।

'वही, हरिश्चन्द्र जी, जो अपने यानी आप जहाँ रहती हैं, उसके पीछे तो रहते हैं। बड़े नामी व्यक्ति हैं। आपने नहीं देखा उन्हें?'

मल्लिका ने गरदन हिला दी। इतना बड़ा व्यक्ति और इतना सरल कि लावनी का अर्थ बताने चला आया और मैं ठीक से आवभगत भी न कर सकी। मैं उनसे मार्गदर्शन की प्रत्याशा कर बैठी, कितना व्यस्त रहते होंगे वे। कुछ दिन बीतने पर वे चले आए।

वर की तरह सजे हुए थे। रेशम के कुर्ते पर ज़री का काम था। सर पर नौगशिया टोपी थी। भाल पर तिलक, मुँह में पान, कंधों पर बहुत क़ीमती दुशाला। पैरों में मखमली जूतियाँ।

मल्लिका ○ 75

'मल्लिका जी, कुछ पुस्तकें लाया हूँ, हिन्दी के सुबोध व्याकरण की। और यह पत्रिका है, *हरिश्चन्द्र* जो हम निकालते हैं। बस अभी काशी नरेश के दरबार से किसी तरह भाग निकला और लौटते में आपके निवास के आगे निकला तो दर्शन का लोभ संवरण न कर सका।'

'कृतज्ञ रहूँगी आपकी। आज आप ठहर कर जाएँगे। मैं दूध-मिष्ठान लाती हूँ।'

'नहीं, मुझे दोनों का ही शौक नहीं। मैं तो लवण-प्रेमी व्यक्ति हूँ। ठहर मैं वैसे ही जाता हूँ, आज कुछ फुरसत थी, तो लगा आपसे ठीक से परिचित हुआ जाए। अच्छा, उस दिन लगता है भुवनमोहिनी ने पूरी काव्य गोष्ठी सुनी।'

मल्लिका लजा गई।

'बालपन का संस्कार है ना, जाता नहीं। मेरे बाबू संस्कृत-काव्य गोष्ठियों में मुझे ले जाया करते थे।'

'आप बंगाल के किस हिस्से से हैं?'

'जी मेदिनीपुर ज़िले में हमारा गाँव है, केशोपुर।'

'मेरा बहुत मन है कि भारत का वह शस्यश्यामल प्रदेश देखूँ। जहाँ से साहित्य का सूरज उदय होता है। जहाँ नवजागरण करवट लेता है। जहाँ विवेकानंद और ईश्वरचन्द्र विद्यासागर समाज सुधार की अलख जगाते हैं और बंकिमचंद्र साहित्य को नए प्रकाश में ले जाते हैं।'

'आप जानते हैं बंकिमचंद्र भैया को?'

'उन्हें कौन नहीं जानता?'

'वे मेरे भ्राता हैं। मेरे पिता की मौसेरी बहन के बेटे।'

'वाह! अद्भुत संयोग है। तभी आपकी साहित्य में रुचि है, सुना है बंगाल में तो शुक-सारिका भी कविता करते हैं।'

'यह तो अतिशयोक्ति हुई। काशी में यूँ निकट ही कवि-गोष्ठी सुनूँगी यह पता न था। मैं तो जलवायु परिवर्तन और विश्वनाथ के चरणों में जीवन का कुछ अंश बिताने चली आई थी। आपकी कविता सुंदर लगी,' मल्लिका ने संकोच के चलते धीरे-धीरे कहा।

'जानता हूँ, किंतु आपको इस कवि का पूरा परिचय नहीं मालूम,' हरिश्चन्द्र जी कुर्सी पर बैठ अपनी जूतियाँ उतार कर बोले।

'वसु भैया के यहाँ सुना था, कोई कुलीन अतिथि आपकी यशकीर्ति सुना रहा था। शेष आप बता दें,' मल्लिका मुस्कुराई उनके इस बनक पर।

'मल्लिका जी, मैं तो अपनी मातृभाषा को इस देश में सम्मान दिलवाने हेतु प्रतिबद्ध हूँ, बस यही प्रतिबद्धता मुझे यश देती जाती है, धन लेती जाती है।

उस संध्या मेरी छत पर मैं सुकवियों का सम्मान कर रहा था। कुछ बाहर से पधारे दरिद्र कवि थे, उनको शहर के गणमान्यों की ओर से भेंट दिलवा रहा था। कविगण युग के नियामक होते हैं। वे युग के ऐसे तानपूरे हैं जिनमें से स्वयं वायु गीत निकाल लेती है। मैं भी कुछ नहीं, मैं तो निमित्त मात्र हूँ।' तभी कजरी ताज़ा दही और आलू की कचौरियाँ ले आई।

'*कवि-वचन सुधा* और *हरिश्चन्द्र* पत्रिका से आप जान लेंगी। इस क्षण तो गर्म कचौरियों की महक मुझे विचलित कर रही है।'

हरिश्चन्द्र खाते हुए मल्लिका को कनखियों से देख रहे थे। मल्लिका पंखा झलने लगी थी। कुलीनता हर स्पंदन से झर रही थी। सादी-सी साड़ी को बांग्ला ढंग से पहना था। बड़ी-बड़ी आँखों में दो विरोधी भाव संग थे—पीड़ा और रस। सुघड़ता से सजा था कमरा। फालसई रंग के परदे, हाथ से कढ़े मेज़पोश, कुर्सियों की गद्दियों पर मखमली नीले गिलाफ़। पीतल के नक्क़ाशीदार फूलदान। एक कोने में डेस्क जिस पर कलम-दवात रखे थे। किताबों से भरी एक अलमारी। वे ये जानते थे कि किताबों से प्रेम करने वाली स्त्रियों में एक ठहराव होता है।

'लिखने-पढ़ने वाली महिलाएँ, हमारे साहित्यिक समूह में नगण्य हैं। हमें अच्छा लगेगा अगर आप हमारे समूह में सम्मिलित हों। बांग्ला साहित्य में स्त्रियों की जागरूकता हेतु बहुत लिखा गया है, आप हमारी पत्रिका *कवि-वचन सुधा* अथवा *हरिश्चन्द्र* के लिए अनुवाद कर सकती हैं। हिन्दी में आपकी सहायता हेतु किसी को सहायक रख देंगे। आगे कभी बंकिमचंद्र की किसी आख्यायिका का अनुवाद कर सकें तो अहा! यूँ बंगाली भाषा हमें भी आती है। हम लड़कपन में पुरी गए थे। वहाँ कई बंगाली विद्वानों से सत्संग रहा...तो आपकी सहायता से बंगाली साहित्य, विशेष रूप से आख्यायिकाएँ हिन्दी में आएँ जैसा बंकिमबाबू लिखते हैं तो स्वर्णिम सुयोग होगा।'

'आख्यायिका माने? उनके उपन्यास?'

'जी अवश्य।'

'आपको मार्गदर्शन देना होगा, किसी शुभ कर्म में लगूँगी तो मेरी दिनचर्या सुचारू हो जाएगी। काशी प्रवास सार्थक हो जाएगा।'

'इस घड़ी तो आज्ञा दें। आप ये पुस्तकें अवश्य देखिएगा। हिन्दी लेखन के अभ्यास पर एक सरल पुस्तक भी है।'

मल्लिका का मन मयूर हो गया, पंख फैलाकर नृत्य करने लगा। अगर वह ऐसे सार्थक काम करने लगे तो काशी आना कितना भला लगेगा। कितने भले हैं हरिश्चन्द्र जी। मेरा सौभाग्य कि मुझे काशी आने पर बौद्धिक व्यक्तियों की संगति

मिली। उनके जाने पर मल्लिका सोचने लगी—'मेरा मन उनसे बोलने-बतियाने को अधीर होता है?' उसको ऐसा जान पड़ा जैसे उसने कोई चोरी की है, वह घबराकर इधर-उधर देखने लगी। पर जैसा सन्नाटा उनके कक्ष में आने से पहले था, वैसा अब भी था, किसी के पाँव की चाप भी कहीं सुनायी नहीं देती थी।

हरिश्चन्द्र भी सीढ़ियों से उतरते-उतरते सोच रहे थे—'मैं कैसे मोह से बँधा जा रहा हूँ इस एकाकिनी के! कितने सरल, स्निग्ध व्यवहार वाली है। मधुर और धीमी-धीमी वाणी, मानो नित्य के गृहक्लेश से ज्वरयुक्त मन पर गुलाब जल का फाहा हो। इसके विशाल नयन सम्मोहन में बाँध लेते हैं क्या यह जानती है? यदा-कदा ही पूरे खोलती है, वरना अर्धोन्मीलित कमलिनी से...वे द्वार की अर्गला खोलकर निकल ही रहे थे कि किसी कील में उनका दुशाला अटक गया। निकालने की चेष्टा में वे मुड़े, वह ऊपर गलियारे में खड़ी थी, मौन कृतज्ञता भरा मधुरस्मित लिये। अपने दुशाले से वह कोई नेह-सूत्र बँधा पा रहे थे, जो रोकता था।

पहाड़ जाकर नदियों को तो नहीं देखा मगर सुना है उनके स्रोत बहुत छोटे या अदृश्य गड्ढे होते हैं। उनका कुछ चिह्न नहीं मिलता। आगे बढ़ने पर थोड़ा-सा पानी सोते की भाँति झिर-झिर बहता हुआ दिखता है और आगे बढ़ने पर इसी की हम एक पतली धार पाते हैं। यही पतली धार कुछ और आगे बढ़कर और कई एक-दूसरे पहाड़ी सोतों से मिलकर एक छोटी नदी बन जाती है। कलकल-कलकल बहती है। लहरें उठती हैं। कहीं पत्थर की चट्टानों से टकरा कर छींटे उड़ाती है। फिर बड़ी नदी बनती है और बड़े वेग से समुद्र की ओर बहती है। हमारी चाहों का भी यही ढंग है, पहले जी में इसका कुछ चिह्न नहीं होता। पीछे धीरे-धीरे उसकी एक झलक-सी इसमें दिखलाई देती है। कुछ दिन और बीतने पर उसकी एक धार-सी भीतर-ही-भीतर फूटने लगती है। पीछे यही धार फैलकर जी में घड़ी-घड़ी लहरें उठाती है। अठखेलियाँ करती है। अड़चनों से टक्कर लगाती है और अपने चहेते की ओर बड़े वेग से चल निकलती है।

हरिचंद ज्यू और मल्लिका का लगाव भी ऐसे ही बढ़ता रहा। लेकिन अभिव्यक्ति पर ताले पड़े थे। दोनों अपने-अपने घरों की चार दीवारों में एक-दूसरे के बारे में ध्यानमग्न रहते। सामने पड़ते या किसी काम से कुछ समय मिलते तो अधिकतर मौन बोलता या काम की बात...मन में पलते लगाव ने उन्हें और सजग कर दिया था। वे पहले से भी बहुत औपचारिक हो चले थे। ऐसे में कँपकँपाता मौन बोलता था। वे उस मौन में डूबते रहे, मर्यादाओं के भँवर में फँस कर चक्कर खाते रहे, लाख हाथ-पाँव मारने पर भी कूल नहीं मिलता।

हरिश्चन्द्र स्वयं से कहते—'कितना नीरव है उसका अस्तित्व...जो मेरी दो

बातों से किसी का भला होता हो, तो यही सही...उस कुलीन विधवा का यह काशी प्रवास मेरे रहते सुखद और सार्थक हो सके तो मेरी क्या हानि?'

एक रोज़ उन्होंने कजरी को बुलवाकर मल्लिका को कहलवा भेजा—

'दशवामेध घाट पर कुछ कविता-रसिकों की संगत है, आना चाहो तो पालकी भिजवा देंगे। सम्भव हो सके तो कुछ पीत रंग के वस्त्र पहर आना। कोई अपनी कविता लिखकर लेती आना। चाहे चार पंक्तियाँ ही सही।'

कविता की चार पंक्तियाँ? पीत रंग वस्त्र? मल्लिका निमंत्रण पाकर घबरा ही गई। घाट पर यूँ सब प्रबुद्ध-जन के समक्ष क्या मेरा जाना उचित होगा? पसलियों के बीच बाईं ओर रखा हत्पिंड, भूडोल आने पर भूमि जैसे थरथराती है, वैसे ही कँपकँपाने लगा। न जाने कितने भाव, बेड़ियाँ, संकोच काँप-काँप कर टूटने लगे। वह आज्ञा मानो कोई प्रभु आज्ञा थी। जाना तो होगा किंतु राह कंटकों से भरी है।

हे प्रभु, मुझ मतिहीन को वहाँ साहित्य सभा के किस प्रयोजन हेतु बुला भेजा है? क्या यह कोई मिथ्या आमंत्रण तो नहीं? क्या चाहते हैं हरिश्चन्द्र जी? मन की दशा पर काबू पाकर आज भोर के प्रथम पहर कुछ पंक्तियाँ लिख ली थीं। कजरी के हाथ एक पर्ची देवनागरी में लिख भेजी—'आमी मनुस्य कौना लज्जाबती गाछ नाहि, पालकी पठाना ना (मैं मनुष्य हूँ कोई छुई-मुई का पौधा नहीं, पालकी न भिजवाएँ)।'

पीत रंग साड़ी तो नहीं थी, हाँ! एक मुर्शिदाबादी रेशम की सफ़ेद साड़ी थी जिसकी किनारी पीली थी और उस पर छोटी-छोटी बूटी भी पीली थीं वही पहन ली थी, काशी-वासिनियों के तरीके से सीधे पल्ले से। वह समय से पूर्व पहुँचकर लोगों की उत्सुकता नहीं जगाना चाहती थी सो नियत समय अपराह्न चार की जगह वह आधा घंटा पीछे निकली।

बनारस में मार्च बीतने लगा था। सूर्य भगवान अपना प्रभाव दिखाने लगे थे। लेकिन हवा में हल्की-हल्की शीतलता देह को भली मालूम होती थी। गृह के भीतर रहकर मल्लिका को माघ बीतने पर फाल्गुन ऋतु के आ लगने का अनुभव तक नहीं हुआ, जो आज गृह से निकल कर हुआ। सेमल के लम्बे वृक्षों पर से पत्तियाँ विदा ले चुकी थीं और रक्तिम पुष्प सज रहे थे। आम्र-मंजरियों की कषाय—मधुर सुगंध दूर आम के बागों से आकर हवा में घुली हुई थी। गाँव-केशोपुर का वातावरण मल्लिका के स्मरण में आकर अंतस बींध गया। वह अपनी चेतना कहीं खोकर कजरी संग चुपचाप गलियों-गलियों होकर दशवामेध घाट पर जा रही थी।

घाट के एक शांत कोने में बरगद के नीचे, एक तम्बू लगा था, जिसमें गद्दे

बिछे थे, उन पर सफ़ेद चादरें और मसनद लगे थे। पीले कुर्तों में रसिकजन वहाँ उपस्थित थे। दो महिलाएँ भी थीं। माथा ढके।

घाट से ही हरिश्चन्द्र ने देख लिया था। सलज्ज और चिनीत भाव से बहुत ही संभ्रांत ढंग से मल्लिका सीढ़ियाँ उतर रही थीं। गंगा के पानी पर पड़ते प्रकाश के परावर्तन से जो तेज़ किरणें मल्लिका के चेहरे पर पड़ रही थीं उनसे बचने के लिए एक हाथ कोमलता से नेत्रों पर रख लिया था।

हरिश्चन्द्र के मन में कविता ने जन्म लिया—

*प्यारी छबि की रासि बनी।*

*जाहि बिलोकि निमेष न लागत श्री वृषभानु-जनी॥*

'आइए-आइए मल्लिका जी। स्वागत है आपका। यह ''कवितावर्धिनी सभा'' का फागुन-मिलन समारोह है। हर तिमाही हम यह बैठक करते हैं। इसमें चुनी हुई कविताओं को *कवि-वचन सुधा* में प्रकाशित करते हैं।'

'जी।'

कविता संवाद आरंभ होने को ही था। हरिश्चन्द्र जी ने मल्लिका का परिचय दिया।

'बंधुओं-बांधवियों, ये सुश्री मल्लिका हैं, कलकत्ता से काशी-प्रवास को पधारी हैं। आप सबको जान कर हर्ष होगा कि बंकिमचंद्र चट्टोपाध्याय की माता इनके पिता के कुल से संबद्ध हैं। बांग्ला, संस्कृत और ब्रज भाषा जानती हैं।' करतल ध्वनि से मल्लिका का स्वागत हुआ, मल्लिका ने दुशाला सर पर ओढ़कर सबको प्रणाम किया। इसके पश्चात् हरिश्चन्द्र ने मल्लिका का परिचय एक अत्यंत संभ्रांत दिखने वाली स्त्री से करवाया।

'ये हुस्ना बाई जी हैं। शास्त्रीय संगीत की यशस्वी गायिका। ये कवित्त बहुत सुंदर रचती हैं।'

मल्लिका जिस परिवेश में पली-बढ़ी थी उसे बाई जी का अर्थ नहीं पता था, पता होता भी तो उसके मन में हुस्ना बाई के सम्मान में कमी न आती, क्योंकि जिसे बाबू हरिश्चन्द्र ने इस सम्मान से आदर दे बिठलाया है, वे निश्चित ही आदर का पात्र होंगी। इस सभा में शहर के राजा शिवप्रसाद सितारा-ए-हिन्द सहित कई गणमान्य कवि उपस्थित थे। उसका संकोच गहरा गया। वह एक ओर कजरी को लेकर बैठ गई। तब हुस्ना बाई ने उन्हें निकट बुलाकर बिठा लिया, आगे की पंक्ति में। कजरी की त्योरियाँ चढ़ गईं। मल्लिका समझ न सकी। हुस्ना बाई ने महँगा बनारसी रेशम का गुलाबी सलूका पहना था उस पर पीली चूनर और दुशाला सर पर ढका था। हाथों में पन्ना और माणिक की मोटी अँगूठियाँ।

उनका रंग बहुत स़फ़ेद था। कत्थई आँखें काजल की कोर से सजी थीं, जिनके नीचे सूजन थी। तीखी नासिका और पान रचे पृथुल होंठ। उनकी अवस्था तीस से कम न होगी, मल्लिका ने अनुमान लगाया। दूसरी महिला इलाहाबाद से आए किन्हीं अतिथि-कवि की पत्नी थीं।

काव्य-धारा आरंभ हुई, पहले युवा कवियों को अवसर दिया गया। फिर धुरंधर आए। मल्लिका जितना सुनती उतना उसका मन धुक-धुक करता। कितना सुंदर प्रस्तुत करते हैं कविता। कोई भाव में डूब कर, कोई लय में उतर कर। भारतेन्दु जी ने अपनी प्रस्तुति दी तो मल्लिका को लगा कि वे उसी की ओर देख रहे हैं। शब्द-शब्द उसे सम्मोहित कर रहा था।

*जोर भयो तन काम को आयो प्रकट बसंत।*
*बाढ़यो तन में अति बिरह भो सब सुख को अंत।।1।।*
*परम सुहावन से भए सबै बिरिछ बन बाग।*
*सोवन निसि नहिं देत है तलपत होत बिहान।।4।।*
*मारत मैन मरोरि कै दाहत हैं रितुराज।*
*वारों तन मन आपुनों दुहुँ कर लेहुँ बलाय।*
*रति-रंजन 'हरिचंद' पिय जो मोहि देहु मिलाय।।*

अपनी कविता पढ़कर तुरंत ही हरिश्चन्द्र जी ने मल्लिका को अपनी कविता सुनाने का आग्रह कर दिया। वह पसीने से भीग गई। उसके हाथ काँपने लगे। किसी तरह खड़ी हुई तो पैर भी धूज रहे थे। हथेली में दबी, पसीने से सील गई पर्ची निकाल कर उसने संबोधित किया...

'मैं कृतज्ञ हूँ। काशी के प्रबुद्धजनों की इस सभा में मुझे बाबू हरिश्चन्न जी ने आमंत्रित किया। मैं कवयित्री कहलाने योग्य नहीं हूँ...। कुछ पंक्तियाँ अपनी अल्प प्रतिभा से रची हैं...बस वही कुछ म्लान पुष्प आपकी भेंट करती हूँ।' वह सप्रयास बंगाली उच्चारण को दूर करती मगर वह चला आता।

*ओ कोकिला रे...। गान गाओ ना*
*बसंता रितुते जले मोर हृदे।।*
*प्रथमा आमार दुटो मनेर कथा शोन,*
*आमार ए व्यथा कि बुझबे अपरे...कोकिला रे...*
*प्रेम ना करे छिलाम भालो गो।*

जिस मीठी वाणी में हल्के कँपन भरे स्वर के साथ मल्लिका ने अपनी पंक्तियाँ पढ़ीं, सभा में उपस्थित दो लोगों के नेत्र छलछला गए। एक तो हरिश्चन्द्र स्वयं। दूसरी हुस्ना बाई, जिन्होंने तीस बरस की वयस में संसार का, जीवन का मर्म जान लिया था। वे मल्लिका के नेत्रों के लाल डोरों में लिखी व्यथा-कथा भाँप गईं। वे ये भी भाँप गईं कि रसिक हरिश्चन्द्र के मोहपाश में या तो स्वयं यह भ्रमरी बंद हो जाएगी। अन्यथा हरिश्चन्द्र जैसा सौंदर्योपासक इसे प्राणपण से अपने संरक्षण में ले लेगा।

'बहिन, बहुत सुंदर रचा तुमने। हम भी बंगाल में रहे हैं सो बंगाली समझ लेते हैं...हरिचंद ज्यू ने तुम्हें बुलाकर एक नई मिसाल दी है। वरना कविता से भले घर की औरतों की दूरी भली नहीं। कविता ही आज़ादी लाएगी...। हम अब देशभक्ति के पद रचते हैं और सादा जीवन जीते हैं। सब हरिचंद ज्यू की बदौलत। बड़े गुणी हैं भई। एक पल अपने लिए नहीं रखा जीवन का। सब... संस्कृति और देश के लिए। भारत भर में नाम है इनका। दानवीर ऐसे कि कोई ज़रूरतमंद एक दोहा रच लाए उसे सौ-पचास रुपया पकड़ा देंगे। पर यह है कि इनकी इस आदत से कितने इन्हें ठग ले गए। घर में क्लेश और रार मची है सो अलग। इनके भाई अलग होना चाह रहे।'

हुस्ना ने एक स्वतंत्रता की चाह पर पद गाकर सुनाया था। यह वही सभा थी जहाँ मित्रों द्वारा हँसी-मज़ाक में 'भारतेन्दु' का कटाक्ष किया गया। जो बाद में उपाधि बन गई। रास्ते में लौटते...। गली में एकांत पाते ही कजरी दुष्टता से बोली—

'मलिकिनी वोह औरत तो हुसनी पतुरिया रहिन। बुढ़वा मंगल में बजड़ा मा गावत सुनीं हम।'

'वह क्या होता है कजरी?'

'एल्लो एहि न पता...गायबे-नाचबे वारी वैस्या!'

'छि: कैसी बातें करती...। वो बहुत बड़ी गायिका हैं।'

'हाँ, मलिकिनी...अब का फरक..' कहकर कजरी ने जीभ काट ली।

अगली सुबह ठाकुरद्वारे से लौटते हरिश्चन्द्र जी बहुत प्रसन्न-वदन मल्लिका की अटरिया पधारे। साथ लाये चाय की पत्ती जो एक पुड़िया में बंद थी।

'मल्लिका तुम चाय बनाना जानती हो?'

'बाबा रे! यह तो ज़हर है...बाबा कहते थे, गोरा लोग नि:शुल्क बाँट कर बंगालियों को इसका आदत लगा रहे...चंद्र भैया पीते थे। हमको भी दिया...कड़वा था एकदम्म।' मल्लिका की बालसुलभ प्रतिक्रिया पर वे हँस दिए।

'अच्छा अगर हम इसे मीठी और सुगंधवाली बना दें? कहाँ है तुम्हारी रसोई।' उस दिन हरिश्चन्द्र बाबू ने मल्लिका की पवित्र रसोई में, अँगीठी पर दूध वाली चाय बनाई।

'इससे जो स्फूर्ति आती है ना वह मुझे पसंद है। पियो-पियो ऐसी चेतनता आएगी कि ये जो तुम्हारी नींद में डूबी आँखें हैं ना पूरी खुल जाएँगी।'

'हमको आदत पड़ गई तो?' मल्लिका घबराई।

'तो क्या? यह मदिरा तो नहीं।'

'शिव-शिव...प्रात: क्या अपवित्र वस्तु का नाम ले रहे आप?'

'अरे! शिव-शिव करती हो और सोम रस को अपवित्र कहती हो।'

दोनों हँसने लगे। तभी अजाने ही हरिश्चन्द्र ने मल्लिका की हथेली थाम कर कहा, 'कल तुम्हारी काव्य-पंक्तियों ने मुझे रुला दिया...उसे पूरी करो ना और हिन्दी में लिखो। उसे *कवि-वचन सुधा* में छापेंगे। और हुस्नाबाई से मिलीं ना तुम, वे यूँ तो डेरेदारिन तवायफ़ हैं लेकिन बहुत महान व्यक्तित्व हैं। उनके यहाँ क्रांतिकारी शरण पाते हैं और वे अपना सब त्याग कर उनकी सहायता करती हैं। उन्हें आज़ादी के गीत सुनाकर चैतन्य करती हैं।' क्रांतिकारी शब्द सुन मल्लिका का मन दु:ख से भर गया, वहीं हुस्ना बाई के प्रति श्रद्धा से।

'मैं जानती थी कि वे कोई महान-महिला हैं।'

'तुम्हारे जाने पर तुम्हारी प्रशंसा करती थीं कि इस म्लान चंद्रिका को सहारा देकर अच्छा कर रहे ज्यू।'

'सहारा?'

'अब...वो यही समझीं...कि तुम...' हरिश्चन्द्र जी सकुचा गए।

'आपने उन्हें सही नहीं किया? मैं आपके संरक्षण में तो नहीं हूँ।' मल्लिका को यह बात अटपटी लगी और उसका मन उसे सचेत करने लगा—अभी काशी आए समय भी न बीता कि...ऐसी बातों से उसे दूर रहना चाहिए।

'मैंने कहा कि वे कुलीन महिला हैं,' हरिश्चन्द्र बोले तो मगर मल्लिका को विश्वास न आया। वे बहुत देर को चुप हो गए तो मल्लिका को लगा कि अच्छी शुरुआत कड़वी क्यों हो। किंतु शांत मन में कंकड़ गिर गया, मल्लिका ने बात बदली।

'इसी काव्य-गोष्ठी की भाँति चंद्र भैया एक बुक-क्लब चलाते थे। उसमें

सब उस गोष्ठी में एक-एक पैसा जमा करते थे। लिखी जा रही किताबों के अंश पढ़े जाते और वर्ष होने पर उस मूल्य से जिस-जिस सदस्य की बारी होती उसकी पुस्तक प्रकाशित होती थी। पैनी बुक क्लब। पर वह गद्य के लिये था। यहाँ साहित्य माने कविता ही है? मुझे आपकी पत्रिकाओं में कविता या कविता पर लेख मिले। इतिहास मिला। छोटी-छोटी गद्य रचनाएँ मिलीं। ललित निबंध मिले लेकिन बड़ी कहानियाँ और उपन्यास नहीं मिले।'

'उपन्यास तो भारतीय विधा नहीं...योरोपियन है।'

'जी, अब बांग्ला में भी है। बोंकिम दा के नॉवेल उपन्यास ही कहलाते हैं।'

'हाँ, लेकिन पैनी-क्लब अच्छा विचार है। गद्य लिखने वालों की गोष्ठी होनी चाहिए।'

चाय की प्यालियाँ खाली हो गई थीं। चमकता हुआ सूरज पश्चिम की ओर आकाश में धीरे-धीरे डूब रहा था। मल्लिका के मुख पर सूर्य की लालिमा थी, हरिश्चन्द्र देखते रह गए। क्या यह साधारण-सा कौतूहल है? या फिर उनके भीतर उस प्रेम का उन्मेष हो रहा है, जिसके रस में भीगकर कवियों की कविताएँ मार्मिक होने लगती हैं।

'दुत्! कहीं तू माया का दर्पण तो नहीं देख रहा है?' मन में उठे इस विचार से चौंक कर उठ गए हरिश्चन्द्र।

'चलता हूँ, प्रणाम।'

~

कई दिनों बाद एक सांझ बस निशा की कालिमा फैलने से पहले हरिश्चन्द्र जी आए। उनके हाथ में *कवि-वचन सुधा* का अंक और मिष्ठान्न का डिब्बा साथ था। उस अंक में मल्लिका के काव्य-पद प्रकाशित हुए थे। उन्होंने आले में रखे लैम्प की बत्ती ऊँची करके उसके सामने वह प्रकाशित पन्ना रख दिया। मल्लिका के मन की व्यथा जाती रही। वह उनके पैर छूकर रो पड़ी।

'पगली हो ना तुम। खुशी में रोती हो?'

'आप कौन हैं मेरे? जो इतना करते हैं? मैं किसी पत्रिका में अपना नाम प्रकाशित देख सकूँगी इसकी तो कल्पना ही नहीं की थी मैंने,' आँखों में आँसू थे और वह हँसती जाती थी।

'सखा और कुछ नहीं...तुमसे मुझे प्रतिदान में कुछ नहीं चाहिए बस थोड़ा सा सुख दे सकूँ तुम्हें।'

मल्लिका के शील, सौजन्य, कलाप्रेम और विद्वता ने बाबू भारतेन्दु हरिश्चन्द्र का मन मोह लिया था। एक बिलकुल अलग दृष्टि से वे उसे देखते। एक काँच की पतली परत में बंद निष्कंप ज्योति...जिसके काँच की परत छूने पर टूटने का ही भय केवल न हो, बल्कि उस ज्योति के बुझ जाने या अपने ही हाथ जला लेने का भय भी हो। वे मल्लिका को अंक में लिए उसके ताज़ा भीगे बालों को चूमते रहे। फिर अचानक कुछ याद आया बोले...

'एक कोरा पन्ना दो ना, आज से पैनी-रीडिंग क्लब का यह प्रारूप-पत्र लिखने जा रहा हूँ जो कल *हरिश्चन्द्र* पत्रिका में छपने जा रहा है, बनारस के, बल्कि देश के गद्य लिखने वाले लेखकों को इसमें सदस्य बनाएँगे।' हरिश्चन्द्र, मल्लिका की डेस्क पर लिखने बैठे। हरिश्चन्द्र के चेहरे पर मोहक मुस्कान थी और गवाक्ष से आती चैत की हवा से उनके घुँघराले बाल उड़ने लगे। उन्होंने कोरे काग़ज़ पर ऊपर लिखा—

'प्रेम-मल्लिका'

'ओ बाबा! कवि मोशाय किछुई जाने ना! अमार नाम लिखबे...प्रथमे गणेशर नाम लिखते हय रे!'

'आमार खुशी।'

'धिक्क...' कहकर उनके हाथ से पन्ना छीनने लगी। उन्होंने उसे बाँह से थाम लिया मानो वहीं पर सारा मनोभाव संप्रेषित हो चुका था। आगे बात करना असंभव हो रहा था। बातें बस आँखों ही आँखों में थीं कभी अपेक्षा से देखती आँखें तो कभी शर्म से झुकती आँखें। दोनों के बीच जो लहर प्रवाहित हो रही थी उसे दोनों महसूस कर रहे थे और एक उत्कट आकांक्षा उफान मारने लगी थी। लैम्प की बत्तियाँ नीची हो गईं...छाया और प्रकाश परछाइयों का मद्धिम जादू नींद से जाग गया। वह नैसर्गिक निकटता और विश्वास ही था कि वह उस दिन दैहिक रूप से उनके करीब आ गई। पहला दैहिक संसर्ग...। पहली-पहली तुष्टि। उन्होंने मल्लिका को जिस तरह अपनी आँखों से देखा उसमें केवल काम-भावना का वेग न था, एक आंतरिक प्रेम का उत्स भी था, जिसने मल्लिका को भी बहा लिया था। हर स्पर्श उसे खुशी से कँपकँपा रहा था। तेज़ हवा वाली रात थी, मल्लिका के मन का संशय मीठे अनुनाद में बदल गया। चंद्रमा क्षितिज से ऊपर उठ गया था। संकोच के बंध टूट रहे थे। उसके संकल्प जाने कितने विकल्पों से जा उलझे थे।

'मैं यह नहीं कहती कि आप संसार के सबसे सुंदर व्यक्ति हैं लेकिन जब आपका चेहरा प्रेम से भर जाता है आप साक्षात् प्रेम के देवता लगते हैं।' प्रेम की अतल गहराइयों में डूबकर मल्लिका ने हरिश्चन्द्र के बाहुपाश से निकल

लैम्प की लौ थोड़ा बढ़ाते हुए कहा था।

'ओह तभी तो! जानती हो, आजकल मेरी सूरत देखकर ही घर के लोग समझ जाते हैं कि मैं आज किसी जहन्नुम से नहीं जन्नत से आ रहा हूँ। जब मैं तुम्हारे यहाँ से लौटता हूँ,' कहकर वे हँसने लगे।

'की मोतलोब ?'

'यही कि मैं बेहतर मनुष्य बन जाता हूँ। सबसे हँसकर बात करता हूँ। मन्नो से, विद्या से, गोकुल से। तुमसे मिलने के लिए मुझे उपहार नहीं खरीदने होते। तुम तो पुस्तकों से प्रसन्न हो जाती हो।'

'तो आप अच्छे मनुष्य नहीं ?' मल्लिका ने सवाल करते हुए अपनी साड़ी की पटलियाँ ठीक कीं।

'पता नहीं, मेरे परिवार की दृष्टि में मैं ऐयाश, लापरवाह व्यक्ति हूँ।'

'कैसे ?' मल्लिका ने पास बैठ कर पूछा।

उन्होंने तब हिचकते हुए बताया था कि वे कितने अकेले और दुखी थे। यह भी कि पत्नी मन्नो देवी के लिए उनके मन में करुणा और सहानुभूति है किंतु वे उसके साथ कैदी का-सा जीवन महसूस करते हैं। कि उन्हें जीवन में सब मिला, किंतु नि:स्वार्थ,एकनिष्ठ प्रेम नहीं। मल्लिका के नैकट्य जैसा भाव उन्होंने पहले कभी महसूस नहीं किया। ऐसा पहले ही दिन से हुआ था, जब देह की कोई भूमिका तक नहीं थी, किंतु अभिव्यक्त करने का साहस नहीं था। क्योंकि वे आश्वस्त नहीं थे कि—

'मैं आश्वस्त ही नहीं था कि तुम भी मुझसे प्रेम कर सकती हो।' मल्लिका ने कोई उत्तर नहीं दिया, एक गूढ़ मुस्कुराहट के साथ अपनी सारिका भुवनमोहिनी को हाथ से बाजरा खिलाती रही।

**4**

एक बरस बीतने पर वसंत फिर आया था। किंतु मल्लिका को यह लगा कि मानो वसंत उसके जीवन से फिर गया ही नहीं।

सरस्वती पूजा का दिन था, मल्लिका ने गेरू-चूने से फ़र्श पर अलंकरण रचे थे। किसी बंगाली वैश्य से खजूर-गुड़ मँगवा कर बहुत कोमल, स्वादिष्ट संदेश बनाए थे। खजूरशर्करा के भूरे तरल में डूबे भूरे रसगुल्लों की महक भली लगती थी। बैगुन भाजा, पिसी सरसों में लपेट केले के पत्तों में रोहू पकाई थी।

बासमती का महकता चावल...पूरियाँ। अविश्वसनीय तौर पर विशाल आँखों में काजल आँजा था। अपने सुचिक्कण केश वह कभी नहीं बाँधती थी। गेंदे के गजरे में उन्हें लपेट सा लिया था। आज कुछ घड़ी साथ चलकर खो गया अपना जीवनसाथी रह-रह कर उसकी स्मृति में झाँक रहा था—साँवला...शर्मीला...सुब्रत। जिसके पहले चुम्बन की क्षीण स्मृति से वह आज भी विभोर हो जाती है। कैसे कलकत्ता जाने के पहले वसन्तोत्सव पर घर के पिछवाड़े ले जाकर पलाश के फूलों की माला उसके गले में डाल दी थी, पहला अनाड़ी चुम्बन लिया था और फिर दोनों खिलखिलाकर हँसे थे।

हरिश्चन्द्र जी घर के आँगन, गलियारे में...ऊपर-नीचे डोलती मल्लिका को बहुत देर से देख रहे थे।...जब उसका ध्यान न गया तो अटरिया से ही पूछा, 'आज क्या बात है? सुबह से तैयारियाँ चल रही हैं?'

'हम बंगालियों में कहते हैं ना ''बारह माशे तेरा पोर्बें,'' ' मल्लिका एक कपड़े को झुककर निचोड़ कर अलगनी पर सुखाते हुए बोली।

'ओ हाँ मैं तो भूल ही गया, आज वसंत है, तो क्या ''मदनोत्सव'' की तैयारी है मल्लिका?'

'जी नहीं, आपकी तरह मैं रति-मदन-पूजक नहीं। (मल्लिका विनोद में खीझी) मेरी आराधना तो वीणा वादिनी के लिए है। पूजा में आप सादर आमंत्रित हैं। अपनी कलम लेते आएँ...भोजन भी यहीं करें...एडवोकेट वसु और उनका परिवार भी आएगा,' मल्लिका कहकर बाल्टी उठाकर कमरे में जाने लगी।

'तो सुनो जब तुम्हारे समस्त अतिथि आ जाएँगे तब आता हूँ। रात को काशी-महाराज के यहाँ आमंत्रण है। कुछ नए पद रच रहा हूँ।' मल्लिका ने पलट कर देखा। दोनों दृष्टियाँ उलझीं तो देर तक उलझी रहीं...दोनों मूर्तिवत खड़े रहे। अपनी छत पर, एक पैर मुँडेर पर रखे मलमल का अंगरखा पहने घुँघराले बालों वाले साँवले, मनोहर हरिचंद ज्यू और एक मंज़िल नीचे अपने दालान में हल्की भीगी इकहरी साड़ी में बाल्टी पकड़े और कांधे पर अंगोछा टाँगे, मुख पर भीगी अलकें लटकाए, विशाल नयनों को तिरछा घुमाए मुस्कुराती हुई मल्लिका, यह दृश्य राधा-माधव की प्रीति की कोई आधुनिक चित्रमाला मालूम पड़ता था।

जगन वसु और उनका परिवार जब सरस्वती-पूजा में सम्मिलित होने आया। मल्लिका का घर देखकर अति-प्रसन्न हुआ। बोउदी बोलीं—'की शोंदर, तुमने तो इसका काया ही बदल दिया मल्लिका। ऐसा प्रतीत होता है जैसे किसी पुराने बंगाली घर में आए हैं। वही सजावट...चिक, अल्पना, पीतल और माटी के बर्तन, खिलौने, मुर्शिदाबादी दरियाँ। ये कशीदाकारी तुमने किया? अ...ओ बाबा! मैं

तो गृहस्थी के झंझट में शोब भूल गई।' वसु दा भी पूरा घर घूम-घूम कर देखने लगे। उनके साथ एक बंगाली पुरोहित आया था।

सरस्वती की चाँदी की नवीन सुंदर मूर्ति की स्थापना की गई...गेंदे-चंपक पुष्पों से सजावट की गई। मल्लिका ने गेरू से लिपे फ़र्श पर गीले-पिसे चावलों के ऐपन से अल्पना बनाई थी। विशुद्ध अगर की महक पूरे घर में फैली थी। उस पर नेपथ्य से आती चाव से बनाए गए भोजन की महक।

'क्या केशर फिरनी बनाया है भगिनी?' भोजन प्रिय वसु दा पुलकित होकर बोले।

'जी दादा।'

पुरोहित महाशय ने बहुत अच्छी पूजा करवाई। सरस्वती के सुंदर श्लोक-पद सामूहिक ढंग से गाए गए...शंख बजाया, सबके माथे पर सिंदूर मला। तभी हरिश्चन्द्र जी भी चले आए। प्रणाम के आदान-प्रदान के बाद वे बोले—

'मुझे बंगाली संस्कृति बहुत प्रिय है, कलकत्ता में मेरे दो मित्र रहते हैं ...कला, संस्कृति और आधुनिकता का ऐसा सुमेल किसी और राज्य में नहीं।'

'सो तो है हरिश्चन्द्र बाबू। हम प्रवासी अपनी मातृभूमि की स्मृति में जगद्धात्री और सरस्वती की पूजा के बहाने एकत्र हो जाते हैं।'

भोजन अपने स्वाद की चर्चा स्वयं कर रहा था। कोई भी प्रशंसा किए बिना न रह सका।

'वाह! मल्लिका ऐसी रोहू कब से नहीं खाई, माँ याद आ गई,' वसु दा बोले तो सुनंदा ने कहा—'मल्लिका मुझे सिखा देना, इनकी माँ के बाद इनको तुम ही मिली हो जिसके हाथ की माछ पसंद आई हो...।'

'पर शपथ ये फिरनी तो बहुत ही स्वादिष्ट है। मैं बाँध कर भी ले जाऊँगी,' वसु दा की वृद्धा माँ बोलीं।

'मैं मीठा पसंद नहीं करता, किंतु यह खजूर गुड़ की चाशनी में डूबे रसगुल्ले दो खा गया,' हरिश्चन्द्र बोले। वसु दा के बूढ़े पिता खाना खाते-खाते मल्लिका को देख हाथ उठा कर आशीष भाव में सर हिलाते रहे। उनके युवा बेटे जो मल्लिका को दीदी ही कहते थे, मुस्कुरा कर खाते रहे।

भोजन के दौरान अचानक ही एडवोकेट वसु ने बताया कि अगले माह ईश्वरचन्द्र विद्यासागर अपनी माता को लेकर कुछ दिन काशी प्रवास को आ रहे हैं, कुछ दिन उनके घर ही रहेंगे। मल्लिका को अत्यंत प्रसन्नता हुई। गाँव में बाबू के साथ उनका संभाषण सुना था। हरिश्चन्द्र भी सुनकर प्रसन्न हुए। मल्लिका ने उन्हीं को देख कर कहा।

'वसु दा की भालो सुजोग। एकति साहित्य गोष्ठी तेदेर आगमनेर सोंगठित करा उचि (उनके आगमन पर एक साहित्यिक गोष्ठी आयोजित की जानी चाहिए)।'

'सर्वथा अनुकूल, बहन।'

'यह ज़िम्मेदारी मेरी रही,' हरिश्चन्द्र बोले।

'वे अपनी विधवा माँ को काशीवास के लिए ला रहे हैं, ऐसे में ये व्यथा आयोजन किसलिए?' वसु दा की पत्नी सुनंदा वहीं बैठी थीं, कुछ खीझ कर बोलीं।

मल्लिका के मुख की चमक जाती रही उसने कातर दृष्टि से एडवोकेट वसु को देखा तो वे भोजन के बाद कुर्सी पर टिके चुरुट पी रहे थे।

'देखते हैं, यह स्वयं भाई ईश्वरचंद्र पर छोड़ते हैं कि वे क्या चाहते हैं।'

'वकील साहब, एक प्रबुद्ध विचारक, प्रवर्तक, लेखक जब कहीं जाता है तो वह निस्संदेह उस स्थान के प्रबुद्धों से विचार-विनिमय करके सुख पाता है। पहले से पता होने पर मैं सभी बड़े प्रबुद्धों को सूचित तो कर सकूँगा।' हरिश्चन्द्र जी अपने जूते पहनते हुए बोले।

'जी बताता हूँ आपको, क्यों न आप मेरे साथ ही उनकी अगुआनी हेतु चलें।'

'वाह नेकी और पूछ-पूछ।' प्रसन्न मन से हरिश्चन्द्र वहाँ से विदा लेकर चले गए। मल्लिका उन्हें विदा करने द्वार तक गई। वे उसके कानों में फुसफुसा कर बोले, 'आज केवल वीणा-वादिनी के हंस को मुक्तक खिलाने का नहीं, यह तो तरुणियों के उन्मत्त विलास का भी दिन है। मैं आऊँगा देर रात।' मल्लिका संकोच से रक्ताभ हो गई। उसे महसूस हुआ कि वसु परिवार की दृष्टि इस विदा पर सतत् टिकी है।

भोजन के पश्चात् सुनंदा रसोई में प्रविष्ट होकर बोली—'आज तो तुमने क्या-क्या नहीं बनाया मल्लिका, बंगाली दावत स्मरण हो आई। ये कजरी भली स्त्री है, काम भी खूब कर लेती है ना।'

'जी बोउदी।'

'ये हरिश्चन्द्र जी की छत है ना?' रसोई की खिड़की से झाँक कर पूछने लगीं।

'शायद...'

'मैं तो यहाँ रही नहीं, विवाह कर उस बड़ी कोठी में ही आई...'

'वे अक्सर आते हैं?'

'कौन बोउदी?'

'वो रसिक कवि महाशय।'

'कभी-कभी।'

'मेरी एक ननद बता रही थी कि तुम्हारा कवियों से संसर्ग, काशी में रह रहे बंगाली समाज में आजकल चर्चा का विषय है,' सुनंदा फुसफुसा कर बोली।

'बंगाली समाज तो आधुनिक है बोउदी। कवि-कविता हमारे समाज में अलंकरण माने जाते हैं,' मल्लिका ने संयत स्वर में कहा।

सुनंदा के पीछे अपने पृथुल शरीर को कम ही कष्ट देने वाले वसु दा रसोई के द्वार तक चले आए, 'मल्लिका, अब तो तुमको एक बरस हुआ यहाँ रहते। यहाँ के लोगों को पहचानना आ ही जाना चाहिए। तुम्हारी भाभी के कथन में अतिरंजना नहीं है। ये हरिश्चन्द्र जी हैं ना, उनकी जितनी सुकीर्ति है, उतनी ही दुष्कीर्ति भी है। होमियोपैथी के डॉक्टर मुखर्जी बाबू बताया करते हैं, जो इनकी पत्नी का इलाज करते हैं कि पर स्त्री गमन और गायन का पेशा करने वाली स्त्रियों के संसर्ग का कुटैव है, इन्हें। ऐसे में उनका तुम्हारे यहाँ नित्य का आना-जाना तुम्हारी भाभी को चिंतित करता है।'

'जी दादा, मैं समझती हूँ। किंतु वे नित्य तो कभी नहीं आते, भूल-भटक कर अनुवाद के काम से कभी-कभी। मैं इनके लिए बंकिमचंद्र भैया के उपन्यास का अनुवाद कार्य कर रही हूँ ना।'

'वाह, यह तो बड़ी ही शुभ बात है। मैं बस तुम्हें अपनी भगिनी मान चेता रहा था।'

'धन्नबाद, दादा। मैं ध्यान में रखूँगी।'

ताम्बूल खाकर सब विदा लेकर चले गए। कजरी को काम समझा कर मल्लिका थक कर अपने कमरे में आकर अधलेटी हो गई। और सोचने लगी कि क्या सचमुच लोगों के पास इतना समय होता है कि वे मल्लिका और उसकी दिनचर्या पर दृष्टि केंद्रित करते हैं?

एकादशी को सुबह गंगा स्नान करके मल्लिका लौटते हुए सोच रही थी कि सुतीक्ष्ण सींगों वाली गायों-बैलों से बचकर इस गली में चले आना आसान है किंतु जो लोलुप और संकीर्ण दृष्टियाँ जोंक की भाँति उसकी देह पर चिपकी चली आती थीं उनका क्या उपाय? वह खिन्न मन लिए सीढ़ियाँ चढ़ी, देखा तो उसके कक्ष में, उसका हारमोनियम पकड़े हरिश्चन्द्र एक संस्कृत लावनी गा रहे थे।

'तुमि कखाने एस्सेचा?' उसने एकाएक सामने पाकर चौबीस परगना के बंगाली पुट में पूछा। जैसे घर के किसी सदस्य को पूछती थी।

'बस आधी घड़ी...भूख लगी थी सो तुम्हारी रसोई में जाकर दही-मुड़ी खा लिया।'

'क्षमा करें, आप कहें तो आपके लिए आपकी वही काली जड़ी-बूटी का दूध वाला काढ़ा बना दूँ।'

'हे ठाकुर! ये बंगाली बाला, दार्जिलिंग की चाय जैसे अमृत का कैसा घोर अपमान कर रही है।'

उनके मज़ाक से मल्लिका की रसवन्ती आँखों में आनंद छलक आया। जादू है इनकी बातों में मन का मनोमालिन्य जाता रहता है। उसने गवाक्षों पर पर्दे डाल दिए, सर पर से आँचल हटा कर, हल्के हाथों बाँधे जूड़े को खोल दिया, बाल पीठ पर लहरा गए। हरिश्चन्द्र ने एक दोहा रच दिया।

*मुख पैं अलक, पीठ पैं बैनी नागिन सी लहरात।*

*चटकीलो पट निपट मनोहर नील पीत फहरात।।*

मल्लिका मुस्कुराई, उनको चाँदी के लोटे में जल थमाती बोली।

'अरे हाँ। हम आयोजन की तैयारी करते हैं।'

'एक और बात कहनी थी...किसी और अवसर...पहले चाय।'

'ऐसे हमारा मन न डुबो दो गंगाजलि में। अभी बताओ,' उन्होंने मल्लिका की कोमल हथेली पकड़ ली।

'कुछ नहीं, हम दोनों को लेकर चर्चाएँ होने लगी हैं, आपके मित्रों में ही नहीं, हमारे बंगाली समाज में भी।' मल्लिका उनके वक्ष से सट कर बोली। हरिश्चन्द्र उसे निर्निमेष नयनों से देखते रहे। इस कलुषित धरा पर छूट गई अभिशप्त देवांगना!

'तभी तुम जब कक्ष में आई तो मुख-म्लान था। तुम तो हरिश्चन्द्र की चंद्रिका हो। भारतेन्दु की चंद्रप्रभा। तुम इन कुचालियों की बातों पर कान न धरा करो। अब चर्चाएँ हों या किताबों में छपे। हमें विलग नहीं किया जा सकता मेरी प्राणधन! मैं तो सोचता हूँ किसी सार्वजनिक आयोजन में ही घोषित कर दूँ कि तुम मेरी कौन हो? सबकी उत्सुकता को ही समाप्त कर दूँ। यह उत्सुकता ही है जो लोगों को विषय केंद्रित बनाती है। जब सब बाहर और स्पष्ट हो तो लोगों की रुचि जाती रहती है। मैं इन चर्चाओं का जवाब जल्दी ही पेश कर दूँगा।'

कुछ देर पश्चात् मल्लिका के मन-कुसुम को खिला कर भारतेन्दु चले गए। काशीराज के दरबार से बुलावा था। होली की महफ़िल और बुढ़वा मंगल की तैयारी भी चल रही थी। होली के दो दिन पहले से उनके घर पर कार्यक्रम का निमंत्रण आया, किंतु कजरी ने मल्लिका को डरा दिया था।

'दो-तीन दिन तो भूल से भी बाहर न निकलिये मलिकिनी...भंग पिए हुल्लड़बाज़ों की टोलियाँ आदमज़ात को न छोड़ें...औरत क्या।' मल्लिका ने देख लिया था गवाक्ष ही से...। टेसू का रंग केसरिया गंध से मिलकर नालियों में बिखरा था। पूरा काशी केसरिया हो रहा था। वह नहीं गई।

होली के दिन ही तो, अपने मित्रों के बीच उन्होंने अपनी पत्रिका का नाम *हरिश्चंद्रिका* कर दिया। सब जानते थे कि चंद्रिका उपनाम से मल्लिका की कविताएँ, *कवि-वचन सुधा* में प्रकाशित हुई हैं। उसी शाम वे आकर बता

गए...मल्लिका को जब पता चला तो लाज से गड़ गई।

'मैंने कहा था ना हमारे बारे में चर्चा करने वालों को मैं जल्दी ही उत्तर दूँगा।'

'इसकी आवश्यकता नहीं थी।'

'मैं जानता हूँ इसीलिए तुम होली के पूर्व कार्यक्रम में नहीं आईं। पर बुढ़वा मंगल में आना होगा।'

'नहीं आ सकूँगी।'

'गंगा में सदियों से हमारी नावें सजती हैं, उन पर पूजा और गायिकाओं के भजन...। काशीराज पधारते हैं...तुम्हें आना होगा। काशी आकर बुढ़वा मंगल की शोभा-यात्रा न देखी तो क्या देखा? तुम्हारी ही हानि है, मंगल को पालकी भेजेंगे ताकि कोई तंग न करे...कजरी संग चली आना।'

भारतेन्दु हरिश्चन्द्र बहुत व्यस्त हो चले थे। इस अवसर पर उनके परिवार को अपनी खोती हुई शान और पहचान को बचाना अपने आर्थिक अपव्यय से कहीं अधिक आवश्यक लगता था। फाल्गुन के अंतिम सप्ताह तीन दिवसीय बुढ़वा मेला भी शुरू हो गया था। छोटी और बड़ी दुकानों का खुलना भी शुरू हो गया था। घाटों पर, मन्दिर के प्रांगण में स्त्री-पुरुषों की इतनी भीड़ बढ़ गयी थी कि राह पर चलना भी मुश्किल हो रहा था। मोरों, बगुलों के झुंड, जो कभी मन्दिर के प्रांगण के पेड़ों पर डेरा डाले रहते थे घबरा कर गंगा पार के बागों में चले गए। इस बार काशी महाराज अपने नेत्र की शल्यचिकित्सा करवाने कलकत्ता चले गए थे। इसलिए बुढ़वा मंगल के समस्त आडम्बर और ऐश्वर्य की अगुआई भारतेन्दु हरिश्चन्द्र के हाथों होनी थी।

मल्लिका का मन न था, लेकिन कजरी सवेरे से उत्साहित थी। वह सजे हुए पटेले में कभी न चढ़ी थी। पालकी आने से पहले वह अपने अच्छे कपड़े पहन, कंघी-चोटी-टिकुली-काजल करके मल्लिका के संग पालकी में बैठ गई। मल्लिका ने ताँत की सादी नीली साड़ी पहनी, एक रेशमी सफ़ेद चादर कस के देह पर लपेट ली। दुर्भाग्य के चलते बालों की कभी चोटी नहीं की, न फूल सजाए थे। उनको सन की तरह बँट लेती थी और गोल घेरा कर ढीला जूड़ा बना लेती थी जो खुलता रहता। कई बार खीझती इन कमर तक लहराते नाग-पाश पर। पालकी लेकर जब कहार चले तो उसे बहुत अजीब लगा, शिउली की डोली याद आ गई...उसे तो अवसर ही न मिला कि चार कहार...हिश्श, वह भी क्या-क्या सोच रही है? मल्लिका ने सिर झटका। कजरी बाहर झाँक कर पालकी के साथ चल रहे भीमा से बतिया रही थी। मल्लिका का चित्त उलझा हुआ था। जस-तस वे घाट पर पहुँचे।

एक घाट पर काशी नरेश, विजयनगर के राजा, गोपाल मंदिर वालों के

बजरे सजे खड़े थे। काशी राज को नावें जोड़नी नहीं होती थीं। उनका एक बहुत बड़ा बजरा था, लगभग जहाज़! चन्दन की लकड़ी से बना, अस्सी मन वज़न का और उसके दर्जनों कुंदों में फँसे विशाल पतवार। उसको देखना भर कल्पना सा लगता था। मानो वह कुबेर का चैत्र-रथ हो। सैंकड़ों मल्लाह उसे खेने को तैयार थे। असंख्य लोग उसकी शोभा देखने जुटे थे। राजा का दरबार सजा था। परदों के पीछे रनिवास की स्त्रियाँ और क़ालीनों पर तवायफ़ें भजन गा रही थीं। एक ओर मल्लयुद्ध हो रहा था। सबके अपने-अपने ईष्टदेव ताँबे के गरुड़ पर या चाँदी के शेषनाग पर सवार कराकर बजरे में लाये जा रहे थे। घाट ठसाठस भर गया था। गलियाँ और उपगलियाँ भी लोगों से पटी पड़ी थीं।

भीमा उन्हें वहाँ ले गया जहाँ छह-सात नावें मिला कर बनाया गया हरिश्चन्द्र जी का पटेला सजा था। भीमा घाट से ही लौट गया। वे दोनों घाट से लेकर बजरे तक बिछे कालीन पर चल कर चली आईं। बजरा क्या था तैरता मकान था। लकड़ी के फट्टों और बल्लियों से वह दुमंज़िला हो गया था। ऊपर को सीढ़ियाँ जाती थीं, जहाँ देव विराजमान थे जिनकी पूजा होनी थी। बालू डालकर दोनों मंज़िलों पर फ़र्श बनाया गया था। जिस पर महँगा कालीन बिछा हुआ था। शामियाने और रंगीन पन्नियाँ लगी थीं। झाड़-फ़ानूस और परदे सजे थे। इसे एक बजरे का स्वरूप दे दिया गया था। जिस पर आराम से दो सौ लोग आ जाएँ। हर काम में हरिश्चन्द्र ज्यू को नफ़ासत पसंद थी, ख़ातिर-तवज्जोह करना और करवाना दोनों उनके स्वभाव में था। वे बजरे पर आए सौ से ज़्यादा मेहमानों का स्वागत करते हुए उर्दू, संस्कृत, अंग्रेज़ी के वाक्य उछालते चल रहे थे। हर कोई अह और अहा! कर कह रहा था कि शाही मिज़ाज आदमी, उस पर शाहख़र्ची। बजरे पर गुलाबी साफ़ों में मेहमान ही मेहमान थे। मल्लिका को लेकर कजरी नाव के अगले हिस्से में चली गई जहाँ, उनकी बिटिया, भाई और रिश्तेदार खड़े थे। उनके भाई गोकुल जी ने मल्लिका को देख छोटा-सा प्रणाम किया। हरिश्चन्द्र जी का कहीं पता न था। यहाँ पर कुछ पारिवारिक स्त्रियाँ थीं, हल्का घूँघट निकाले, देह पर बहुमूल्य चादरें ओढ़े, ज़ेवरों से सजी। मल्लिका वहीं खड़ी हो गई, वे स्त्रियाँ कानाफूसियाँ करने लगीं। मल्लिका ने कजरी के कान में पूछा—'उनकी पत्नी कौन-सी हैं?'

'वे कहाँ आती हैं? तबियत की गरम हैं।'

'समझी नहीं मैं।'

'समझ लोगी...अभी सोभा देख लो।' कजरी ने ऐसे बरजा कि मल्लिका उसकी मलिकिनी नहीं बेटी या बहुरिया हो।

गायिकाएँ बजरे के पिछले हिस्से में थीं, जहाँ से शहनाई की तान उठ रही थी,

तबला बज रहा था, सारंगी से लहरा उठ रहा था। वहीं पुरुषों का जमघट भी था।

ज्योतिष गणना के बाद मुहूर्त की घोषणा हुई। हरिश्चन्द्र जी के परिवार की नाव भी असंख्य घंटियों के साथ पवित्र नदी की हिलोरें लेती लहरों में उतरी, जिसकी मेख़ों पर बनी परियों और गन्धर्वों की लकड़ी की मूर्तियाँ हाड़मांस की लग रही थीं। घाटों से सलामी तोपें गरजने लगीं।

नावें एक-एक कर आगे बढ़ने लगीं, बीच-बीच में किनारे खड़े दर्शकों के दर्शन हेतु रफ़्तार धीमी होती, इससे पतवार चलाने वालों को साँस लेने का मौका मिल जाता था। बजरे के ऊपरी हिस्से में आरती-पूजन के पश्चात् ज्यू नीचे उतर कर आए।

मल्लिका के पास आ खड़े हुए। उन्होंने बड़ी भारी किमख़ाब की महँगी नीले और सुनहरे रंग की अचकन पहनी थी। सफ़ेद चूड़ीदार पर सुनहरी कामदार जूतियाँ, सिर पर साफ़ा था। घुँघराले बालों की लटें कान पर थीं। मल्लिका के सिवा सब करीबी जानते हैं कि हरिश्चन्द्र क्रिमख़ाब के बहुत शौकीन थे। उन्होंने कई-कई अचकनें सिलवा रखी थीं। दिन में चार तो पोशाक बदलते। बैठक में चाहे कोई मजलूम क़र्ज़दार ही क्यों न आया हो, वे लिबास बदल कर ही जाते।

वे प्रणाम स्वीकार कर मल्लिका के निकट आए।

'कैसा लग रहा है चंद्रिका?...। भीषोन शोंदर?'

'जी नहीं...अद्भुत है...' मल्लिका हँस कर धीमे से बोली।

तभी अपनी चंचल मुद्राओं के बाण चलाती एक सजीली स्त्री चली आई। ज़री का घेरदार कुर्ता और लम्बा रेशमी गरारा...। माथे पर झूमर जिसे देख कोई भी समझ सकता था कि कोई तवायफ़ हैं।

'कहाँ जा दुबके थे आप? आपकी राह देखते ठाड़े रहे, अल्ला बख़्श सारंगिए के संग सुर मिलाते रहे। हम कहें कि आज हमारे पियारे हरिचन्न कहाँ...?'

मल्लिका के सामने ही ज्यू ने उसके चिबुक को उठा कर कहा...'हम क्या ये पूरी महफ़िल आज तो तुम्हारी मुंतज़िर है, प्रिये!'

मल्लिका ने संकोच में डूब अपनी दृष्टि दूर होते घाटों पर टिका दी। कजरी को घूरते पाकर वे उससे बोले, 'जा ऊपर जाकर प्रसाद ले आ, अपने और मलिकिनी के लिए।'

'चंद्रिका, ये माधवी हैं। बहुत अच्छी नृत्यांगना हैं नटवरी नृत्य की। गायिका भी बुरी नहीं। पूरब अंग इनका सधा हुआ है। आज सुनना चैती इनकी। ये मल्लिका जी हैं। कवयित्री हैं। हमारे पड़ोस में रहती हैं।'

माधवी ने झुककर जोहार किया मल्लिका का। मल्लिका ने प्रणाम करके फिर दृष्टि घुमा ली। तब तक कजरी पत्तल ले आई थी। नौकर बड़े पीतल के गिलास

में केवड़े से महकता शरबत। हरिश्चन्द्र जी को माधवी खींचकर ले गई। मल्लिका ने प्रसाद से केवल मुँह जुठा लिया और शरबत भी कुछ घूँट पीकर रख दिया। सारे कोलाहल से परे वह अपने में डूबकर प्रखर सूर्य को धूमिल हो अपार-अछोर गंगा के पार डूबता देखती रही। ऊपर आरती हुई तो सारी भीड़ ऊपर चली, मल्लिका नीचे खड़ी रही। पिछले हिस्से में घुँघरुओं की झंकार सुनाई देने लगी।

तिरते हुए बजरे दूसरे घाट लगने लगे। यह बजरा भी दूसरे घाट जा लगा वहाँ से स्त्रियाँ और कई मेहमान विदा लेने लगे। क्षितिज पार सूर्य-देवता भी विदा ले रहे थे। मल्लिका ने भी हरिश्चन्द्र जी के निकट जाकर अनुमति ली, तो उन्होंने रुकने के लिए नहीं कहा।

'हाँ अब तुम्हें जाना चाहिए। अब यह महफ़िल तो रात भर चलेगी।'

मल्लिका ने देखा माधवी मेहमानों से अपनी सारी चंचलता में मादकता घोलकर रईस मेहमानों का स्वागत कर रही थी। अन्य गायिकाएँ और वादक बजरे के पिछले हिस्से से सामने चले आए थे। दोपहर वाला, पूजा-आरती और आस्था का वातावरण अब एक अदृश्य मांसल स्पंदनों में सिहर रहा था। वह कजरी को खोजकर बजरे से उतर आई। रह-रह कर उसके चित्त को रास-रंग में बदलता वातावरण व्याकुल कर रहा था।

'अच्छा, ये बता क्या रात को भी यह उत्सव चलता रहेगा?'

'हाँ, मलिकिनी, बाबू लोग तो रातभर जल-विहार करके लौटेंगे...। पतुरियाँ नाचती रहेंगी। देखी तो थी वो बाई जी, आलीजान कैसे नैन मटका रही थी...और इन रईसों का क्या है...मलिकिनी! जितनी हों...'

'वह तो माधवी थी।'

'हूँ! माधवी!!! चौखंभा में कौन नहीं जाने आलीजान को! गरीब बाप की मरजाद को बट्टा लगा दिया। ये इन्हीं रईस साहूकारों की बनाई हुई तवायफ़ है। इन्हीं रईसों के हाथ इसके बाप के घर-जमीन गिरवी चले गए तो भीख माँग लेती...डाका डाल लेती। इन्हीं के लिए पतुरिया बन मरजाद लुटा दी।' कजरी होंठ बिचका कर बोली।

मल्लिका का मन घबराने लगा। घाट से लौटते हुए कजरी ने पैदल का छोटा गली-गुंजल का रास्ता लिया। कजरी को जाने कितने चोर रास्ते मालूम थे कि एक मील की दूरी छोटी हो गई थी। जाने इस राह से आना ठीक हुआ या नहीं!

वह इन रास्तों से नहीं होकर आती तो कैसे जान पाती कि बंगाल और उड़ीसा से जो विधवाएँ आती हैं, काशी के कलेवर में कहाँ समा जाती हैं? एक मंदिर के पास उसने एक अहाता देखा, जहाँ कजरी ने उसे 'तनिक देर रुकने' का कहकर,

बगल की गली की कुंजड़िनों से शाक-सब्ज़ी खरीद लाने का विचार किया था।

उस अहाते में खुलते दरवाज़े मामूली लकड़ी के थे। परन्तु दरवाज़ा खोलकर अन्दर जाने पर एक दूसरी ही दुनिया नज़र आती थी। यहाँ राधा-दामोदर का मन्दिर था, इसके अलावा अनेक कालिख पुती कोठरियाँ भी थीं। कबूतर के दड़बे के समान। जिनमें से मटमैली सफ़ेद धोतियाँ पहने, मलिन विधवाएँ अपने सांझ के काज निपटा रही थीं। भोजन, बासन, माला फेरना।

उसने देखा, जब मंदिर के कपाट खुले तो आम्रकुंज की तरफ़ बनी टूटी-जीर्ण-शीर्ण कोठरी से एक बूढ़ी निकल आई। उसके दुबले-पतले हाथ-पैरों में प्राण हैं कि नहीं यह स्पष्ट नहीं था। अचानक ही उस पर उन्माद-सा छा गया कि उसने बाँहें फैला दीं...। मानो वह सम्पूर्ण मंदिर को आलिंगनबद्ध कर लेगी। वह नाच रही थी। नृत्य के उन्माद में उसकी साड़ी पसीने से भीग गई, धवल केशों का जूड़ा खुल गया और गले में पहनी गेंदे की माला टूटकर बिखर गई। उसके पैरों के कुष्ठ-गलित घावों से खून रिस रहा था। आह ये पीड़ा थी, उन्माद था कि प्रभु के प्रति प्रेम? जब इस वृद्धा को मल्लिका ने देखा, उसकी आँखों में आँसू उमड़ आए। आखिर ये आँसू किसलिए उमड़े? मल्लिका सिहर गई। कजरी ने उसे यहाँ क्यों छोड़ा? क्या जानबूझकर? सब्ज़ियों से भरे एक छोटे बोरे से लदी हुई कजरी आ ही गई थी। आते ही पूछ बैठी—'क्या हुआ मलिकिनी रोती क्यूँ हैं?' मल्लिका ने गरदन से इशारा किया।

'वाह, इनकी भली चलाई तुमने, इनके लिए रोती हो? आज दान-पुण्य होगा। मुफ़्त प्रसाद बँटेगा।...पूड़ी-सब्ज़ी-हलुआ—काशी में रहने वाली इन प्रेतात्माओं के लिए इससे बड़ा लालच भला और क्या हो सकता है?'

आगे चलने पर अन्धकार से भरी हुई गलियों में रहने वाले कोढ़ियों का भी समूह हो-हल्ला करता दिखाई दिया। जिनके लिए कजरी ही नहीं भीमा का भी यही कहना था कि लोगों की दया पाने के लिए ये कोढ़ी अपने अंग-प्रत्यंग को और भी अधिक वीभत्स बना लेते हैं।

'ऐसी गलियों से मत चल कजरी कि रात भर सो भी न सकूँ।'

'बस, पहुँच तो गए।' मल्लिका को लगा कि वह चक्कर खाकर गिर जाएगी।

~

वह दिन आ गया जिस दिन ईश्वरचन्द्र विद्यासागर को काशी आना था। उनके और उनकी माताजी के स्वागत के लिए, रेलवे स्टेशन पर एडवोकेट वसु के

साथ हरिश्चन्द्र जी भी गए थे। प्रथम बैठकी उनकी हरिश्चन्द्र जी की विशाल बैठक में हुई। जहाँ केवल गिने-चुने लोग ही आमंत्रित थे। वह ऐसी बैठक थी, जिसमें मल्लिका सहर्ष सम्मिलित हुई। कमरे में आत्मीय स्निग्धता थी। वसु दा ने परिचय करवाया, 'बोंकिमेर भगिनी मल्लिका।' ईश्वरचन्द्र उठ कर खड़े हो गए। मल्लिका ने झुककर उनका चरण-धूलिवन्दन किया।

'हांम, ध्यातो! बोंकिम प्रस्थान कोरेर आगे बोलेचिले। शॉर्बदा शुखी हओ।' (हाँ में जानता हूँ। बंकिम ने जाने से पहले कहा था। सर्वदा सुखी रहो।)

ईश्वरचन्द्र जी पूरे समय हरिश्चन्द्र जी का हाथ थामे रहे। दोनों एक ही पथ के पथिक। वे दोनों ही परस्पर दो सुदूर भिन्न राज्यों में रहकर भी, एक-दूसरे की विलक्षण प्रतिभा, यश-मान, भाषा-भक्ति और देशहित कार्य से भली-भाँति परिचित थे। दोनों ही अपनी भाषाओं के आधुनिक स्वरूप को गढ़ने में तत्पर।

वसु दा' के घर बड़ी संगोष्ठी हुई, शहर के सभी गणमान्य आए थे। अतिथियों की सूची देख प्रतीत हो रहा था, यह वसु दा के नहीं हरिश्चन्द्र जी के अतिथि हैं। मल्लिका मुस्कुराई थी, खूब व्यवहारपटु हैं हरिश्चन्द्र जी।

देशहित, नवजागरण, स्त्री-शिक्षा, किसान दुर्दशा, भाषा और धार्मिक-विचलन, धार्मिक एकता, नव-हिन्दूवाद, कुरीतियों और पाश्चात्य शिक्षा और ईसाइयत जाने कितने विषयों पर बातचीत हुई। इसी सभा में मल्लिका ने पहली बार राजा शिवप्रसाद सितारा—ए—हिन्द को देखा था। राजा साहब के विचार मल्लिका को ब्रिटिश राज की पक्षधरता वाले लगे, जबकि हरिश्चन्द्र जी बहुत उदार और लचीले विचारों वाले हैं, वे देश के निचले वर्ग के उत्थान की बात पर ईश्वरचन्द्र विद्या सागर जी के साथ थे। ईश्वरचन्द्र, भारतेन्दु जी को कितना सटीक बोले—

'समाज की चिंता करना एक बात है और शुद्ध साहित्य साहित्य की रचना करना एक बात, किंतु दोनों बातें मिल जाएँ तो बहुत कुछ आमूलचूल बदला जा सकता है। बंधु! हिन्दुत्व धर्म नहीं है जिसे हमें बचाना है। यह दर्शन है। इसे बचाने की आवश्यकता नहीं। आत्मसाक्षात्कार कर जो सत्य-मुक्तक खोज लाए हो, उसे सिवार में लिपटा देख फेंकते क्यों हो? तुम्हारे शास्त्र भी तुम्हें धोखा दे सकते हैं, जो सत्य है उसे दबाने को कह सकते हैं। जब तक तुम पुरुष-स्त्री का भेद नहीं भूल जाते तुम अधूरे हो, आसक्त हो। प्रवृत्तियों, रीतियों के पीछे चलोगे तो सच्चा साहित्य कैसे रचोगे?'

मल्लिका ने भय से देखा हरिश्चन्द्र जी को। वे मुस्कुरा रहे थे, इस सीख पर उनका मुख म्लान नहीं हुआ। हरिश्चन्द्र जी, अपनी आलोचनाओं के प्रति भी उदार हैं।

'जी गुरुदेव, मेरी वयस जितनी है उसमें बहुत से असमंजस स्वाभाविक हैं। मैं कूप का मंडूक भारत-दर्शन कर, आप जैसे महानुभावों से मिलकर अपने ज्ञान-क्षितिज का विस्तार करने निकलूँगा तो सबसे पहले बंगाल आऊँगा।'

ईश्वरचन्द्र विद्यासागर, मल्लिका को अपनी पुस्तकें भेंट करके गए। मल्लिका ने उनके हाथों बाबू के लिए एक पत्र और गर्म दुशाला भेजा था।

चैत लगते-लगते दिन बहुत बड़े होने लगे। मल्लिका के दिन अध्ययन और हिन्दी सीखने में बीतने लगे। वह निरंतर हिन्दी सीख रही थी, व्याकरण की गहराई में उतर रही थी। हरिश्चन्द्र जी से मित्रता भी प्रगाढ़तर होती जाती थी।

~

हरिश्चन्द्र परिवार में आती नित्य नई समस्याओं में उलझ गए थे। गृहक्लेश का तो वे मल्लिका को पता तक न देते। अपनी गिरती आर्थिक दशा भी छिपा जाते। अब केवल महीने में एक या दो बार भटकते हुए किसी-किसी शाम चले आते। भारतेन्दु जी की संजीवनी मुस्कान देखकर मल्लिका के मन की म्लानता जाती रहती थी। वे हर दशा में मगन रहते थे। यथाशक्ति मल्लिका को सुखी देखना चाहते। आकर मल्लिका की लिखी कविताएँ पढ़ते—निभृत निशीथे सई ओ वांशी बाजिल

*मैं चिरप्रेम की पीड़ा के मधुर गीत लिखती हूँ*
*आप से जो राग है उसी से जन्मता है मेरा विराग*
*मेरा अमंगल यही है कि आप नितांत अमृत हैं।*

'तुम अच्छा रच रही हो। बंकिमचंद्र जी की किसी बांग्ला पुस्तक के अनुवाद के बाद तुम भी लिखो ना कुछ आपबीती-कुछ जगबीती।'

मल्लिका ने अपनी किताबों के बीच से बंकिमदा के उपन्यास *राधारानी* का अनुवाद निकाल कर दे दिया। वे मुस्कुरा कर मल्लिका को आश्वस्त करते हुए लाल स्याही में निब डुबोकर अशुद्धियों को सुधार रहे थे।

'बाबा रे! उपन्यास लिखना बड़ा काम है।'

'आख्यायिका कहेंगे हम इसे? तुम लिखोगी तो वह हिन्दी की पहली आख्यायिका होगी।'

'पहले ठीक से हिन्दी सीख तो लूँ, अन्यथा देवनागरी में बंगाली उपन्यास लिख बैठूँगी? सुनिये! आख्यायिका बोलने में कितना दुष्कर है। इसे उपन्यास ही कहिए ना। यह बंगाली शब्द नहीं है। संस्कृत शब्द है। पूर्ण जीवन का उप+न्यास!'

'मेरी प्यारी चंद्रिका, तुम अनुपम हो...एक दिन तुम यशस्वी हो जाओगी। तुम्हारे चंद्रिका नाम से लिखे गए बंगाली भाव-भूमि वाले गीत मेरे सभी मित्रों को मोहक लगे।'

'मैं केवल और केवल मन बहलाव को लिखती हूँ स्वामी। मुझे अपने लिये यशलिप्सा नहीं है, किंचित मात्र भी नहीं। मैं नेपथ्य में ही रहूँ तो भला। मेरे

गीत भी आपके सुख के निमित्त मात्र हैं। आगे कभी उपन्यास लिखा तब भी।'

उस रात्रि प्रेम के मूक आदान-प्रदान के बाद बातों-बातों में हरिश्चन्द्र ने मल्लिका से कहा—'मैं प्रेम में स्त्री की एकनिष्ठता को बहुत महत्त्व देता हूँ मल्लिका। मैं बहुत अधिकार जमाने वाला पुरुष हूँ। तुम मेरे प्रेमपाश में व्याकुल तो न हो जाओगी। तुम अतीव सुंदरी हो, मैं दिखने में साधारण। तुम कुलीन,गुणी, शिक्षित स्त्री हो, जिसका कोई संरक्षक नहीं। ऐसे में तुम्हारे कृपापात्र कितने ही पुरुष बनना चाहेंगे। विचलित तो न हो जाओगी ?'

मल्लिका एक कपड़े से कालिख जमे लैम्प का काँच चमका कर बोली।

'मेरे जीवन के प्रथम पुरुष आप हैं, अंतिम भी आप रहेंगे।' यह सुनकर हरिश्चन्द्र जी का मुख लैम्प के काँच से अधिक उद्भासित हो गया और मल्लिका उन्हें सम्मोहित टकटकी लगाकर देखती रह गई।

'आप, तुम, हरिश्चन्द्र जी। ये शब्द बहुत रूखे हैं। हम तुम्हें चंद्रिका कहेंगे, तुम हमें ज्यू! ठीक है?' मल्लिका ने उल्लास से गर्दन हिला दी।

~

ग्रीष्म ऋतु का आगमन होते ही काशी में लू और लपट के मारे बाहर मुँह निकालना दूभर हो जाता है। उन दिनों मानो सूरज बीच आकाश में खड़ा जलते अंगारे उगल रहा था। चारों ओर से आग बरस रही थी। चिलचिलाती धूप की चपेटों से पेड़ तक का पत्ता भाप बन उड़ जाना चाहता था...धरती तवे-सी जल रही थी—घर आवां हो रहे थे। सब ओर एक ऐसा सन्नाटा छाया हुआ था—जान पड़ता था कि जेठ की दोपहर इस जगत के सब जीवों को जलाकर उनके साथ आप भी धू-धू जल रही है। धूल के गोल बवंडर उठते हैं, हा हा हा हा करते...बवंडरों के साथ छर्रों की भाँति धूल के छोटे-छोटे कण सब ओर से छूट रहे थे। हरिचंद ज्यू बस मुँहअँधेरे दिख पड़ते जब वे ठाकुरद्वारे जाने हेतु 'जय श्री कृष्ण और राधे-राधे' कहकर मल्लिका के घर के आगे से नित्य-प्रति निकलते। संयोग नहीं सायास ही मल्लिका गलियारे में खड़ी मिलती तो वे हाथ जोड़कर, मुस्कुराकर निकल जाते। कजरी ने बताया था कि, भीमा ने देखा है कि आजकल वे शाम को आलीजान के यहाँ अपने मित्रों के साथ बैठकी करते हैं।

~

अपने जमाए हुए मधुर एकांत में जब एकाकीपन-दीमक सा लग जाता है तो मधुर एकांत छिन्न-भिन्न कर देने का मन करता है। मल्लिका ने चित्र बनाना और

कविता के पद लिखना बंद कर दिया था। हारमोनियम पर धूल जमने लगी थी। एकादशी को गंगा नहाने का नियम भी भंग कर दिया उसने। वह पुस्तकें पढ़ती, अनुवाद करने का प्रयास करती। मल्लिका को लगता कि किसी पेड़ से टूटे पत्ते से म्लान होकर ज्यू भूले-भटके चले आएँगे। दिन के दूसरे एकांत पहर में जब, लू के डर से पूरी गली निर्जन हो जाती। मल्लिका का घर अलसा कर ऊँघा करता, तब बहुधा मल्लिका को भ्रम होता कि ज्यू ने हौले से साँकल खटखटाई है और सीढ़ियाँ चढ़ कर चले आ रहे हैं। वह चौंक कर गलियारे से झाँकती...मगर वहाँ हवा तक न होती। वह सोने का उपक्रम करती किंतु यह भीषण गर्मी उसे अकुला कर जगाए रखती।

प्रतीक्षा में पीड़ा होती है। हृदय में छिपी पीड़ा की छाया का प्रतिबिम्ब तरुणी के चेहरे को और भी मनमोहक बना देता है। स्वभाव से मल्लिका जिज्ञासा-प्रिय तरुणी थी और वह अपनी पीड़ा को या तो शब्द देती...या स्वर। कुछ नहीं तो चारकोल ले आकृतियाँ उकेरा करती पन्नों पर। लिखते हुए वह एक अद्भुत आत्मविस्मृति की दशा में होती। उसकी देह निष्कंप दीपशिखा-सी बैठी होती डेस्क के इस पार। लैम्प की रोशनी में उसकी लम्बी उँगलियाँ कलम को दवात की स्याही में हौले से डुबोतीं और अक्षर बनातीं...

'स्त्री के लिखे में जो छोटे-छोटे ब्यौरे होते हैं, वही प्रकृति की सहज अभिव्यक्ति है। बारीकी में प्रकट होता है यह स्थूल जगत। 'तुम खूब लिखा करो मल्लिका, भाषा चाहे जो हो। बांग्ला, देवनागरी में बांग्ला या जैसी देवनागरी तुम बोल और सीख पा रही हो। प्रयास करो पुस्तकों से वाक्य विन्यास सीखो।' उसे ज्यू का कहा याद आता। लिखकर ही तो वह इस नए सम्बन्ध की छाया में अचानक उग आए अपने अकेलेपन को दूर करने की कोशिश करती है। प्रेम से उपजे अकेलेपन पर प्रतीक्षा का बोझ हमेशा रहता है बीच-बीच में वह एकांत में अपनी देह का भी परीक्षण करती रहती। विगत सात वर्षों का मानसिक अत्याचार भी उसके शरीर पर कोई स्थायी निशान नहीं छोड़ सका है।

बहुत दिनों बाद हरिचंद ज्यू बीतते ग्रीष्म की एक रात में पधारे। मल्लिका अपने बालों को गीला कर तकिए पर फैलाकर एक पुस्तक पढ़ रही थी। रात की नीरवता में किसी ने बहुत हल्के से पुकारा, 'चंद्रिका! ओ चंद्रिका'...वह पुकार मल्लिका ने सुन ली। मल्लिका लैम्प लेकर नीचे दरवाज़ा खोलने दौड़ी, कहीं कजरी और भीमा न सुन लें। ज्यू मदिरा के मद में थे। मल्लिका सोच में पड़ गई थी कि क्या वह एक दूर जगमगाते तारे से प्रेम करती है, जो पूरी पृथ्वी का घूर्णन करके किसी-किसी रात उसकी छत के निकट आ जाता है। प्रेम करता

है और घूर्णन पर निकल जाता है। और वह उस लम्बे अंतराल में उस तारे के स्वप्न देखती है।

'मल्लिका, आज बहुत कुछ कहना है तुमसे।' उनके मुख से मदिरा की गंध आई।

'पहले ऊपर चलिए।'

मल्लिका ने दूसरा लैम्प भी जला दिया।

'भोजन किया आपने? माछ-भात बना रखा है, आपके लिए अरहर दाल बना दूँगी।'

'मैं आज माछ ही खाऊँगा।'

पटे और बिछौने पर बैठ ज्यू ने भोजन किया। मल्लिका ने चाँदी का पानदान निकाल कर ताज़ा कलकतिया पान लगा दिया। मल्लिका ने नया झूला लगवाया था जालीदार झरोखे और गलियारे के बीच दोनों राधा-कृष्ण से वहाँ जा बैठे। किंतु नवयौवन का उल्लास गायब था। मल्लिका ने देखा ज्यू ने साधारण सदरी और उधड़े जूते पहने थे। वह उनके रोम-रोम पर सतत् दृष्टि लगाकर भी कुछ समझ न सकी। वे पान मुख में लिए चुप थे।

'आप कितने दिन पीछे आए ज्यू! बस दूर से अभिवादन। क्या मेरी निष्ठा में कोई खोट पाया।' मल्लिका ने घुटने पकड़कर पूछा।

वे सहसा नींद से जाग उठे।

'नहीं मेरी प्राणधन! अपने पैर इधर लाओ...कहकर वे धरा पर बैठ गए और जेब से लाल स्याही की दवात निकाल ली।

'क्या कर रहे हैं आप?' मल्लिका ने पैर खींच लिया।

'आलक्तक लगा रहा हूँ, तुम्हारे पैरों में...'

'नहीं।'

'अब तुम किसी की कोई नहीं हो, किसी की विधवा भी नहीं। तुम मेरी वधू हो।' उन्होंने कसकर मल्लिका के दोनों पैर पकड़ कर वक्ष से लगा लिए।

'सुनिए ऐसा मत करिए। माना मैं विद्रोहिणी मान ली गई हूँ, मगर मेरा मन तो भीरू है। हाँ, मैंने श्वेत वसन का विरोध किया था और काशी चली आई थी। यहाँ कोई विधवा-आश्रम मेरी शरण-स्थली बनता ऐसी भी मैं बेचारी नहीं थी। लेकिन पिता को उनके कन्या-विद्यालय के पवित्र सपने सहित अकेला छोड़ आई हूँ...मैं वापस लौटना चाहती हूँ एक दिन ज्यू...मैं आपकी मित्र हूँ! वधू नहीं।'

डेढ़ बरस में मल्लिका जान गई थी कि वह सर्वप्रथम विशुद्ध बौद्धिक मित्रता है और यह प्रेम और आकर्षण तो केवल उन मार्मिक क्षणों की पुकार मात्र है।

'ज्यू जब-जब आप डूबता महसूस करते हैं जैसे प्रलय में रसातल में धँसती धरती आकाश को पुकारती है...जिस पल आपको लगता है हमारा एक-दूसरे के सिवा कोई सगा-सम्बन्धी नहीं तो कसकर हम एक-दूसरे को थाम लेते थे। माना हम एक-दूसरे का आधार हैं मगर मैं भली प्रकार से जानती हूँ कि इसे किसी सम्बन्ध का नाम देकर निर्वहन कठिन होगा, मुझे ऐसी कृत्रिम आश्वस्ति नहीं चाहिए।' कहकर मल्लिका ने अपने पैर छुड़ा लिए। बाहर न केवल आकाश स्तब्ध था, पेड़ भी, एक पत्ती तक नहीं हिला रहे थे। कक्ष में दमघोंटू उमस थी। हरिश्चन्द्र ज्यू स्नानघर में मुँह धोने चले गए। दीपाधार में एक-एक कर दीप बुझ रहे थे। मल्लिका झूले पर हल्का-हल्का झूलती बुदबुदाती रही।

'मैं आरंभ से जानती हूँ कि आप आधिपत्य की वस्तु नहीं हो। आपसे आकृष्ट हो मैंने सामाजिक रीतियों को तोड़ा है। संसार के प्रति नहीं अपने हेतु अपराध किया है। अपने हर क्षण पर आपकी प्रतीक्षा का भार रख दिया है इसलिए प्रतिपल अशांति के ज्वर में झुलसती हूँ। तुम्हारे सभी क्षण पराए हैं और मेरा प्रेम कतिपय अंधा है। इसीलिए आपकी उपेक्षा का भाव भी मीठा लगता है। और आप! चतुर-सुजान हो। राजपथ से न आकर, प्रीत की गुप्त गलियों से सीधे मेरे साधना कक्ष में आते हो और मैं आपके व्यक्तित्व के भव्य राजप्रासाद में एक दीपशिखा-सी अनवरत जलती हूँ।'

ज्यू अलगनी पर टंगे एक अंगोछे से मुख पोंछते हुए कातर हो कह बैठे— 'मल्लिके! गुप्त गलियों में तो शांत भाव से जुगाली करती निर्मल नेत्रों वाली गउएँ बैठी रहती हैं। बिना प्रश्न वे आपको बस देखती हैं। तुमने राजपथ के श्वानों को कभी देखा है? वे पीछा करते हैं...दौड़ाते हैं। तुम मुझे अभी जानती ही नहीं, न मेरी परिस्थितियों को चीन्हती हो। मैं ही किन्हीं पुराने अभिशापों की सज़ा भोग रहा हूँ। मैं ऐसी शिला पर ला पटका गया हूँ, जिस पर केवल पाप विश्राम करते हैं, पुण्य कतरा कर निकल जाता है। मेरे ही घर में मुझ पर पहरे हैं। मेरा भाई, मेरी पत्नी, मेरी बहनें सबको लगता है कि मैं पुरखों के धन की धज्जियाँ उड़ा रहा हूँ। मैं ही कमाता भी तो हूँ लेकिन सब हाथ पसार कर साधिकार लूट लेते हैं...छोड़ो भी। इतनी मुश्किल से संजोग के दिन मिले और मैं घरेलू बातें लेकर बैठ गया।' हिंडोले को पैर से टेक लगाकर झूला लिया ज्यू ने और मल्लिका के माथे को चूमा।

मल्लिका ने उनकी कातर और पसीने से भरी हथेली हाथ में ली और कहा, 'ज्यू, मैं आपकी रात्रि भर की अभिसार सखि नहीं। मेरी तुष्टी देह से नहीं, आपसे आत्मिक मिलन से होती है। आप इतना भारी मन लिए आए हैं तो सखि,

बांधवी, माँ समझ सब कह सुनाना होगा। वरना मैं समझूँगी आपने मुझे इस योग्य नहीं समझा कि...अरे! आप तो अश्रु छलकाते हैं। पुरुष होकर...'

'चंद्रिके अब जब तुमने कहा है कि मैं तुम्हें माँ भी मान लूँ तो रो लेने दो। एक शिशु मान...लो।' हिलक कर ज्यू मल्लिका के दुबले शरीर पर ढह गये और देर तक रोते रहे।

फिर दोनों भीतर मुलायम बिछावन पर जा बैठे।

'आपकी पत्नी प्रतीक्षा न करती होगी?'

'कुछ देर न जाऊँगा तो वह मान ही लेगी कि मैं किसी तवायफ़ के डेरे पर होऊँगा।'

'...'

'चुप क्यों हो, ऐसे न देखो...चंद्रमल्लिके? मैं ऐबों का पुतला हूँ। मैं रंडियों के पास जाता हूँ, शृंगारिक गीत कहता हूँ। मैं मदिरापान करता हूँ। मैं नालायक, वंशनाशी हूँ,' वे किसी उन्माद में बोल रहे थे।

'...'

'मैं श्मशान में जलता एक सांध्य-दीप हूँ, अपने अँधेरों में घिरा, प्रतिपल जलता तिल-तिल। किसके लिये जीता हूँ? क्या ढोंग करता हूँ?' उनकी आँखों से अश्रुपात होने लगा।

'ज्यू! आप आराम कीजिए ना, यह सब स्मरण मत कीजिए।' मल्लिका ने उनको कन्धों से थाम मसनद पर टिका दिया।

'तुम मुझे थाम लो। मुझे बहुत काम करने हैं। मैं अपने एक मित्र के साथ साझे में छापाखाना खोलना चाहता हूँ, मेरी अपनी पूँजी मेरी पत्नी मुझे नहीं छूने देती। मैं चाहता हूँ। हम किताबें छापें और पत्रिकाएँ निकालें, घरेलू स्त्रियों के लिए एक पत्रिका निकले।' उनके माथे का पसीना, मल्लिका अपने आँचल से पोंछती जाती थी।

'ज्यू कितनी पूँजी लगेगी छापेखाने में?'

'सात-आठ सहस्र, तुम क्यों पूछती हो? नहीं मल्लिका मैं किसी से नहीं ले सकता। तुमसे...जो स्वयं बेसहारा अबला...'

'आप बुरा न मानें तो मैं भी एक निवेशक बन जाऊँ? आप सर्वेसर्वा रहें। मैं शरीर से क्षीण हो सकती हूँ लेकिन व्यक्तित्व से अबला मालूम देती हूँ क्या? मेरा मन शक्तियुक्त है, जिसके संग स्वयं भारतेन्दु हरिश्चन्द्र ज्यू हों वह अबला क्यूँकर हो? क्या आप इसी ऊहापोह में डूब कर मेरे पास नहीं आते थे?'

'मन्नो देवी जी के संशयों के चलते—उन्होंने, हमारे भ्राता गोकुल ने उन्हें

सूचना दी कि हम आजकल किसी बंगाली विधवा के मोहपाश में हैं। पहले ही वह आलीजान को लेकर आए दिन क्लेश करती हैं क्योंकि हमने उस मजलूम को एक घर खरीद कर दे दिया था, उससे ही मन्नो परेशान थीं...हमें बीमार बच्ची की कसम दी कि हम तुमसे न मिलें। बच्ची ठीक हो गई तो हमसे रहा न गया।'

'कौन है यह माधवी?' मन पर मन भर पत्थर रख कर मल्लिका ने पूछा।

'एक गरीब दुखिता, जिसने मजबूरी में नाचना-गाना शुरू किया।'

'वह तो बुरी बात नहीं।'

'वह तवायफ़ है, गरीबी ने उसे मुसलमान बना दिया, फिर तवायफ़। उसका बाप हमारी रियाया में था। किसी ज़रूरत में बड़ी रकम लेकर घर रेहन रखा तो छुड़ा न सका। हमारे भाई ने उसे बेच दिया। ये लोग बेघर हो गए। बाप ग़म में जाता रहा, बेटे मज़दूरी की तलाश में परदेस चले गए, बेटियाँ तवायफ़ बन गईं। मैंने क्या बुरा किया उस आलीजान को दूसरे के कोठे से उठाकर घर खरीद दिया। उसे शुद्ध कर माधवी बना दिया। अब वह मेरे संरक्षण में है, अब वह केवल मुजरों में जाती है। महफ़िलों में गाती है।'

मल्लिका बुझ गई। संरक्षण, संरक्षिता, रक्षिता!! फिर उसने बात टालते हुए कहा।

'मैंने आपके कहे से बंकिम दा के दूसरे उपन्यास का अनुवाद आरंभ किया है। अपना भी कुछ गद्य लिखती हूँ।'

'ये बहुत अच्छी बात है चंद्रमल्लिके। तुम हो मेरा अर्धांग तो!' ज्यू ने बाँहें फैलाईं तो मल्लिका ने समर्पण कर दिया। शृंगार की पूर्व और परा क्रियाओं पर कवित्त रचने वाले ज्यू का अंतस आज आर्द्र था और स्पर्श कोमल। भोर होती थी और बुलबुल का संगीत मल्लिका के अतीत और भविष्य की व्याख्या कर रहा था। पौ फट रही थी, ज्यू उठाकर अपना उत्तरीय सीढ़ियों से उतर रहे थे। मल्लिका ने बिलकुल नहीं पूछा—'अब फिर कब?'

5

समय के बहुमुखी रंगमंच पर कोई एक दृश्य चलता है क्या? जिस पल आप यहाँ प्रेम जीते हो दूसरी ओर कोई विदा दृश्य बनने को होता है। तीसरी ओर कोई जन्म लेता है चौथी ओर कोई क्रांति बीज पकड़ रही होती है। वसु बाबू के पते पर मेदिनीपुर से मजूमदार के नाम से तार आया।

'कम इमीजिएटली अलोंग विद सिस्टर, फ़ादर ओन डेथबेड।' (तुरंत पहुँचो बहन के साथ पिता मृत्यु शैया पर हैं)

मल्लिका समझी ही नहीं...यह कैसा तार था। या तो ये बाबा के शब्द हैं कि दोनों बहनें पहुँचें। या मजूमदार की कोई चाल? मल्लिका फिर भी एक पल न रुक सकी। तुरंत उसने ज्यू के नाम एक संक्षिप्त चिट्ठी भिजवाई। वे माधवी के घर पर एक छोटा-सा मंदिर बनवाने में व्यस्त थे। एक वेश्या के घर ठाकुर विराजमान कर अपनी उदात्तता का प्रदर्शन कर रहे थे। मल्लिका माधवी को डाह योग्य समझते हुए स्वयं को हेय नहीं करना चाहती थी। यह समय यथाशीघ्र बाबू के पास होने का था। वह उसी रात हावड़ा वाली रेल पकड़ना चाहती थी।

ज्यू पत्र पाकर चले आए थे, कातर होकर कहने लगे—'प्राणधन, लौट तो आओगी ना, ऐसा न हो तुम्हारा विचार बदल जाए या इतनी देर लगा लो कि मैं वियोगी होकर कंदराओं में ही निकल जाऊँ। वैसे भी काशी में मन उकताता है। हर पल याचकों, खुशामदियों, विरोधियों, दुश्मनों की संख्या अधिक हो गई है, सच्चे मित्र कम, एक तुम थीं सो भी चलीं!'

'विनोद मत कीजिए ना, बाबा का विचार कर मेरा मन काँपता है।'

'आश्वस्त होकर जाओ मल्लिके। तुम्हारी सुविधा की सब व्यवस्था है। रात को ताँगा लिए बाहर मिलेंगे हम, स्टेशन तक चलेंगे।'

वह सकुशल रेल में बैठ गई मगर उसका अंतस काँपता रहा था कि बाबू से मिलना हो सकेगा अथवा नहीं। दो दिवस यात्रा में खर्च हो गए थे, तीसरे दिन मेदिनीपुर और उसी दोपहर केशोपुर गाँव पहुँची थी।

गाँव में घुसते ही तालाब के पास के खेतों की हवा से जंगली घास-पात ऐसे काँप रहे थे जैसे वे कुछ कहना चाहते हों। अकाल के बाद के वीरान, निर्जन रास्तों में चलते-चलते उसका मन भंगुर हो रहा था। जब उसकी बैलगाड़ी द्वार से लगी थी, बूढ़े शिशिर के पेड़ ने डालियाँ हिला कर स्वागत किया था। बाड़ी से लगे खेत निचाट पड़े थे। धूल-धूसरित, सब्ज़ी का बगीचा, सूखी बेलें। देखभाल के अभाव में बाड़ी खंडहर हो चली थी। बगल का कमल पोखर सिवार से भरा था। बाहर ही का दृश्य देख मल्लिका की रुलाई फूट गई। वह कम आहट के साथ ड्योढ़ी पर आ खड़ी हुई। थोड़ी देर भीतर की आहट ली। शेफाली और बहनोई अभिरंजन बाबू की बैठक में बैठे थे। शेफाली की देह ज़रूरत तले ज़्यादा भर गई थी। चेहरे पर समृद्धि की चमक थी।

'प्रणाम दीदी। प्रणाम जीजाजी।'

'खुश रहो मल्लिका। बस राह देखते थे तुम्हारी।'

'बाबू?'

'भीतर हैं, डॉक्टर बाबू के साथ।'

'ठीक हैं?'

'ठीक? तुम्हारी कृपा है।' जिस स्वर में शेफाली ने उत्तर दिया उसे भाँप अभिरंजन ने चौंक कर उसे देखा, मल्लिका भी तिलमिला गई। किंतु वह बिना किसी की परवाह किये अपना दुशाला और थैला कुर्सी पर छोड़ सीधे भीतर भागी। अम्मा के पुराने कक्ष में पोखर की तरफ़ खुलती खिड़की के बगल, अम्मां के विशाल पलंग पर एक अति दुर्बल आकृति लेटी थी, एक स्टैंड से ग्लूकोज़ लटका था, जो एक सूई के माध्यम से उस देह में जाकर हिलने-डुलने लायक ऊर्जा दे रहा था। बगल ही में मेदिनीपुर से आया एक अधेड़ डॉक्टर नब्ज़ देख रहा था।

रुदन एक आवेग की तरह छाती में अटका था, मल्लिका ने पलंग के पास आकर धीमे से पुकारा—'बाबू! बाबू।'

आकृति फड़फड़ाई—'हूँ ऊं।'

'मैं आ गई बाबू।' मल्लिका ने काँपते स्वर में कहा।

'कौन...?' वे उठने का उपक्रम करने लगे, डॉक्टर ने लेटा दिया।

'मल्लि।'

'मल्लि' दुर्बल देह चौंकी, हाथ उठाने लगी तो डॉक्टर ने हौले से हाथ थाम लिया।

मल्लि बाबू से लिपट कर रोने लगी। वे भी सिसकने लगे।

'देखिए रोइए नहीं, उनके स्वास्थ्य के लिए उचित नहीं। आप इनकी छोटी बेटी हैं?' अधेड़ डॉक्टर ने कहा।

'जी। बाबू अब आपको स्वस्थ होना है। मैं आ गई हूँ ना।' मल्लि ने बाबू का दुर्बल हाथ थाम लिया। हाय ये हाथ कभी एक चौथाई बीघा ज़मीन फावड़े से एक दिन में जोत देते थे। दोनों बेटियों को काँधे पर टाँगे, बेटे का हाथ थामे दो मील दूर पैदल मेला दिखाने ले जाते थे।

'तू ठीक तो रही ना इतने दिन।' बहुत कष्ट के साथ बाबू ने पूछा।

'हाँ बाबू। मैं वहाँ एकदम ठीक और प्रसन्न। घर लेकर रहती हूँ। साहित्यिक काम भी करती रही हूँ।' दुर्बल देह में स्पंदन जगे। वे मल्लिका के सर पर अपना हाथ फिरा रहे थे। चेहरे पर संतोष था। तभी शेफाली एक नौकरानी के साथ नाश्ता और दूध लिए भीतर आई।

'सुनो! मल्लिका तुम कुछ खा लो।' उसके स्वर से आदेशात्मक ढंग अब तक गया नहीं, मल्लिका ने महसूस किया।

'मैं नहा, धोकर, प्रार्थना कर ही कुछ खाऊँगी दीदी। और यह सब क्या ? मैं तो बहुत कम और हल्का भोजन करती हूँ। लाओ दूध मैं बाबू को पिला दूँ।'

'नहीं तुम अपनी नियत दिनचर्या पूरी करो। यह काम अभी मुझे करने दो।' कह कर शिउली बाहर चली गई। वह शेफाली के भाव से समझ गई थी कि वह क्या जतलाना चाहती है। आगे भी वह उसे नाश्ता करवाते समय कहती रही—'जब से तुम गईं, बाबू को बीमारियों ने घेर लिया। मधुमेह, रक्तचाप, जोड़ों में दर्द। मैं पहले दो महीने में आती रही, फिर महीने में फिर हर सप्ताह आती रही। ये जो डॉक्टर हैं, अभिरंजन ने तनख्वाह पर लगा रखे हैं। बाकी पहले की तरह सुरसती की माई रसोई देखती है, हजारी बाकी का काम। खेत तो जो हल जोते उसे दे दिए जाते हैं। मुझसे तो दो-दो जगह के काम नहीं सँभलते। यह घर तुम्हारा है, यहीं रहो आकर, अब बाबू संग।'

मल्लिका ने सहज ही सब सँभाल लिया। बाबू की स्थिति में कुछ सुधार था। जब वे एक रोज़ बैठे तो भात और सादा मूँग दाल उन्हें खिलाते हुए अपनी काशी-प्रवास की कथा कह सुनाई।

'बाबू मुझे सब सुख, प्रतिष्ठा, शांति सब है वहाँ।'

'बेटी, मैं काशी की विधवाओं की दुर्दशा जानता-पढ़ता था, सो जब पता चला तो पैरों तले भूमि ही नहीं रही थी मेरे...मैं सोचता पितृगृह मेरी पुतुल समान मल्लि को पराया कैसे हो गया।' बाबू ने एक कपड़े से मुख पोंछते हुए कहा।

'बाबू, मुझमें साहस कहाँ था ? काशी, चंद्र भैया की सुझाई राह थी, वहाँ उनके मित्र जगन वसु रहते हैं। उन्हीं ने व्यवस्था की। वहाँ बहुत विद्वान, दार्शनिक रहते हैं।' मल्लि ने बाबू के मुख से जल से भरा गिलास लगा दिया। वे गट-गट पी रहे थे और कंठ से उतरते पानी की धार दुबल गले की लटकी हुई त्वचा में से दिखती-सी थी।

'हाँ, वह तो तेरे पत्र...चंद्र के पत्र से पता चला था। फिर जब चंद्र स्वयं आया तो मैं कुछ आश्वस्त हुआ था। पर तेरे बिना घर फिर घर ही नहीं रहा। अनिर्बान के पत्र भी मिलना बंद हो गए।' बाबू ने हल्का-सा-हाँफते हुए कहा।

'मैं आपके कष्ट नहीं बढ़ाना चाहती थी। अब तो निश्चिंत हैं ना ! अनिर्बान दा के लिए चंद्र भैया कहते हैं, ''वे जहाँ हैं, सुरक्षित हैं।'' और मैं तो आपके पास हूँ, आपने मुझे क्षमा किया ना ?'

वृद्ध ने पोपली मुस्कान के साथ गरदन हिला दी। मल्लिका ने आँचल से सिर पर आया पसीना पोंछ दिया। अभिरंजन काम पर लौट गए थे। मिताई बाबू के ऐसे ही निश्चिंत दिन दोनों पुत्रियों और जुड़वाँ दोहित्र-दौहित्री संग बीतते जाते थे। इन बच्चों जाह्नवी और सुतनु के होने से इस बाड़ी की रौनक लौट आई।

ये अब तीन-तीन वर्ष के हो चुके थे और तुतलाकर खूब बातें और नित नए कौतुक करते। नदी किनारे की बंसवारियों में दौड़ते बालकों के साथ मल्लिका के आगे अपना और शेफाली का बचपन जीवंत हो आया। उनकी किलकारियों में वे पुनर्नवा हो उठी।

एक दिन फुरसत पाकर दोनों बहनों ने जब फुलवारी वाली कुटिया को फिर से बैठने लायक बना दिया और वहाँ जा बैठीं तब मल्लिका ने कहा—

'मैं बाबू के ठीक होते ही काशी लौटूँगी शिउली...वहाँ किसी को वचन दिया है, लौटने का।' कुटिया में दरी बिछाते हुए मल्लि बोली।

'कौन?' शिउली ने दरी का कोना पैर से ठीक कर पूछा।

'एक विद्वान हैं, चंद्र भैया जैसे। उनके साथ मैं पत्रिका निकालती हूँ। वे मुझ पर निर्भर रहते हैं, साहित्यिक कामों के लिए। कुछ काम वहाँ अधूरे हैं,' मल्लि ने तकिये रखे और दोनों पोखर के सामने वाली खिड़की के पास फ़र्श पर बैठ गईं।

'मुझे लगा था तुम्हारा चेहरा देखकर कि तुम अब वह मल्लिका नहीं रही हो...जो थीं।' शिउली ने मल्लिका पर उचटी-सी दृष्टि डालकर सीधे पोखर पर खिले एक कमल पर टिका दी।

'मतलब, वह दु:खिता, विवश मल्लिका। वैसे शिउली भी शिउली कहाँ है...शेफालिका गांगुली है।' मल्लि ने सीधे शिउली की आँखों में झाँक कर कहा।

'मेरा आशय वह नहीं है, तुम आत्मनिर्भर रहो। यह तो हम सब चाहते हैं। किंतु मुझे एक और भीतरी प्रसन्नता भी दिखी।'

'क्या मुझे प्रसन्न नहीं रहना चाहिए?'

'मल्लि! अब तू कुतर्क कर रही है, इसका अर्थ मैं जानती हूँ। तू यह खूब जानती है कि तेरी प्रसन्नता मेरी चिंता का विषय नहीं। इस प्रसन्नता के पीछे कोई पर पुरुष है, यह मेरी अनुभवी दृष्टि जानती है।' शिउली मल्लिका के अंतस तक झाँक कर बोली थी। मल्लिका चुप हो गई। दोनों बहनों की दृष्टि फूलों की बेतरतीब हो चली क्यारियों पर उड़ते एक चमकीले भौंरे पर थी। एक गहरा नीला-सुनहरा भौंरा एक-एक फूल पर भन्न-भन्न करता हुआ ठीक फूल के ऊपर आता, ठिठकता, सिकुड़े हुए पाँवों को फैलाकर फूल की ओर झुकता और फिर चक्कर लगाकर झूमने लगता। फिर पंख समेट कर एक गुलाब पर बैठ भी गया। कुछ पल बीते कि दूसरे फूल के पास...फिर गूँजता हुआ इस पर से भी उड़ गया। दोनों देखती रहीं उसका हर फूल पर जाना मगर उसका मन न भरा। पर जिस फूल पर से एक बार वह रस लेकर उड़ा उसके पास फिर न गया।

'मल्ली! इस भौंरे को देखती हो? ठीक यही व्यवहार होता है पुरुषों का।'

'समझी नहीं मैं?'

'वह तुझे पसंद है?'

'सम्मान करती हूँ...वे मेरे लिए बहुत कुछ करते हैं।'

'अकेला है?'

'नहीं, विवाहित, भरे पूरे परिवार के साथ...काशी के सम्मानित पुरुष हैं।'

'एक छोटा-सा कीट जो अपना काम निकालने के लिए इतना कुछ कर सकता है। रस पाने के लिए जो यह ऐसी चाल चल सकता है, तो अपना काम निकालने के लिए मनुष्य क्या नहीं कर सकता? तुमसे वह विवाह तो नहीं करेगा। वह बस फँसाना चाहता है। वह बहुतों से कह चुका होगा तुम मेरे हृदय में बसती हो। तुम मेरे अंधकार में जीवन-ज्योति हो। मेरा एकमात्र सुख हो। मेरा स्वर्ग वहीं जहाँ तुम्हारे चरण-कमल। हम विवाहित महिलाओं तक से इस प्रतिष्ठित समाज में ऐसे कृपा-लोलुप आ टकराते हैं तो तुम तो।' मल्लि ने शिउली का सुंदर, नवनीतवत सुचिक्कण मुख देखा और उस पर रसीले, रक्तिम होंठ देखे तो खिलखिला पड़ी।

'मेरी प्यारी दीदी, हर विवाहिता पर नहीं, तुम्हारा तो किन्नरियों-अप्सराओं-सा रूप है। तुम्हें देख तो देवता तक पथ विचलित हो जाएँ।'

'विनोद करके विषय मत बदलो, हमने देखा है बहुत-सी भोली-भाली विधवा लड़कियों को जो ऐसे दुष्ट आदमियों के कुचक्र में फँस गयी हैं और उनका जन्म भ्रष्ट हो गया है।' शिउली इतना कुछ कहकर चुप हो गई। उसने देखा, मल्लि पर असर हुआ कि नहीं। मल्लि निर्विकार थी। सोच रही थी, 'जन्म भ्रष्ट होना किसे कहते हैं?' उसे काशी में देखी विधवाओं की भजन-मंडलियाँ याद आ गईं। जो कजरी के अनुसार चलती-फिरती प्रेतनियाँ थीं। जिनके लिए कजरी कहती है—

'मरी हुई गऊओं पर भी जैसे मदमस्त साँड़ चढ़ जाना चाहता है, वैसे ही पंडे-गुँसाई उन पर'...मल्लिका टोकती थी कजरी को, 'छि: चुप भी रहो।'

'देख, मैं काट-छाँट नहीं जानती। तुमको देखकर जो चिन्ता मुझे होती है, उसको मैं तुमसे कह देती हूँ पेट में नहीं रखती।' शिउली ने उसकी सादा साड़ी को छूकर देखा और कहा।

'हाँ शिउली, जानती हूँ...तुम मेरे भले का न कहोगी, तो कौन कहेगा?' मल्लि को उलटे अपनी बहन पर दया आई कि कितना सीमित संसार है इसका, कितनी सीमित सोच हो गई है। आनंद क्या बस महँगे वस्त्र-गहने और एक अमीर पति के स्वामित्व में ही है? शिउली के उपदेश जारी थे।

'मैं यह नहीं कहती कि तुम विधवाओं की तरह वीतरागी रहो...मैंने सब ऐश्वर्य पाकर देख लिया कि इस धरती पर हँसने, बोलने, रंगरेलियाँ मनाने, अच्छे गहने-कपड़े पहनने, प्यार करने और कराने ही में सुख नहीं है और बातों में भी सुख है। क्या रोगियों की सेवा करने में, दुखियों के आँसू पोंछने में, भूखे और कंगालों को सहारा देने में, सुख नहीं है? बहुत बड़ा सुख है और इसी सुख की खोज एकाकी स्त्रियों को करनी चाहिए।' मल्लि चौंक गई, क्या उसके मन की बात पढ़ ली शिउली ने? उसके पारदर्शी चेहरे पर?

'अच्छा दी, समझ गई एकाकिनी स्त्रियों को समाज सेवा करनी चाहिए और गृहस्थिनों को?' मल्लिका ने कटाक्ष किया मगर शिउली नहीं समझी।

'अरी! हम गृहस्थी वाली स्त्रियों के पास बड़ा झंझट होता है। सबसे पहले हमें पति की सेवा-टहल और सँभाल करनी होती है, क्योंकि सबसे बड़ा धर्म हमारा यही है, इसलिए हम चाहकर भी परमार्थ के इस सुख को नहीं पा सकतीं।'

मल्लिका शिउली की इन दुनियादार बातों को सुनकर चकित रह गई। फिर बोली—

'दीदी, मैं काशी में सुखी हूँ। बाबू को ठीक होते देख लूँ तो लौट जाऊँ काशी। फिर मुझे उम्मीद है अनिर्बान दा अब हमेशा को लौट आएँगे। बाबा कहते हैं, उनके भावी श्वसुर भी तो यही चाहते हैं कि उनकी बेटी तन्मयी दस साल से वाग्दत्ता बैठी है। अब उसका अन्यत्र विवाह संभव नहीं सो पाताल से भी ढूँढ लाएँगे अपने भावी जामाता को। सारे झूठे आरोप हटवा देंगे।'

'तुमने सपने देखना नहीं छोड़ा है ना मल्लि, न जिम्मेदारियों से भागना। बाबू अब ठीक न होंगे। यह रोग नहीं जरारोग है। जब तक जीवित हैं...और सुनो, अनिर्बान दा, अब कभी नहीं लौटेंगे...। वे इस देश के लिए मृत घोषित हैं। रही उनके भावी श्वसुर की बात, तो सुनो पिछले बरस भटक कर अनिर्बान दादा आए थे एक बार। बाबू के दबाव पर छोटे से समारोह में तन्मयी से ब्याह को तैयार भी हो गए थे। तभी उनके ससुरालवालों को हमारे गाँव में किसी ने कह दिया था कि उनका होने वाला दामाद क्रांतिकारी ही नहीं बल्कि एक वर्ष जेल की सज़ा काट कर आया है। सुनते ही तन्मयी के इंस्पेक्टर पिता घबरा गए। उन्होंने कहा—''वह तो आए दिन आंदोलन करेगा, क्रांतिकारी कदम उठाएगा तो मुझे उसके खिलाफ़ कार्यवाही करनी पड़ेगी। मैं कैसे अपने जामाता को कारावास में बंद देख पाऊँगा? कैसे सरकार के विरोध में जाऊँगा?'' जब अनिर्बान ने सुना तो उन्हें इंस्पेक्टर पर क्रोध आया और वे उस पर बिगड़ गए कि क्यों वह अंग्रेज़ों की नौकरी करता है? अपने देश के प्रति प्रेम करने की बजाय क्रांतिकारियों के खिलाफ़ कदम उठाता है? अच्छा ही हुआ

कि ब्याह से पहले पता चल गया, मुझे स्वयं ऐसे लोगों से रिश्ते कायम नहीं करने जो गद्दार, देशद्रोही हों।' शिउली ने जो सुनाया मल्लिका का मुख खुला रह गया।

'अरे? आपने पत्र में सूचित नहीं किया।'

'ये बातें पत्र में लिखने की होती हैं, इस वातावरण में? कभी भूले से नाम भी मत लेना काशी के अजनबियों के आगे और रिश्तेदारों के आगे भी।'

'दादा का पत्र-व्यवहार का कोई पता है?'

'नहीं। दादा, चंद्र भैया को यात्रा से तभी पत्र लिखता है जब वह स्थान छोड़ कर जा रहा होता है।'

मल्लिका उठ आई बहाने से शिउली के पास से। बाबू सुबह से संदेश खाने की जिद कर रहे थे। उस शाम बहुत चाव से फिरनी और खजूर रस के संदेश बनाए थे, मल्लि ने। बाबू और अपने भानजे-भानजी के लिए। बाबू ने उस रात थोड़ा-थोड़ा सब खाया और बाबू चैन की नींद सो गए।

मल्लिका जब सुबह गर्म दूध लेकर पहुँची तो वे छाती पर हाथ रखे, गहरी-गहरी साँसें ले रहे थे। मल्लिका ने चीख कर डॉक्टर को पुकारा। संयोग से दो दिन पहले भेजे तार को पाकर उसी सुबह चंद्र भैया और अभिरंजन आ पहुँचे थे। वहाँ उपस्थित सबको बहुत आश्चर्य हुआ था उसी दोपहर एक लम्बी दाढ़ी वाला साधु आया था।

दोपहर ढलने तक मिताई बाबू की साँस अचानक तेज़ी से क्षीण होती गई फिर रुक-रुक कर चलने लगी। मल्लिका ने पहचान लिया था साधुवेश में और कोई नहीं भाई अनिर्बान था, जो प्रणाम मुद्रा में निर्विकार बैठा था। नेत्रों से आँसू झरते थे। शेफालिका अपने बच्चों संग बाबू के पलंग की पाटी पर उनका हाथ थामे बैठी थी। मल्लिका ज़मीन पर बैठ उनके तलवों पर सरसों का तेल मल रही थी। बगल में गंगाजली में जल था जिस पर तुलसी-पत्र तैर रहे थे। खिड़की के पास चंद्र भैया शहर से आए डॉक्टर से बात कर रहे थे। जब उसने निराशा में गरदन हिलाई तो मल्लिका ने अनिर्बान के हाथ में गंगाजलि दी। वह रो पड़ा—

'हा! भगिनी, मैं इनके लिए कुछ न कर सका।'

'दादा, आप से बाबू को कोई शिकायत नहीं थी...उन्हें गर्व होगा जब देश स्वतंत्र होगा।' कुछ मिनटों में मृत्यु ने पर्दा गिरा दिया था। रंगमंच पर अँधेरा था। दर्शकों को बैठने की ज़रूरत नहीं थी। बहनों संग पिता की देह पर गिर कर फफक कर रो रहे अनिर्बान दादा को चंद्र भैया खींच कर बाहर ले गए।

'बंधु, क्या कर रहे हो? सँभालो, स्वयं को। अब तुम्हें जाना होगा। अंतिम क्रिया के लिए तुम नहीं रुक सकते। सुना है पुलिस वहाँ धावा ज़रूर बोलेगी।'

चंद्र भैया की घोड़ागाड़ी में वह स्टेशन चला गया। उत्तर पूर्व को जाती रेल में। साधुवेशी अनिर्बान से लिपटकर दोनों बहनें फूट-फूटकर रो पड़ीं। अनिर्बान के जाने पर अर्थी सजी। बहनों का रो-रोकर बुरा हाल था। गाँव के लोग फुसफुसा रहे थे।...कैसा हृदयहीन पुत्र है अनिर्बान, पिता को अंतिम-विदा देने न आ सका।

मिताई बाबू को अंतिम विदाई देते समय गाँव में कोई भी अपने आँसुओं पर नियंत्रण न रख सका। हर कोई अपनी गीली आँखों को पोंछ उनकी शोक-मग्न पुत्रियों को सांत्वना देने आया। 'हरी बोल' का तुमुलनाद करता हुआ सारा गाँव अर्थी के साथ शमशान को चल पड़ा। इस गाँव में किसी ने ऐसी भव्य शव यात्रा नहीं देखी थी। गाँव के बाहर तमाल-नदी के तट पर शमशान घाट में उनकी अंतिम-क्रिया रिश्ते में उनके भानजे बंकिमचंद्र ने की।

शिउली बाबू की वसीयत से अप्रसन्न हुगली लौट गई तो, कुछ दिन बाद मल्लिका भी काशी जाने वाली रेल में बैठ गई...। ट्रस्ट, बगीचे, बाबू का सपना अब बंकिम भैया या शिउली के हाथ था। मल्लिका ने सब मोह त्याग दिए और वहाँ लौट आई जहाँ कोई तो विकल था।...

मल्लिका का सोचना व्यर्थ न था। अचानक मल्लिका के चले जाने पर हरिचंद ज्यू को भान हुआ कि कहीं सच में वह लौटी ही नहीं तो? वे माधवी के साथ व्यस्त अवश्य थे किंतु जानते थे कि प्रेम, धन, दैहिक उपस्थिति सब कुछ पाकर भी माधवी हमेशा रिश्ते में असुरक्षित रही है और उसके कृपा-कटाक्ष के पात्र अन्य रईस भी हैं और मन्नो देवी के, जिसके पास समस्त अधिकार रहे हैं, वह लगातार छटपटाती रहती है। लेकिन मल्लिका आवश्यकता पड़ने पर अपना धन, प्रतिभा देकर भी ज्यू को मात्र जौ भर पाकर भी संतुष्ट रहेगी। ज्यू एक सहज-सरल प्रेमी न थे। एकाएक उन्हें मल्लिका की अनुपस्थिति असह्य हो गई। लेकिन वे न तो यह जानते थे कि वह कितने दिवस पर लौटेगी, न यह जानते थे कि बंगाल के मेदिनीपुर जिले में उसका गाँव कौन-सा है?

अनुपस्थिति का प्रेम ऐसा प्राणलेवा होता है, यह उन्होंने कभी अनुभव नहीं किया था। उन्होंने माधवी के यहाँ जाना बंद कर दिया। वे यही विचार करते रहते कि संसार में केवल तुम ही अकेले नहीं हो पियारे हरिचंद, जिसे अपनी चंद्रिका का वियोग झेलना पड़ रहा है। फिर प्रेम में उन्मादी होने की भी तो एक सीमा होती है। किसी भी व्यक्ति को यह कभी नहीं भूलना चाहिए कि जाने वाले के पीछे कोई इतना विकल नहीं होता! वे वियोग की कविता 'प्रेमाश्रुवर्षण' रचने में विलीन हो गए। उन्होंने दो नाटक भी लिखे। *चंद्रावली* और *भारत-दुर्दशा*।

**6**

म्ल्लिका को काशी लौटने पर सब कुछ अपरिचित-सा लग रहा था। लग ही नहीं रहा था कि चार मास पहले वह यहाँ थी और जीवन में निमग्न थी। एक तो लौटने पर उसे कजरी नहीं मिली। घर धूल से भरा था और भीमा अकेला भाँग की पिनक में सो रहा था। किसी तरह दरवाज़ा खुलवाया था।

मल्लिका ने स्वयं ही घर साफ़ कर अपनी पुस्तकों को झाड़-पोंछ कर साफ़ किया। हारमोनियम को भली प्रकार से पोंछा और वीणा-वादिनी की मूर्ति पर एक दीप जला दिया। काशी में शरद की शीतलता अच्छी तरह अनुभव होती है। भीमा ने कच्चा-पक्का दाल-भात बना दिया था, मल्लिका वही खाकर लेट गई और न जाने कब नींद ने उसे घेर लिया।

'मल्लिका! चंद्रिका! मल्लि! तुम कब लौटीं? इतने दिन लगा लिये...मैं इधर से गुज़रा तो भीमा सौदा लेने जाता था, बोला तुम आ गईं तो रह न सका। अच्छ, इन बातों को जाने दो, बताओ तुम्हारे पिता...'

शाम सात बजे ही सो गई थी मल्लिका और नौ बजे ज्यू आ गए। थकान इतनी थी कि वह समझ ही न सकी कि वह काशी वापस लौट आई है। नींद की डोर इतने पर भी टूटी न थी...वह असमंजस में थी कि उस पर झुकी हुई यह आकृति ज्यू की है...वह घबरा कर उठ बैठी। नेत्रों को फैलाकर ज्यू को और अपने चतुर्दिक को पहचानने की कोशिश करने लगी।

'मल्लिका! प्रणाम भी न करोगी? मैं तुमको जगाता ही नहीं तो ठीक था मल्लिका! तुम कितनी थकी हुई मालूम होती हो।'

'ज्यू।' मल्लिका कराह कर बोली। उनके कंधों पर सर टिका दिया।

'कितनी दुर्बल लग रही हो? अस्वस्थ रहीं क्या?' उन्होंने उसका सर सहला कर कहा।

'पिता को खोकर...कौन न व्यथित हो जाएगा?' मल्लिका ने होंठों ही होंठों में आह भर कर कहा।

'मल्लिका...'

'मैं अनाथ हो गई...' अब मल्लिका हिलक कर रो पड़ी।

'निराश न हो...अपनी सामर्थ्य भर मैं तुम्हारा हूँ, प्रिये। तुमने भोजन किया? मैं किसी दासी से भोजन भिजवाता हूँ।'

'नहीं...नहीं भीमा ने पका कर खिला दिया। कजरी गाँव गई हुई है ना।'

'तुम्हें मैंने नाहक जगाया। तुम्हें सोते रहने देना चाहिए था। तुम रो-रोकर

सोई किसी छोटी बच्ची सी दिख रही थीं। यहाँ शरद ऋतु आरंभ होने को है। बदलती ऋतु और बदली जलवायु तुम्हें बीमार न कर दे। दुलाई ओढ़ लो। कल सुबह आता हूँ।' ज्यू मल्लिका के सर पर हाथ फेर चले गए। मल्लिका को वे कितने अपरिचित लगे। मल्लिका एक बार जागकर सो न सकी। उसे शिउली के साथ वह भ्रमर वाली घटना याद आ गई। किंतु हरिश्चन्द्र ज्यू के साथ बीते अंतरंग पल इस पल याद न आए। शायद दूरी या शायद थकान...मल्लिका ने बहुत प्रयास किया कि दुबारा आँख लग जाए किंतु दो पहर बीतने पर ही नींद आ सकी।

अगली सुबह हरिश्चन्द्र ज्यू ने मल्लिका को चौखंभा विद्यालय बुलवा भेजा। मल्लिका प्रात: दस बजे वहाँ पहुँची। हरिश्चन्द्र विद्यालय के बाहर ही दो निकट मित्रों संग खड़े थे। मल्लिका ने दोनों को प्रणाम किया। तत्पश्चात् वे चारों विद्यालय के एक हिस्से की ओर बढ़े। वहाँ एक कमरे के बाहर बड़ी तख्ती लगी थी 'हरिश्चन्द्र मल्लिक एंड कंपनी'। यह वह प्रकाशकीय कंपनी थी जिससे अब *कवि-वचन सुधा*, *हरिश्चंद्रिका* और *बालाबोधिनी* पत्रिकाओं को निकलना था और पुस्तकों को छपना था।

मल्लिका ने आश्चर्यचकित होकर मुख पर हथेली रख ली। भारतेन्दु उन्हें कार्यालय में भीतर ले गए और एक लैटर-हैड भेंट किया जिस पर 'हरिश्चन्द्रमल्लिक एंड कंपनी' लिखा था।

'मल्लिका, अब लौट आई हो तो अपनी पुस्तकें पूर्ण करो, मेरे दिए काम करो और अपनी लेखनी को गति दो,' हरिश्चन्द्र बोले थे।

दोनों साथ खड़े मित्रों ने मल्लिका को बधाई दी और मिष्ठान का आदान-प्रदान हुआ। मल्लिका को इस सुखद-समाचार की कल्पना भी न थी। उसी दिवस मल्लिका ने सहर्ष कुछ पूँजी छापेखाने के लिए दे दी। छापेखाने को लगाने और चलाने की ज़िम्मेदारी भारतेन्दु जी के इन्हीं दो मित्रों में से एक की थी। मशीनें बाहर से आनी थीं। कागज़ तो बाहर से आता ही था। भारतेन्दु जी के संपर्कों के चलते अन्य सरकारी स्रोतों से पूँजी आई। छापाखाना आरंभ हो गया था। कार्यालय बनाया। 'हरिश्चन्द्रमल्लिक एंड कंपनी' में कार्य आरंभ हो गया। पूर्व में निकलने वाली दो पत्रिकाओं के अतिरिक्त *बालासुबोधिनी* पत्रिका की नींव पड़ी। और ब्रिटिश अफ़सरों से मित्रता और शिवप्रसाद सितारे हिन्द की रहनुमाई में, इन पत्रिकाओं की अच्छी-खासी सरकारी खरीद होने लगी। विडम्बना केवल यह थी कि हरिश्चन्द्र ठहरे अपने स्वभाव के दास, पूँजी आते ही वाजिद अली शाह और दानवीर कर्ण का मिला-जुला रूप हो जाते थे। फिर गोष्ठियाँ, महफ़िलें, नौकाविहार आरंभ होते। याचक द्वार आ लगते।

हरिचंद ज्यू बहुत अनूठे, नए ढंग के, ऐश्वर्ययुक्त आयोजन किया करते

थे। नित-नवीन सज्जा, बैठने की व्यवस्था, तरह-तरह के पेय, भोजन। सम्मिलित होने वाले विद्वज्जन उत्फुल्ल होकर लौटते। नफ़ासत की कमी, जिंसी कमी और मेहमान नवाज़ी में कमी उन्हें पसंद न थी। नए छापेखाने के उपलक्ष्य में उन्होंने अपने बाप-दादाओं के समय के विहार-भवन 'रामकटोरा-बगीचा' में कविता-समाज का आयोजन बहुत सुंदर ढंग से करने का विचार किया। शरद पूर्णिमा की रात और कविता, गीत-संगीत की महफ़िल।

'कितने सुंदर दिन हैं चंद्रिके, तुम लौट आईं, कंपनी चल निकली, विद्या का स्वास्थ्य ठीक हो गया बल्कि उसका ब्याह भी पक्का हो गया।'

'बाल-विवाह करेंगे विद्या का?'

'नहीं, किंतु सम्बन्ध तय करने में मैं हर्ज़ नहीं समझता फिर मन्नो की कोई तो बात रख लूँ। उसे लगता है कि मेरे जैसे कुमार्गी पिता की बेटी से कौन ब्याह करेगा...लेकिन सामने ही से स्वजातीय रिश्ता आ गया।'

'तो धन संचित करिए। आयोजनों में क्यों व्यर्थ लगाते हैं?'

'मल्लिके, साहित्य के बिखराव को जुटाने हेतु ये आयोजन करता हूँ। खड़ी बोली को स्थापित कर सकूँ हिन्दी की तरह। वरना इस देश की भाषा उर्दू ही हो जाएगी। हमारे गुरु राजा शिवप्रसाद सितारा-ए-हिन्द जो फारसी मिली हिन्दी बरतते हैं, उसे ही इस देश की प्रमुख भाषा हिन्दी का स्वरूप मानते हैं। हमारा विरोध है उनसे। यही कारण है कि शुद्ध हिन्दी बरतने वालों के आयोजन अधिक से अधिक हों। अंग्रेज़ तो यह करने से रहे...हमें ही करना होगा।'

मल्लिका कुछ समझी-कुछ नहीं।

~

कविता-समाज आयोजन से एक दिन पूर्व वे जब आयोजन के पूर्व की व्यवस्था देखने गए तो मल्लिका को भी उस अनूठे बाग की सैर को ले गए।

'जी बहला तुम्हारा मल्लिका।'

'जी, आपकी कृतज्ञता को किस मोल चुकाऊँ?'

'बस हमें प्रेम करो और क्या माँगता है हरिश्चन्द्र किसी से?'

चाँदनी घुला कोहरा भर गया था साँस-साँस में। वे दोनों रामकटोरा बाग के बीचोबीच खड़े थे। पछुआ हवा के झोंके पर भवन की अंगनाई में एकत्र पेड़ की सूखी पत्तियाँ उड़ चलीं, मानो हवा सैकड़ों घुँघरू बाँधे हुए भागी हो। चतुर्दशी का चाँद पीपल के पीछे से निकल आया था। अचानक मल्लिका बोली—

'की शोंदर।'

हरिश्चन्द्र हँस पड़े। बोले, 'आगे तो चलो अभी ''भीषोन सुंदर'' देखना बाकी है।' ऐसे निवृत्त कुंज और मनोरम बगीचे के दर्शन का मल्लिका का यह प्रथम अवसर था। जूही के कुंज से एक नन्हा नेवला निकलकर उन्हें अचरज से देखता रहा कुछ क्षण, फिर आवाज़ करके भाग खड़ा हुआ। निर्मल चाँदनी में चतुर्दशी का चाँद हँसा। दूर कहीं किसी गीत की एक कड़ी रजनीगंधा के फूलों की तरह टूट-टूट कर बिखर गई। बगीचे के दक्षिणी कोने में सैंकड़ों सेमल के पेड़ थे। मल्लिका को ऐसा लगा मानो बंगाल से कोई सेमल बन ही यहाँ चला आया है।

'अहा, सेमल बन!'

'ओ मेरी सेमलबनी! मैं तुम्हें ही तुम्हारे रूप सौंदर्य का परिचय कैसे दूँ?' ज्यू ने मल्लिका की आँखों के अचरज को चिबुक उठा कर चाँद के समक्ष कर दिया। मल्लिका निहारती रही ज्यू को अपलक नेत्रों से।

'सुनो फूलों के मौसम में सेमल की नंगी बाँहें लाल-लाल फूलों से भर जाएँगी तब मुझे यहाँ लाना। सेमल का फूल देखकर तो हवा भी बावरी हो जाती है।'

'जैसे मैं तुम्हें देख सिम्मली! चलो आगे वहाँ एक कारीगर की बनाई निर्झरणी है, नीचे छोटा जलाशय।'

पगडंडियों के किनारे हरसिंगार की पंक्तियाँ लगी थीं। जिनकी डालियों को ज़रा-सा हथेली से झटको तो फूल झरें। चाँदनी में भीगी धरती को झरते हरसिंगार के स्पर्श कैसे लगते होंगे। मल्लिका ने ज्यू की भुजाएँ थाम लीं। गहरी साँस लेने लगी।

निर्झरणी के समीप संगमरमर के आसन पर दोनों देर तक प्रेम के आह्लाद में डूबे रहे। चाँदनी ओढ़े, रूपसी रात्रि में निर्झरणी से अविराम और संगीतमय जल-प्रपात निकल रहा था। संगमरमर पर गिरते पानी के बजते दमामे और सारंगियाँ धरती पर चाँदनी की झलमलाहट और नाचती जल परियाँ!

~

'जानती हो इस बाग से हमारा लड़कपन जुड़ा है। हम क्वींस कॉलेज में पढ़े हैं। हमें पान का बहुत शौक था लेकिन हमारे कॉलेज में पान खाकर नहीं आने दिया जाता था इसलिए हम रामकटोरा के इस तालाब में कुल्ला करके क्लास में जाते थे।'

'और बताइए ना बचपन के बारे में...'

'जब अनायास निकल आए तो सुन लेना अन्यथा विमाता के चलते जीवन विरोध और झगड़े में ही बीता है।'

'अभी जीवन बीता कहाँ ज्यू, मुझे तो लगता है अभी आरंभ हुआ है अब तक जो जीते रहे वह जीवन नहीं कोई विगत था,' मल्लिका ने हरिश्चन्द्र के कुर्ते के चाँदी के बटन से खेलते हुए कहा।

'ठीक कहती हो मल्लिका प्यारी, माधवी भी यही कहती है कि भूलता क्यों नहीं मैं अपना माज़ी...'

अचानक मल्लिका पूछ बैठी—'माधवी को लाते हैं यहाँ?'

'हा! ईर्ष्या!'

'नहीं, नहीं, यूँ ही पूछ बैठी।'

'मल्लिका, मैं जानता हूँ कि तुम जैसे सरल चित्त की नारी के लिए, मेरा निर्मित गुंजल समझना आसान नहीं, जल्दी समझ लो। क्योंकि मैं चाहता हूँ कि कोई एक तो हो इस धरा पर जो मुझे समझता हो। जब संसार मेरा मूल्यांकन करने में भूल करे तो एक तो हो जो...' ज्यू चुप हो गए। मल्लिका मन-ही-मन पछताती रही।

दोनों शिथिल कदमों से लौट आए।

जब वह अपने घर पहुँची, कजरी जगी हुई थी। ढिबरी के मलिन प्रकाश में भीमा भी वहीं बैठा था।

'चिंता करते थे तुम लोग?'

'जी मलिकिनी, भीमा को हम दौड़ाई बंगाली वकील साहब के घर, वहाँ अम्माँ जी बोलीं, ''यहाँ तो नहीं आई, जब से बंगाल से लौटी हैं।'' गलती कर दिए का मलिकिनी?'

मल्लिका का मन तो काँप गया था, किंतु जल्दी सँभल गया। वह सीढ़ी चढ़ते हुए बोली, 'कोई बात नहीं, हम उन्हें समझा देंगे। भीमा तुम सो जाओ। कजरी हमारी मच्छरदानी लगा दो। हाँ, हम एक नाटक देखने गए थे, पुराने नाच घर में।'

'अकेले, इतनी रात-बिरात?'

'हमारे संग और भी जन थे कजरी। कल भी जाना है, एक समारोह में, चिंता न किया करो।' कजरी लैम्प जलाते हुए उसकी झलमल रोशनी में मल्लिका की काजल रची आँखें और मिसवाक रचे होंठ देख रही थी। साड़ी यूँ तो सफ़ेद जामदानी थी पर उसकी गुलाबी बूँटियाँ सब कहे दे रही थीं।

'वैसे तो हम कौन लगते हैं मलिकिनी? पर आपसे मोह जुरा गया है सोई

हम डरते हैं, कोई ऊँच-नीच न हो जाए। बाबू जी सादीसुदा बाल-बच्चन वाले हैं,' कजरी ने मच्छरदानी को कील में अटकाते हुए, दृष्टि चुराते हुए, मन की बात कह दी।

'कजरी, तेरा भय समझती हूँ। मेरा भाग्य ही अटपटा है, लेकिन तू निश्चिंत रह, अपनी मर्यादा की चिंता है मुझे,' मल्लिका ने मुँह फेरे-फेरे कहा।

कजरी नीचे चली गई। मल्लिका साड़ी उतार, अपने बिछावन पर लेट गई। शरद की चाँदनी मन के छालों पर गिरती रही।

~

अगले दिन, छटा ही निराली थी रामकटोरा बाग की। दीपकों से सजावट की गई थी। काशी नरेश आमंत्रित थे। पक्की पगडंडियों पर गुलाबजल और केवड़ा जल छिड़कवाया गया। राजा शिव प्रसाद सितारा-ए-हिन्द भी तब तक अपने दौरों से लौट आए थे। ब्रिटिश अफ़सर भी थे। भोजन का बड़ा सरंजाम। राह धुँधली थी मगर गंध राह दिखा रही थी। कल रात की स्मृति में ताज़ा था कि इस ओर चमेली मंडप है। बारादरी उधर जहाँ से मालती की महक आती है। सात चंपा वाले फ़व्वारे उधर हैं।

हॉल से हारमोनियम पर बजता लहरा सुनाई दे रहा था। संगत में सितार, तबले के स्वर भटक-भटक कर लहरे को पकड़ रहे थे। माधवी के शिंजनों (घुँघरू) की कारीगरी पर लोग वाहवाही कर रहे थे। ज्यू अति उत्साहित थे कि हुस्ना आएँगी। उनकी खास पसंद सुनाएँगी जिसके बारे में किसी को भी बताया नहीं है।

तभी हल्का शोर मचा, ज्यू भागे अपनी पुरानी प्रेरणा के पास। जब वे ऊपर हॉल में आईं तो माधवी ने दौड़कर चरण-वंदना की। मल्लिका ने भी प्रणाम किया तो उन्होंने गले से लगा लिया। हुस्ना बाई ने चंपई रंग की साड़ी पहनी थी, जिस पर सुनहरी ज़री थी। कोई ज़ेवर नहीं, बस कान में दिप-दिप दमकते दो हीरे! हर किसी छोटे-बड़े ने उन्हें श्रद्धा के साथ प्रणाम किया। वे हँसकर जवाब देती रहीं फिर मसनद पर बैठ कर गरम पानी लाने को बोलीं। ज्यू उनके निकट गए तो दोनों कान जोड़ बातें कर-कर के हँसने लगे।

मल्लिका दुशाले में लिपटी, निष्क्रिय कोने में बैठ गई मानो सबसे ओझल हो जाना चाहती थी। वह मूक और निश्चल हो विशाल कक्ष में बने एक स्तंभ से लगे बिछावन पर बैठ गई। मेहरु नाम की साँवली, चेचक के दाग भरे चेहरे वाली गायिका ने मंगलाचरण कर, बड़ा मनोहर छायानट गाया। सबने खूब तालियाँ बजाईं और उसने पारितोषिक में पाँच सौ मुद्राएँ पाईं।

फिर ज्यू ने सबको संबोधित किया।

'सुनिये! महानुभावों, महिलाओं आज बहुत ऐतिहासिक दिन है। ख़याल की साम्राज्ञी, सुर की मलिका हुस्ना बाई जी मुझ अकिंचन के अनुरोध से, मेरे ही अनुवाद किए जयदेव कृत *गीत गोविंदम्* के कुछ पद अपने सुर, लय और ताल में आबद्ध करके लाई हैं। जिसकी बाबत हमने आपस में बहुत-सी चिट्ठी-पत्री की थी। तो आज वह अवसर है कि हम इस ऐतिहासिक पल के साक्षी बनेंगे—जयदेव की कविता, भारतेन्दु का ब्रज अनुवाद और हुस्ना बाई के संगीत में रची, आवाज़ में ढली यह महान रचना *गीत गोविंदम् सुनेंगे।*'

तालियों से हॉल गूँज गया। फिर एकदम शांति हो गई—हुस्ना बाई ने आलाप लिया और मल्लिका तो इस वातावरण, इस चाँदनी, इस परिवेश और इस जादू को जीते हुए मानो देहविहीन हो गई थी, मन अकेला विचर रहा था। मल्लिका क्या हर सुनने वाले की वही अवस्था। जब केवड़े के जल के छींटे पड़ते तब संज्ञा आती, मल्लिका देखती कि हुस्ना आँखें बंद कर तानपुरे पर अँगुलियाँ फिराती कृष्ण की किसी लीला को सही-सही मुरकी और तान दे रही हैं।

अंतिम पद पर माधवी ने नृत्य के साथ भाव दिखाए। शृंगारिक हाव-भाव। चोली कसने के, चुंबन के बाद होंठ पोंछने के, खींचतान के, लेटकर आलिंगन के। जाने क्यों मल्लिका को विचार आया कि इन्हें स्पष्टत: न करके संकेतों में और आध्यात्मिक ढंग से किया जा सकता था। जिस दार्शनिकता के उठान पर हुस्ना बाई जी थीं, उसे माधवी ने उथला कर दिया। किंतु कुछ पुरुषों को नृत्य ही भाया। किंतु गुणीजनों ने हुस्ना बाई की प्रशंसा में शब्द-गुच्छ उछाल दिए। ज्यू तो अदब से उनका हाथ चूमते हुए नि:शब्द रो रहे थे। मल्लिका के रोम खड़े थे और आँखें नम थीं। वह चलकर दोनों के पास गई और कहा, 'मैंने ऐसा संगीत न देखा, न सुना, जयदेव को बांग्ला में सुना है मगर ब्रज में अद्भुत है।'

जब वे जाने लगीं तो ज्यू ने नज़राना देना चाहा पर उन्होंने उस धन की पोटली को खोल कर,अपने बटुए में से कुछ नकदी और डाल कर, ज्यू के मस्तक पर फिरा दिया फिर उन्हीं के हाथ दे दिया।

'समाज-देश के लिए इतना करते हो, इसे भले काम में लगाना।'

हुस्ना उस महफ़िल से जल्दी ही चली गईं। लेकिन मल्लिका के मन पर दूसरी बार अपने आभिजात्य की एक छाप छोड़ कर।

उस दिन संगीत-सभा के अंत में माधवी ने बड़ा ही मनोहर नृत्य किया। बाबू भारतेन्दु हरिश्चन्द्र के लिखे कवित्त-छन्दों को वह इस तरह व्यक्त कर रही थी मानो उनको जी रही हो। उसकी लम्बी पलकों वाली आँखें राधा समान अति

कोमल कटाक्षों का निक्षेप कर रही थीं। उसके चक्र और चारियों में मानो धरती के घूर्णन की गति तीव्रतर हो गई हो और दिवस-रात्रि जल्दी-जल्दी बीत रहे हों।

सारी सभा से प्रशंसा के वाक्य उछल रहे थे। हरिश्चन्द्र भी गद्गद भाव से नृत्य में डूब से गए थे। मानो ये कवित्त ही नहीं स्वयं माधवी भी उनके कृतित्व की अनमोल रचना हो। राजा साहब ने माधवी की कलाई पकड़, हथेली का चुम्बन ले लिया। माधवी बांकपन से लहराकर चली गई। मल्लिका ने देखा ज्यू का चेहरा क्रोध प्रकट कर रहा था। मल्लिका को बहुत-से लिफ़ाफ़े मिले, ज्यू ने उसे एक नई अँगूठी पहना दी। मल्लिका के मन में विचार आया—हरिचंद ज्यू जाने किस महाभाव में रहते हैं सदा संतुष्ट, दानवीर, कर्मठ।

जब वह नृत्य के बाद हाँफती हुई स्वयं मल्लिका के पास आ बैठी तो उसने भी प्रशंसा पुष्पों से नहला दिया।

'बहन, लय तो तुम्हारे स्पंदनों की दास है मानो और भाव और! कवित्त को प्राण मिल गए।' उन्मुक्त प्रशंसा सुन माधवी गले लग गई। मल्लिका ने भी उसके कंधों पर अपनी नर्म हथेली रख दी।

मंच सामने था, कविता पाठ आरंभ हुआ। कई कवि बाहर से पधारे थे। सबको काशी नरेश की तरफ़ से आर्थिक मानदेय दिया जा रहा था। आश्चर्य ही था रागरंग और शृंगारिकता से रचे वातावरण में, ज्यू ने एक लम्बी कविता देश की दुरावस्था पर पढ़ी। उनका स्वर काँप रहा था। ऐसा जान पड़ता था कि किसी बहुत आत्म-संघर्ष से निकले शब्द हों। पढ़कर वे उठकर बाहर चले गए। मल्लिका का मन हुआ कि वह भी उठकर उनका अनुसरण करे किंतु वह माधवी के निकट बैठी थी और अगली कविता ब्रज के एक प्रतिष्ठित कवि सुनाना आरंभ कर चुके थे। यह अशिष्ट लगता। बहुत देर हुई जब वे न आए तो माधवी ने इशारे से एक दासी को उन्हें खोजने भेजा, वह चली गई। महफ़िल में बड़े-बड़े महानुभाव थे। काशी नरेश और दो अंग्रेज़ अफ़सर भी। माधवी सबसे बातचीत कर रही थी, वह संगीत-नृत्य कुशल ही नहीं सभा-चतुर, वाक्पटु, सुंदर रमणी थी।

मल्लिका का मन नहीं लगा, हरिश्चन्द्र ज्यू के छोटे भाई गोकुलचंद्र वहीं बैठे थे, वे उठे तो मल्लिका भी उनके पीछे बाहर आ गई, खोज होने लगी हरिश्चन्द्र जी की। कुछ देर में वे एक चंपा के पेड़ पर टिके चाँद से वार्तालाप करते मिले। वार्तालाप भी अश्रुओं के साथ। 'देश दुर्भाग्य से जूझ रहा है और मैं रासरंग की महफ़िलें सजा रहा हूँ।' शायद अधिक मद्यपान ने उन्हें भावुक बना दिया था। मल्लिका सोच में डूब गई कि यह कौन-सा स्वरूप था बाबू हरिश्चन्द्र का? कल तक उत्साह के अतिरेक में थे संगीत-काव्य सभा के आयोजन के...आज

अचानक क्या हुआ और फिर यह लम्बी कविता तो बहुत दिन पहले लिख ली गई थी। उसका चित्त निरंतर इस घटना को मथता रहा फिर उसने इसे हरिचंद ज्यू के एक और विरोधाभास की श्रेणी में डाल दिया। वह समझ ही नहीं पाती थी उनके लोक-व्यवहार में कितना अभिनय है, कितना सत्य।

~

विरोधाभास किसमें नहीं होते? किंतु ज्यू में कुछ अधिक मात्रा में हैं। जिन्हें देख मल्लिका अक्सर सवालों में घिर जाती है। वे सवाल कई बार लोगों के उठाए हुए होते हैं कई बार दुश्प्रचार भी...लेकिन जब मन से सवाल उठते हैं तो वह उलझ जाती है, ज्यू का सही मूल्यांकन करने में। किंतु प्रेम में मूल्यांकन कौन करता है? अंग्रेज़ी शासन और रियासती-ज़मींदारी का समय था। तो विरोधाभास हर जगह थे। लेकिन गिनती के ऐसे लोग भी थे जो अपने स्वार्थ, अपने हित के परे दूसरे हितों की भी सोच रहे थे। मल्लिका को अक्सर घुटन होती कि वह जिसे अनन्य प्रेम करती है, उसके स्पष्ट सरोकार उसे पता ही नहीं। जिन अंग्रेज़ों के चलते अनिर्बान दा छिपते भटक रहे हैं...उनके लिए भारतेन्दु हरिश्चन्द्र का भक्तिभाव उसे असमंजस में डालता था।

मल्लिका को स्मरण है कि कुछ एक दिन पहले एडवोकेट जगन वसु के भगिनी-पति सोपान बाबू कह उठे थे—

'किस देशभक्ति की बात करते हैं हरिश्चन्द्र वे तो पंडितों की सभा में ड्यूक की प्रशंसा में रचनाएँ पढ़ते हैं। भारत भर के राजाओं के राज्यों में जाकर अर्थलाभ हेतु स्तुतिगान करने वाले अवसरवादी हैं।'

जल्दी ही मल्लिका भी साक्षी हुई। एक दिन कार्यालय में जब केवल वे दोनों बैठे थे। *बालाबोधिनी* के अगले अंक की रूपरेखा तैयार हो रही थी। तभी समाचार आया कि ड्यूक ऑफ़ एडिनबरा पधार रहे हैं, उस अंक में हरिश्चन्द्र जी ने वहीं बैठे-बैठे 'राजकुमार शुभागमन' पर दोहावली लिख दी और अंक में शामिल करने के लिए दे दीं। और तो और कुछ वैश्य युवकों को बुलाकर युवराज के रास्ते में पड़ने वाले 'राम-कटोरा बाग' को सजाने के लिए 'भावी-भूप-चिरंजीव' लिखी कपड़ों की पताकाएँ तैयार करने को कहा। मल्लिका ने पढ़कर क्षीण विरोध किया था।

'ज्यू *बालाबोधिनी* तो महिलाओं की पत्रिका है। इसमें यह सब नहीं जाना चाहिए। फिर हमारा देश उनकी क्रूरता सहन कर रहा है...और आप?'

'जानता हूँ मल्लिके लेकिन मेरे गुरु राजा साहेब का कहना है, किले में सेंध लगानी हो तो भीतर भी किसी का होना आवश्यक है। हम भारतीय दो

आक्रांताओं के बीच पिस रहे थे। मुग़लों ने हमें बर्बाद कर दिया था किंतु अंग्रेज़ों ने हमारे मूल सुविधाओं से वंचित देश को विकास करने में सहायता दी है। रेल ही को देख लो ना...। हम अपने बूते ला सकते थे? फिर भी मैं उन्हें विदेशी ही मानता हूँ, जो दूरंदेशी हैं। अब तक हम फ़ारसी में अदालती काम करते आए हैं, लेकिन राजा साहब का ज़ोर है कि उर्दू मिश्रित हिन्दी हमारी भाषा बने। मैं उर्दू का विरोध नहीं करता मगर देवनागरी और खड़ी बोली को अपनी भाषा के रूप में स्थापित करना चाहता हूँ सो मैं अंग्रेज़ों का मुखापेक्षी हूँ कि मेरी बात सुनी जाए, मेरी पत्रिकाएँ पढ़ी जाएँ...' तंबाकू की चुटकी मुँह में डालकर हरिश्चन्द्र बोले।

'हाँ, मैंने उनके लेख पढ़े, *हरिश्चंद्रिका* पत्रिका में वे सन् 1857 की क्रांति को 'बलवा' कहते हैं। जबकि वर्तमान में बंगाल में मधुसूदन दत्त, दीनबंधु मिश्र, केशव चंद्र, ईश्वरचंद्र विद्यासागर, गिरीश घोष, बंकिमचंद्र सभी तो एक नए नवजागरण की कल्पना कर रहे हैं।' मल्लिका ने बहुत सधे हुए शब्दों में हरिश्चन्द्र जी के सामने की कुर्सी पर बैठकर यह बात कही।

'लेकिन मल्लिका देवी! आपके चंद्र भैया भी अपनी आरंभिक आख्यायिकाओं में 'म्लेच्छ' शब्द प्रयोग में लाते हैं। और वे तो ब्रिटिश सरकार की नौकरी भी करते हैं। बंगाल के देशभक्त नवजागरण में भी नवहिन्दूवाद की अवधारणा है,' ज्यू ने मुस्कुराकर और आँखें नचाकर कहा।

'किंतु वे अंग्रेज़ी राज के वारिसों की प्रशंसा में कविताएँ नहीं रचते हैं!' मल्लिका ने कटाक्ष के स्वर में कहा।

'तुम सवाल बहुत करती हो। मेरी वैश्य बुद्धि कहती है, बहुत-सी चीज़ें हैं जो सीधे भिड़कर नहीं ली जा सकतीं। जनमत बनाकर भी किसी नई चीज़ का लागू होना या प्रतिबंधित होना इन्हीं अंग्रेज़ों के हाथ है ना...' बाहर से आए कोरे कागज़ों की गड्डी में से एक पन्ना निकालकर, देखकर बोले, 'इस बार कागज़ खराब आया है इंग्लैंड से।'

'आप अपनी ऐश्वर्यप्रियता कम कर लें तो शायद सीधे या अपरोक्ष रूप से लेने की आवश्यकता ही क्यों हो? आप में कई अलग-अलग व्यक्ति रहते हैं।'

'कैसे प्रिये?'

'एक वह जो 'लेवी' पर कटाक्ष करता है, दूसरा 'क्वीन' पर गीत लिखता है। एक जो तवायफ़ों को मनुष्य और कलाकार मानता है, दूसरा *बालाबोधिनी* में मध्यमवर्गीय स्त्री को शुचिता और आचरण के संदेश देता है। एक विधवा विवाह, स्त्री शिक्षा के पक्ष में...एक शुद्ध हिन्दी का पक्षधर, दूसरा 'रसा' उपनाम से उर्दू में शे'र कहता है, उर्दू रिसाला निकालता है। सच पूछिए तो आपकी थाह मैं बिलकुल नहीं पाती।' मल्लिका ज्यू के पास में आकर बंकिमचंद्र के हिन्दी में अनूदित उपन्यास की

प्रथम पांडुलिपि देखने लगी। उन पर उसका नाम न था। केवल कंपनी का नाम था।

'आप बुरा तो नहीं मानेंगे कि आप में खोट निकालने लगी मैं,' मल्लिका ने व्यंग्य से कहा।

'मल्लिका, विरोधाभासों से ही मनुष्य बना है। उनके लिए हरेक के पास अपना स्पष्टीकरण भी मिलेगा।'

'हाँ, देखती तो आई हूँ, सभी को। बाबू, शिउली यहाँ तक अनिर्बान दा, शुभलक्ष्मी बोउदी...शायद मैं भी।' मल्लिका गहरी सोच में पड़ गई—'मैं अपने लिए कैसे कह सकती हूँ कि मैं परम पवित्र थी। मेरे भीतर विरोधाभास नहीं हैं? सत्य तो यह है कि एक खोखला समाज छूटता है, दूसरा मिल जाता है। हर समाज में नैतिकता के अलग ही मूल्य और अवमूल्यन होते हैं।'

'कहाँ खो गईं? एक यही बात तुम्हारी हमें भाती है। मन्नो ने हमें हमेशा खारिज किया। माधवी ने अन्धानुकरण। तुमने सत्य को सत्य, असत्य को असत्य कहा। मेरे नेत्रों पर बँधी पट्टियाँ कोमलता से खोली हैं। इन विरोधाभासों के साथ प्रेम किया है,' ज्यू ने हँस कर कहा और मल्लिका ने उनकी हथेलियों को आहिस्ता से छुआ।

'तुम समझती नहीं। एक दिन समझोगी कि मेरी मंशाएँ क्या थीं।'

'मंशाएँ? आपके मन ने यह स्वीकार कर लिया है कि अपने देश को नवजागृत करने के लिए बर्तानवी-राज का मुखापेक्षी होना होगा। इस देश को सामाजिक और धार्मिक सुधार चाहिए और हम भाषा और लिपि के झगड़े में पड़े हैं,' मल्लिका ने पानी का गिलास ज्यू को पकड़ा कर कहा।

'मल्लिका, काशी कलकत्ता से एकदम अलग है। काशी युगों से धर्म, दर्शन और लोक-आस्था का केंद्र रहा है। मैंने नहीं इन युगों ने इसकी आत्मा को निर्मित किया है। लगता है लगातार मेरी भेजी पत्रिकाएँ पढ़ रही हो?'

मल्लिका हँसी—'बांग्ला पत्रिकाएँ भी ज्यू।'

'अच्छा, *कवि-वचन सुधा* में माधवी की एक ग़ज़ल छपी है, पढ़ी?'

'मुझे नहीं पसंद आई।'

'डाह करती हो तुम उससे। इतनी बौद्धिक होकर?'

'डाह नहीं है मुझे, माधवी से। वह इस योग्य नहीं है। आप मुझसे तो चाहते हैं कि मैं अपनी प्रेम कविता गोष्ठी में पढ़ना तो दूर, बल्कि अपने नाम से भी न छपवाऊँ। यह डाह नहीं ज्यू, असमंजस हैं मेरे जो आपके विरोधाभासों से उपजते हैं।'

'मल्लिका ये तर्क तो सही नहीं, ''चंद्रिका'' तुम हो यह कौन नहीं जानता?'

'भविष्य में कौन जानेगा?'

'हर वह व्यक्ति जो यह जानेगा, मैं तुम्हें प्रेम करता हूँ।'

वे दोनों बहस में जुटे थे कि दफ़्तर में कुछ लोग चले आए, उनमें मध्यप्रदेश से आए जगन्मोहन ठाकुर भी थे। एक मोहक व्यक्तित्व एक रियासत के राजा होते हुए भी उनकी सादगी अनुकरणीय थी। उन्होंने मल्लिका को सादर प्रणाम किया। परिचय करवाने पर बोले, 'जिनके हर पत्र में आपका उल्लेख होता है वे मेरे पूजनीय हैं, तो आप तो मेरे लिए महादेवी हुईं। पत्रिकाओं में आपके पद पढ़कर बंगाली सीखने का मोह हो आया। मित्रवर इन्हें क्यों ना भारतेन्दु साहित्य मंडल में सम्मिलित किया जाए?'

'अरे नहीं! मैं केवल मन बहलाव को लिखती हूँ।' मल्लिका को यह विनम्र सम्मान भला लगा। उसके हृदय में आज उठते नित बवंडरों पर मानो फुहारें पड़ी हों। बाबू हरिश्चन्द्र जानते थे मल्लिका को साहित्य मंडल में शामिल किया तो उसके रूप, शील और कला-पटुता की धूम मच जाएगी। वे हँस कर टाल गए।

'हरिश्चन्द्र जी, बता रहे थे, आप एक आख्यायिका लिखने की सोच रही हैं। मैं भी प्रयासरत हूँ। किंतु लगता नहीं पूरी कर सकूँगा। आप कर सकीं तो वह आख्यायिका हिन्दी की प्रथम नॉवेल होने का गौरव पा सकेगी।'

'कहाँ की हाँक रहे हैं जगन्मोहन भाई? पंडित गौरी दत्त जी यह काम कर चुके हैं।'

'भारतेन्दु जी, वह तो कोई आधुनिक नॉवेल नहीं कहा जाएगा। अगर ऐसा है भी तो मल्लिका जी, हिन्दी की पहली महिला नॉवलिस्ट तो होंगी ही...आपने नाम सोचा?' ठाकुर साहब बहुत सौजन्यता से मल्लिका से पूछ बैठे और ज्यू व्यंग्य से मुस्कुराते हुए पेपरवेट से खेलते रहे।

*कुलीन-कन्या* मल्लिका ने संकोच में भरकर कहा और ज्यू के चेहरे पर आई जलन भी उससे छिप न सकी। इन सबके बीच देश भर की साहित्य चर्चा होने लगी। मल्लिका ने भीमा को संदेश भिजवाकर सबके लिए चाय, दालमोठ, लूचियां, संदेश मँगवा लिए। रात के भोजन पर भी अपने घर आमंत्रित किया।

इस तरह मल्लिका को उन संगीत और शृंगारिक काव्य की गोष्ठियों की बजाय इन गंभीर चर्चाओं में आनंद आने लगा, जहाँ ज्यू, देश, भाषा और आम सर्वहारा की बात करते थे। भले इन बहसों में कोई निष्कर्ष न निकले। वे वहाँ मित्रों से बहस हारकर भी खुश होते थे। मल्लिका की आस्था कम न होती थी हरिश्चन्द्र ज्यू पर, आरंभ में तो वह स्वयं को ही गलत ठहराती, जब पाती 'ज्यू' के विचारों में आपसी विरोध है—वह स्वयं से कहती, 'मैं ही समझने में असमर्थ हूँ। भद्र-बौद्धिक लोक बहुत परतों में विचार करता होगा।'

बहुत दिनों बाद मल्लिका ने अपनी दैनंदिनी निकाली और दिनांक डाल

कर...। कुछ देर तो अनमनी बैठी पन्ने पर फूल-पत्ती बनाती रही। फिर आज सुबह हुई बहस के बारे में सोचने लगी...। वह लगभग ज्यू को खिजा ही चुकी थी। फिर पहला वाक्य लिखा—

'कैसी है आपकी प्रेम पिपासा कि किसी एक से पूर्ण नहीं होती। आपको पत्नी में प्रेमिका चाहिए, प्रेमिका में एकनिष्ठता। डरती हूँ ये सोचकर कि तुम चिरयौवन तो रहोगे नहीं। बहुतों द्वारा चूमे गए इस प्रशस्त ललाट पर यश कब तक इठलाएगा? नियति के हिंडोले पर बिछे मख़मल में अभाव छिद्र-सा गोचर होने लगा है। तुम अपने ऐश्वर्यों से उबर कर इस छापेखाने पर ध्यान क्यों नहीं देते? आपको बौद्धिकता के साथ रासरंग भाता है, भाषण में स्त्री को बेड़ियों से उबारने की बात करते हो और अपनी पत्रिकाओं में उन्हें सद्गृहस्थिन बनने, पति व्रतोपवास की सेवा का पाठ पढ़ाते हो। आपके भीतर ये कैसी सामंती प्रवृत्तियाँ हैं?'

मल्लिका ने हरिश्चन्द्र जी की उपेक्षाओं से खिन्न होना बंद कर दिया था। वह जितना काशी के भद्र-कुलीन समाज को जानती वह उतना ही पैर टिकाने योग्य चट्टान के स्थान पर दरकता बालू का ढूह साबित हुआ। वह यह जान गई थी कि उसे अपने पैर अपनी ही ज़मीन पर जमाने होंगे।

**7**

बंकिम बाबू ने उसे डाक से उपन्यास *कृष्णकांत की वसीयत* भेजा था।इन दिनों वही पढ़ रही थी। पढ़ते-पढ़ते उसे एक प्रसंग पर हँसी आ गई। बाबू की वसीयत को लेकर शिउली के अचानक उससे क्रोधित होकर कमरे से चले जाने वाला प्रसंग किस चतुराई से बुना था। वह तो भला हो कि शिउली को पुस्तकों से अरुचि है। वरना चंद्र भैया को उसका रौद्र-काली रूप झेलना पड़ता।

चंद्र भैया के उपन्यास *राधारानी* का शीघ्र ही प्रकाशन होने वाला था। मल्लिका ने निश्चित कर लिया कि वह आख्यायिका लिखेगी ही। कविता में प्रेम और समर्पण के अतिरेक से उसका मन तृप्त न होता था। विवरणात्मक गद्य पढ़कर जो एक असीम तृप्ति मिलती है, वह कविता के संकेतों में नहीं मिलती। अनायास वह बैठ कर रूपरेखा बनाने लगी, नायिका का नाम सोच लिया कुमुदनी...इस प्रक्रिया में उसका दिल रमने लगा। वह यह आख्यायिका हिन्दी में लिखना चाहती थी। इसी उत्साह में वह चंद्र भैया को पत्र लिखने बैठ गई। उसने कंपनी का पैड उठाया और उस पर इंडिगो ब्लू स्याही से ज्यू की उपहार दी नई कलम से पत्र लिखना आरंभ किया—

पूजनीय चंद्र भैया,

सादर प्रणाम,

आप कहेंगे कि कितने समय बाद मल्लिका को मेरा स्मरण हुआ। सत्य तो यह है कि आपकी छत्र-छाया मेरे साथ ही चलती है। काशी में सब कुशल मंगल है। मैं तो काशी में बसी हज़ारों बाल-विधवाओं, विधवाओं की तरह विश्वनाथ जी के आश्रय में ईशभक्ति हेतु आई थी। मुझे तो क्षीण-सी भी आशा नहीं थी कि मैं पुस्तकों के संसार और शब्द-जगत से जुड़ सकूँगी, लेकिन पुस्तकों-पत्रों और पत्रिकाओं ने मेरे जीवन को ठीक विपरीत दिशा में पलट दिया है। ईश्वर अब मेरे मर्म और कर्म में आ बसा है।

*राधारानी* उपन्यास की हिन्दी प्रति आपको जल्दी ही मिलेगी। *दुर्गेशनंदिनी* से एकदम अलग है इसकी विषयवस्तु। कितने विविध हैं आपके हर उपन्यास के कथानक।

हाँ, इस पत्र का प्रयोजन लिख ही दूँ। आपको स्मरण हो तो, मैं जब बाबू की अंतिम-बेला आई थी तब आपसे हिन्दी के बहुत बड़े सेवक और संरक्षक बाबू भारतेन्दु हरिश्चन्द्र का उल्लेख किया था। कुछ दिन पहले ही ईश्वरचन्द्र विद्या-सागर भी उनसे मिलकर गए हैं। आपसे उल्लेख अवश्य किया होगा। हरिश्चन्द्र जी कई सार्थक पत्रिकाएँ प्रकाशित करते हैं। उनमें से एक है *हरिश्चंद्रिका*। इसमें आपके अनुवादों के अंश प्रकाशित करने की योजना है। हिन्दी पाठक जीवन जितने लम्बे आख्यान जैसी इस विधा से अपरिचित है।

भारतेन्दु हरिश्चन्द्र जी का कहना है कि उपन्यास यूरोपियन नॉवेल का बंगाली स्वरूप है, ठीक वैसे ही जैसे मराठी में ये कादम्बरी कहलाती है। मुझे बंगाली 'उपन्यास' ही पसंद है...आप अपने अन्य उपन्यासों के हिन्दी अनुवाद हेतु अनुमति दे सकें...वे हिन्दी पाठकों तक पहुँच सकेंगे। आप अगले पत्र से अनुमति भेजें। मेरे नाम से नहीं हरिश्चन्द्र जी के नाम से। अनुगृहीत रहूँगी।

एक बात विस्तार से कहिएगा, क्या लेखक का विरोधाभासों से घिरा रहना आवश्यक होता है? मैं ऐसा भारतेन्दु जी में पाती हूँ और उलझती हूँ।

शिउली मेरे पत्रों के उत्तर देना भी उचित नहीं समझती, किंतु उसकी कुशलक्षेम मुझ तक पहुँचाएँ। वह कभी मिले तो कहिएगा सुख तो विधना ने नहीं लिखे पर उसकी छोटी बहन कष्ट-विहीन जीवन जी रही है काशी में। बोउदी को मेरा प्रणाम दें, दोनों बच्चों को मेरा दुलार। मेरे इकलौते भतीजे को मेरा दुलार पहुँचाएँ।

आपकी मल्लिका

मल्लिका ने अगले दिन कार्यालय आते हुए डाक के लाल डिब्बे में माथे से लगाकर वह पत्र डाल दिया। वह जानती थी कि अब वे डिस्ट्रिक्ट मजिस्ट्रेट हैं, उत्तर आने में विलंब होगा...वे ब्रिटिश शासकों के बीच बत्तीस दाँतों में जीभ की भाँति रहकर देश सेवा और भाषा सेवा भी करते रहते हैं। किंतु मल्लिका को चकित करता हुआ ठीक बीसवें दिन उनका पत्र आ ही गया।

मल्लिका ने अपनी आख्यायिका का पहला अध्याय लिखना आरंभ किया ही था, मल्लिका असंतुष्ट थी और सिरा भी नहीं छू पा रही थी कि कहाँ से आरंभ करे। पत्र ने ही सिरा पकड़ा दिया, आखिर यूँ ही तो नहीं विश्वप्रसिद्ध हो रहे हैं चंद्र भैया। खुशी की बात यह थी, पत्र के साथ *कपालकुंडला* की प्रति भी थी। हस्ताक्षरित

प्रिय भगिनी मल्लिका,

वाह! क्या सुंदर समाचारों से ओत-प्रोत है तुम्हारा पत्र, कि तुम भारतेन्दु जी के साथ महिला-पत्रिका की योजना में सम्मिलित हो। निस्संदेह मैं तुम्हारी पत्रिका के लिए राजा राममोहन राय की लेखमाला की पुस्तक भी भिजवाऊँगा। काशी विद्वानों का गढ़ है भगिनी, मैं जानता था तुम अछूती न रह सकोगी ऐसी गोष्ठियों से।

तुम्हारा प्रसन्न भाव भरा पत्र पाकर बड़ा भला मालूम हुआ। इसका एक कारण है। कल तुम्हारी भाभी ने भोर के स्वप्न में तुम्हें देखा। तुम एकाकिनी हुगली तट पर बैठी हो। तुमने लाल पाड़ की साड़ी पहनी है, गले में माला है सामने दीपमालिका जलप्लावित है, तुम्हारे नयन भीगे हैं। वह तुम्हें कन्थों से छूकर हौले से पुकारती है—'मल्लि!'

तुम अपने अतिविशाल नयन उनकी तरफ़ घुमाती हो उनमें अश्रु हैं। विश्वास करो ये शब्द मुझ अभिव्यक्तिविहीन के नहीं, तुम्हारी भाभी के हैं। मैं जागकर नए गल्प पर काम कर रहा था कि वह चौंककर उठी—स्वप्न सुना कर बोली, 'पता करो कि मल्लि ठीक तो है ना। मुझे लगता है वह ग्लानि में डूबी है, तुम्हारे प्रति। तुम्हारे पत्र ने हमें निश्चिंतता से भर दिया, वरना मैं दफ़्तर के चपरासी को तार करने भेजता।

मुझे क्यों न प्रसन्नता होगी अगर *दुर्गेशनंदिनी* का भी अनुवाद हो। अनुमति पत्र की तुम्हें क्या आवश्यकता? मेरी सारी पुस्तकों पर तुम्हारा संपूर्ण अधिकार है।

तुमसे पत्र-व्यवहार मुझे किसी रचना के रचने से कहीं अधिक सुख देता है। मेरे निकट कौन है जिससे मैं साहित्य-चर्चा कर सकूँ? तुम वहाँ एक आनंददायी रचनात्मक वातावरण में हो यह जान उत्सुकता हो आती है और ईश्वरचन्द्र जी

से काशी-विवरण सुन मैं काशी के पर्यटन हेतु मन-ही-मन उत्सुक हूँ। हरिश्चन्द्र जी की कीर्ति कलकत्ता तक है। वे भारतीय भाषाओं के उद्धार का काम कर रहे हैं। इस पत्र के साथ मैं बाबू हरिश्चन्द्र को भी एक पत्र लिख रहा हूँ। जिसमें मेरे समस्त साहित्य के हिन्दी अनुवाद का उन्हें अधिकार दे रहा हूँ। साथ ही उनको एक भारतीय साहित्य-समाज के बड़े आयोजन हेतु निमंत्रण भेज रहा हूँ।

जानती हो इस निमंत्रण और उनका नाम कार्यक्रम में सम्मिलित करने के लिए कुछ क्रांतिवीर भड़क गए। कि वे ईस्ट इंडिया कंपनी को भारत में जमने में सहायता देने वाले अमीचंद के वंशज हैं और स्वयं बर्तानवी राजशाही के वंदन-गान लिखकर अपनी पत्रिकाओं में छापते हैं। फिर वे देशभक्ति की बात करें तो व्यर्थ है। इस बात का मेरे पास उत्तर था किंतु उन तर्कविहीन श्वानों से मैं क्या भिड़ता। मैं अध्यक्ष हूँ सो सूची पास कर दी। वे मेरे विरोध में बोल न सके।

वह उत्तर क्या था यह मैं अगले पत्र में लिखूँगा। आज मैं एक दौरे पर हूँ और यात्रा के बीच यह पत्र लिख रहा हूँ। सदा प्रसन्न रहो, उन्नति करो। 'वसु' दादा को मेरा प्रणाम प्रेषित करना।

तुम्हारा चंद्र भैया

पुनश्च—मेरे नए उपन्यास पर राय देना, अपने स्वास्थ्य का ख़याल रखना।

तुम्हारा बड़ा भाई बं.चं. चट्टोपाध्याय

~

बहुत दिनों पर उनका एक और पत्र आया जिसने मल्लिका के भीतर के प्रश्नों में से अधिकतर के उत्तर दे दिए।

'मैंने कहा था न जब मैं स्वयं उत्तर पा लूँगा उन प्रश्नों का जिन्हें लेकर हरिश्चन्द्र पर आरोप लगते हैं, मैं तुम्हें उत्तर दूँगा। जिस कठघरे में वे खड़े हैं अनजाने मैं भी स्वयं को उसमें खड़ा पाता हूँ। मैं तो बहाना बना सकता हूँ कि मैं राजकीय नौकर हूँ। जानती हो ना मल्लिका आप ऐसे दोराहे पर कब होते हो? या एक साथ राजभक्त और क्रांतिकारी कैसे हो सकते हो? ऐसा तब होता है भीतर से आपके मन में स्वदेश की भावना बलवती होती है...दूसरी ओर आपका जाग्रत विवेक जो सत्ता और व्यवस्था को भीतर से भली-भाँति जानता हो। आप का सरोकार आपके अपने लोग और उनके लिए बेहतर सुविधा, स्वदेश की चाह होती है...। ऐसे में गढ़ में रहकर उसकी कमज़ोर दरारों को देखने हेतु, इनकी प्रशंसा करनी होती है, अपनी भाषा और अस्मिता को अक्षुण्ण रखने के लिए।

क्रांति से काम नहीं बनता।...अगर आपकी ताक़त बँटी हुई हो तो। अंग्रेज़ मूलत: प्रशंसा-लोलुप हैं, इनसे देशहित के काम करवाने हों तो उँगली टेढ़ी करनी होती है। बस यही है उनके विरोधाभासों की मुख्य वजह। फिर व्यक्तित्व का अपना मनोविज्ञान भी होता है, बँटा हुआ। आज ये, कल वो।

ज़्यादा उलझन में मत रहा करो। एक खुशखबर सुनो...अनिर्बान वियतनाम जाने में सफल हो गया है। अब वह निरापद है। तुम बहनों की शुभेच्छाएँ काम आईं। मुझे भारतेन्दु जी के दो पत्र मिले हैं। एक निमंत्रण के साथ, एक आभार सहित। आशा तो करता हूँ कुछ माह पश्चात् मैं थोड़ा हल्का हो जाऊँगा, कार्यभार से तो काशी आना चाहूँगा।

~

मल्लिका ने पिछली रात की दो घड़ी तक बैठकर *कुमुदिनी* आख्यायिका को समाप्त किया था। उसे उत्सुकता थी कि शीघ्रातिशीघ्र हरिश्चन्द्र इसका अवलोकन कर लें। मन-ही-मन तो प्रशंसा की प्रत्याशा थी। किंतु वह जानती थी कि आलोचना तो होगी और यही उचित भी है उसके लिए। मन उल्लसित था कि कोई सार्थक काम तो मिला। वरना काशी में समय काटने को क्या था? उसके समर्पण में उसने अपने मन के भाव यथावत लिख दिए।

'हमारे आर्य सभ्य शिष्ट समाज की रीति अनुसार, मेरे परिचय की सर्वसाधारण में योग्यता नहीं, न ही यह आख्यायिका कोई ऐसा स्तुत्य ग्रंथ है जिसके धन्यवाद संचय करने को मुझे प्रकट होना आवश्यक है। केवल इतना ही कहना बहुत होगा, ''शुकांगना यत्र गिरंति अवेहि तममंडनमिश्रगेहम्'' जिस पूज्य प्राणप्रिय देवतुल्य स्वामी की आज्ञा से इसे मैंने लिखा उन्हीं के करकमलों में यह समर्पित भी है और उन्हीं की प्रसन्नता मात्र इसका फल है।'

*'राखो हे प्रानेश ए प्रेम करिया जतन।*
*तोमाय करेछि समर्पन।*
*जत दिन रबे प्रान श्री चरने दिओ स्थान*
*हरिश्चन्द्र प्रानधन एहि अकिंचन*
*'चंद्रिका' हृदय-धन नाहिक तोमा बिहन।*
*तब करे ते आपोन करेछि जीवन मन।।*

उस दिन मल्लिका ने अपने शयनकक्ष और उससे लगे अध्ययनकक्ष की सज्जा को नूतन स्वरूप दिया। पलंग की दिशा बदल दी...कि आकाश का एक

टुकड़ा नहीं, संपूर्ण क्षितिज दिखे। बिस्तर पर स्वच्छ-श्वेत बिछावन बिछा दिया। सुनहरी किनारी वाला श्वेत ही पतला पलंगपोश तहा कर रख दिया। महोगनी की तिपाई को साफ़ कर बिस्तर से सटा कर रख दिया। उस पर पीतल के नक़्क़ाशीदार फूलदान में अड़हुल के सुर्ख फूल सजा दिए।

पीतल की चौखट वाला एक आदमकद आईना, कोठरी में धूल खा रहा था। कजरी की सहायता से कमरे की एक दीवार में लगा लिया गया। कजरी के साथ स्वयं लगकर सफ़ाई की कमरों की। दालान और अध्ययनकक्ष के बाहर के प्रकोष्ठ में रामकटोरा बाग के माली को बुलाकर गमलों में पुष्पित पौधे, बेलें लगवाईं। नहा-धोकर भूख लग आई थी। खाना खाकर प्रतीक्षा करने लगी कि अब ज्यू आते होंगे। उसने मुसी हुई साड़ी बदलने हेतु कपाट खोला सामने ही ज्यू का क्रमिख़ाब का शैवाल के रंग का अंगरखा रखा था, बगल में पाजामा और उसके ऊपर जरदोजी कढ़ी टोपी रखी थी।

ज्यू की दो पोशाकें मल्लिका के घर पर किसी उद्देश्य से रखी जाती थीं। जब वे घर से सादा कपड़ों में यह कहकर निकलते थे कि बस घाट तक होकर आता हूँ। फिर वे यहाँ आकर सज धजकर माधवी यानी आलीजान के घर जाया करते थे। कई बार खाली जेब आते और मल्लिका से धन लेकर माधवी के यहाँ पहुँचते। मल्लिका चुपचाप अपने उस कोष में से लाकर दे देती, जिसे उसने बुरे समय के लिए अलग रखा होता था।

स्वयं को दर्पण में देखकर मल्लिका को कौतुक सूझा। उसने साड़ी की जगह ज्यू का अंगरखा पहन लिया, नीचे पाजामा डाल लिया। बाल बाँध कर टोपी लगाई। पैरों में कढ़ी हुई जूतियाँ पहनीं। सब कुछ मल्लिका की कमनीय देह के आकार से बहुत बड़ा था, मगर मोड़-माड़ कर, यहाँ-वहाँ खोंस कर पूरी पोशाक अँटा ली गई थी। फिर बारी आई थी भारतेन्दु हरिश्चन्द्र के ढंग का वह अर्द्धचंद्राकार रक्तिम तिलक, इसके लिए कजरी की सहायता ली गई, भगवती के मंदिर का सिंदूर और चंदन मिलाकर ठीक वैसा ही बना लिया गया। पुरानी छड़ी लाई गई। मल्लिका ने खूब अभिनय किया बाबू भारतेन्दु हरिश्चन्द्र का।

'माधवी, आपकी निगाहें करम अब हम पर कब होंगी? सुना कल आपका मुजरा काशीराज के घर पर था। ऐसा जुलुम अपने इस गुलाम पर न कीजिए। पत्थर न बनो, आप तो उन धनलोलुप मित्रों में से नहीं हैं, जो अभाव में मुँह फेरे बैठे हैं।'

'चंचले, तुम्हारे कृपा कटाक्ष के भिखारी हैं हम तो।'

'मल्लिका, हमारी चंद्रिके तुमने *बालाबोधिनी* का वर्तमान अंक देखा? यह तो *हरिश्चंद्रिका* से भी कहीं लोकप्रिय हो चली, जानती हो किसके कारण, तुम्हारे

कारण प्रिये। कजरी ज़रा जाना मुकीम की बांग्ला मिठाइयों की दुकान तक, आज तो संदेश का प्रसाद चढ़ाएँगे अपनी प्रेम देवी के चरणों में।'

दोनों मलिकिनी-भृत्रिका हँस-हँस कर दोहरी होती रहीं।

'ओ माँ, मलिकिनी आप तो एकदम बाबू साहब की तरह बोलत रहीं बानी। वोई अंदाज...वोई चाल...। आपका भाल भी उन्हीं की तरह।'

'हो सकता है पिछले जन्म में वो मेरे बंधु रहे हों?' मल्लिका ने कजरी से प्रत्यक्षत: तो यही कहा मगर मन में सोचने लगी कि निस्संदेह उनसे मेरी मित्रता में बाँधव भाव भी सम्मिलित है। मैंने पुस्तकों में पढ़ा था कि कुछ संबंध इकहरे नहीं होते, बल्कि अपने भीतर कई संबंध लिए होते हैं। सच्चे और उदात्त प्रेम में एक ऐसी अवस्था भी आती है।

अभिनय के इस खेल में एक घंटा कब बीता पता न चला। कजरी अपनी कोठरी में सुस्ताने चली गई। मल्लिका कुर्सी के हत्थे पर टिकी खुद को दर्पण में देखती रही। कुछ देर प्रकोष्ठ से बाहर राह तकती रही। फिर कटे वृक्ष की तरह बिस्तर पर जा गिरी। रात भर का जागरण, दिन भर की थकान और मन पर प्रतीक्षा के बोझ ने उसे गहरी निद्रा में डुबो दिया।

उस रोज़ ज्यू, संझा ढलते हुए पधारे। मल्लिका प्रतीक्षा करते-करते गहरी नींद सो गई थी। तीसरे पहर किए तमाशे के चिन्ह देह पर थे। ज्यू की टोपी ढीली होकर केशपाश पर सरक आई थी। अंगरखे के बंद वक्ष के पास ढीले हो गए थे। साँवले भाल पर लाल हरिचंद ज्यू जैसा तिलक सजा था। होंठ पान से रचे हुए थे।

हरिश्चन्द्र मुस्कुराए—'हम्म, तो हमारा स्वांग धरा गया है। राधे रानी को कृष्ण बनने का चाव सूझा है।' मन-ही-मन ज्यू तरल अनुभव कर रहे थे। हाय! क्या वे इस लायक हैं? यह तो प्रेम की पराकाष्ठा है, पागल श्रद्धा है, जिसमें कोई व्यक्ति दूसरे में स्वयं को डुबो दे। एक अनोखे ढंग की मुक्त और आत्माभिमान भरी हँसी फूटी।

उन्होंने अपने केवड़ा महकते होंठों से मल्लिका के भाल का चुंबन ले लिया, सारिका जो सर पीछे किए, अपनी चोंच परों में छिपाए सो रही थी, जाग गई। बोल पड़ी—'प्रणाम! प्रणाम!'

मल्लिका ने अपनी बड़ी आँखें खोल लीं, उनमें लाल-लाल डोरे थे, उनमें जो प्रतीक्षा पक्षी बँधे थे, एकाएक खुल गए। वह मुस्कुराई। ज्यू ने सुचिक्कण केशों में सरकती टोपी उठाकर माथे पर कस कर रख दी। हरिश्चन्द्र ने बाहुपाश से मल्लिका को घेरा हुआ था।

'ज्यू!'

'धत्त! कहाँ मैं...' मल्लिका के कपोल रक्तिम दाड़िम से दहक उठे थे।

'सच मल्लिके ज्यू बनकर थोड़ा भार मेरा उठा लो, मैं अकेला कम पड़ता हूँ जगत को,' ज्यू गंभीर होकर बोले।

'तो मल्लिका कहाँ जाएगी?' उसने होंठ वक्र करके पूछा।

'मैं मल्लिका बन जाया करूँगा, यदा-कदा।' वे कानों में फुसफुसा कर बोले। मल्लिका की देह में लहरें उठने लगीं, वह पलंग से नीचे उतरने को उद्धत हुई मगर प्रेमपाश का पहरा था। हरिश्चन्द्र ने अपनी पहनी हुई टोपी बगल में तिपाई पर रख दी। अपने बालों को उँगलियों से बिखेर लिया। सादा सफ़ेद अंगरखे को बंदों से ढीला कर, बाँहों से सरका दिया। वे मसनद पर टिके और करवट लिए लेटी, कृश-देह मल्लिका को अपने ऊपर खींच लिया।

'हरिश्चन्द्र बाबू, दीवस भर हम कीतना परतीक्षा कीए, आपको हमारा स्मरण भी नहीं आयी।' हरिश्चन्द्र चिबुक पर उँगली रखे मल्लिका की नकल निकाल कर बोले और मल्लिका के अंगरखे पर उँगलियाँ फिराने लगे।

'धत्त अब हम किधर बोलते ऐसी भाषा? हस्व-दीर्घ का भेद अब हम जानते हैं। लिंग भी सही प्रयोग करते हैं। वर्तनी में कभी अशुद्धि हो जाए बोलते तो सही हैं। पर हाँ, आपको आज मल्लिका बनना है तो ठीक से बनिए। साड़ी पहनिए, वेणी लगाइए।'

'क्यों बिना साड़ी, दुकूल हम मल्लिका नहीं?' हरिश्चन्द्र ने अभिनय करते हुए कहा।

'बच रहे हैं?' मल्लिका ने उनके घुँघराले केश पकड़ कर कहा।

'ऊई, केश मत खींचिए ना, जो भी हो, हम ऐसी ही मल्लिका हैं, ज्यू और आपको हमें प्रेम करना होगा।' निराले स्त्रैण ढंग से दीवार की ओर करवट ले कर, मान करते हुए मल्लिका बने हरिश्चन्द्र बोले। उनकी लम्बी खुली साँवली पीठ मल्लिका की तरफ़ थी। सुघड़ नितंब चादर में आधे ढके थे।

'मल्लिके! मेरी चंद्रिके। सुनो तो! रुष्ट हो गईं तुम तो। कल रात नींद नहीं आई सो तुम पर एक कविता लिखी थी। सुनोगी?' मल्लिका आवाज़ बदल कर बोली।

*प्यारे ज्यू  तिहारी प्यारी अति ही गरब भरी।*
*हठ की हठीली ताहि आपु ही मनाइए।*
*नैकहू न माने सब भाँति हौं मनाय हारी*
*आपुहि चलिए ताहि बात बहराइए।*
*जैसे बनै तैसे ताहि पग पिर लाइए।।*

हरिश्चन्द्र उधर मुख किए-किए मुस्कुराए। मल्लिका ने उनकी कमर पर हाथ रखा और उन्हें पलटा कर अपने दुर्बल बाहुबंध में भर लिया और ज्यू से

बोलीं—'कुछ बोलोगी नहीं?'

'प्रेम में निरत युगल के बीच मौन ही तो बोलता है। बिहारी लाल कहते हैं नाकि जब घुँघरू मौन हो जाते हैं तो किंकिणी की बारी आती है,' स्त्री अभिनय करते हरिश्चन्द्र ज्यू बोले।

'छि: मल्लिके, तुम स्त्री होकर ऐसा भीषण प्रेमातुर वार्तालाप कर रही हो? तुम्हारी लज्जा हम से कुछ अधिक ही खुल गई है।' मल्लिका के कपोल आरक्त थे, मगर ज्यू बनकर उसने मल्लिका बने ज्यू को ही बरज दिया। ऐसा क्रीड़ामय वार्तालाप उसे मनोरंजन और आनंद दोनों दे रहा था। उत्तेजना का पारावार न था।

'हम तो आज वाचाल हैं, हमारे अधर बढ़कर बंद कर दो न ज्यू,' कह कर ज्यू ने मल्लिका को स्वयं पर गिरा लिया। मल्लिका ने अपने अधर ज्यू के अधरों पर रख दिये, बस उसी क्षण मानो ज्यू उसके भीतर जीवंत हो गए। ज्यू के मांसल अधर पहली बार मल्लिका के अधरों के अधीन थे। सूर्यास्त हो ही रहा था, वातावरण में दूर तक रंगराग छा गया था। गवाक्ष से भीतर आते समीर में चंपई गंध थी। धरती और ब्रह्मांड एक-दूसरे के विपरीत गति में संचालित थे। इस विचित्र घूर्णन में प्रकृति भ्रमित-सी थी। पक्षी नीड़ों की ओर लौटते हुए चुप-से थे।

मल्लिका निराभरण, निर्वसन भरे-भरे वक्ष लिए, मसनद पर लेटे हरिचंद ज्यू के सम्मुख थी। टोपी का स्वांग न जाने कहाँ जा गिरा था। भाल पर रचित भारतेन्दु ढंग का टीका भी मिट गया था। लम्बे केश सर्प सरीखे ज्यू के वक्ष पर लहरा रहे थे।

'तुमने नृत्य सीखा है क्या?' निश्चल लेटे-लेटे हरिचंद ज्यू ने मल्लिका से पूछा।

'नहीं।...कभी बालपन में शायद...' हाँफते हुए मल्लिका बोली।

'इस क्षण मुझे प्रतीत हुआ कि मैं एक मंच हूँ और तुम नृत्यरत नृत्यांगना। सब कुछ कितना लय-बद्ध था। और मैं सच में मैं नहीं था, तुम भी नहीं...कोई और ही था।'

'ज्यू!' मल्लिका ने हरिचंद ज्यू के वक्ष के बाईं ओर अपना चेहरा धँसा लिया था।


दोनों के साँवले शरीर एक-दूसरे से रंगावृत्ति में कितने भिन्न थे। मल्लिका के श्याम रंग में स्वर्ण घुला था और हरिश्चन्द्र का रंग लालिमायुक्त श्याम...पूर्णचंद्र की रात्रि में संगम पर शिथिल पड़ी गंगा और कालिंदी की धाराओं की तरह दोनों के शरीर कटि से नीचे श्वेत मगर सुनहरी किनारे वाली चादर में बंद थे। फागुनी हवा चल रही थी। अर्धमृत वासना थोड़ी देर के लिए जागी और अतृप्त

और आघातों से आहत जीवन के कुछ क्षण सुख से बीते।

जब भारतेन्दु जाने लगे वह उठी तो एक आविष्ट अवस्था में थी। चरणों के अलस संचार में एक अव्यक्त विरह था। केशपाश से अभी-अभी बीता आनंद झर रहा था।

मन किया आज यहीं रोक ले, भोजन के बहाने...किंतु वह जानती थी आजकल बहुत दिनों से रात्रि भोजन वे अपने चौके में, मन्नो देवी के हाथ का पका ही खाते थे। क्योंकि ऐसा न होने पर मन्नो भूखी ही चौके में सो जाती थीं।

शिथिल नयनों में व्यथा थी...व्याकुल उच्छ्वास उठा तो ज्यू ने पूछा—'क्या हुआ ?'

'कुछ नहीं...चाहती थी आज रुक जाते।...उपन्यास पूरा किया है पढ़ पाते।'

'तुम जानती तो हो मन्नो का जी आजकल ठीक नहीं...ऐसा करो उपन्यास का पुलिंदा दे दो मुझे। थोड़ा आज रात और बाकी प्रातः उठकर पढ़ डालूँगा।'

'नहीं-नहीं थके होंगे...'

'मल्लिके आज तो स्फूर्तिवान हैं हम...' कहकर मल्लिका के कन्धों पर अपना भार रख दिया ज्यू ने...

मल्लिका मुस्कुराई...ज्यू विदा ले सीढ़ियाँ उतर गए। आज सारे विषाद के आवरण को त्याग एक मल्लिका के भीतर से नई मल्लिका निकल आई। जो किसी की विधवा नहीं थी। पुरवैया के झोंकों से शतावरी की लता तरंगित थी। उस रात उसे नींद नहीं आई। वह अपनी डेस्क पर बैठ गई नए कोरे काग़ज़ निकाल कर...संझा के खोए तंतुओं को समेट कर, मन का समूचा रस उँड़ेल कर एक प्रेम-पद रचा, फिर दूसरा, ऐसा करते-करते दस पद रच डाले। आह! कितना सुंदर अनुभव है, इस प्रेम की तरंग में बहकर अपने आपको खो देना।

8

आज भादों तीज है, दिन का चौथा पहर बीत रहा है, स्त्रियों के मुँह में अब तक न एक दाना अन्न गया, न एक बूँद पानी पड़ा है। पर वह वैसी ही फुर्तीली हैं, काम काज करने में उनका वही चाव है, दूसरे दिन कुछ ढिलाई भी होती। आज घर-घर में चहल-पहल है, बच्चों तक में उमंग भरी है। धीरे-धीरे घड़ी भर दिन और रहा, बनी-ठनी स्त्रियाँ घर-घर से निकलने लगीं; बिछिया और पैजनियों की छमाछम, कड़े-छड़े और घुँघुरुओं की झनकार से, सोती हुई दिशाएँ भी जाग उठीं। पूर्व से आती पवन में बीन बजने लगी। झुण्ड

की झुण्ड स्त्रियाँ दक्खिन से उत्तर को जा रही थीं, उनके कोयल से मतवाले करने वाले कण्ठ से जो गाना हो रहा था, उसको सुनकर योगियों के भी छक्के छूटते थे।

'आज तो हरिश्चन्द्र ज्यू भी कंपनी के दफ़्तर न जाएँगे,' कजरी घोषणा करती है।

'क्यों?' मल्लिका ने डेस्क से उठकर झूले पर बैठ पीतल के गिलास में चाय पीते हुए कहा।

'यह इस तरफ़ का सुहागिनों का बड़ा त्योहार है।' कजरी बोली तो मल्लिका ने गौर किया, कजरी ने लाल साड़ी पहनी है, आलता-सिंदूर लगाया है। कान में कुंडल और हाथ में भर-भर लाल चूड़ियाँ पहनी हैं।

तभी हरिचंद ज्यू की एक दासी दरवाज़े पर पुकारती दिखी। कजरी ने ही उतर कर हालचाल लिए। फिर मल्लिका के पास आकर आश्चर्य में भरकर बोली—'आपको बुलाई हैं बाबू जी की बहुरिया।'

'कौन?'

'वही मालिक की मालिकन...'

'मन्नो देवी?'

'हमें नाम न मालूम।'

'हमें क्यों बुलाया होगा भला?' मल्लिका को समझ ही नहीं आया, कजरी भी चकरा गई कि सुहागिनों के त्योहार में अभागिन मल्लिका को किसलिए बुलाया होगा?

'हवन रखा है, न्योता है तो जाए पड़ी...थोड़ा ओढ़-पहर के जाइयो।'

मल्लिका को पैरों में मानो मनों बोझ बँधा हुआ महसूस हुआ। मल्लिका ने अस्वीकृत नहीं किया आमंत्रण। उसने ताँत की एक जोगिया रंग की साड़ी निकाली, जो कभी माँ के बक्से से निकली धरोहर थी और उसने रख ली थी, नन्हे हरे तोतों की बूटी उसे बहुत भाई थी। बस इसी साड़ी को बंगाली ढंग से बाँध लिया। अपने लम्बे केशों को वह कभी नहीं बाँधती किंतु पूजा में सगुन-असगुन का विचार यहाँ बहुत किया जाता है, खुद कजरी ही टोक देती है। मुक्तकेशिनी स्त्रियाँ तो बंगाल में भी अपसगुनी मानी जाती हैं। जब कन्या थी वह, तब भी सुरसतिया की माई टोक देती थीं—तमाल के बरगद की चुड़ैल चिपट जाएगी, दिन भर केश फैलाए घूमती है मल्लि! ला तेल डाल कर गूँथ दूँ।'

'ना तुम्हारा सरसों का चिकट तेल गंधाता है।'

'ठाकुरद्वारे से चमेली के तेल की शीशी उठा लाओ।'

चोटी में बाल खिंचते थे। रात को वह फिर खोल देती। आज मल्लिका

ने हाथ में हल्का तेल-पानी ले बालों पर फिराया, कंघी कर नितंब तक के बाल हाथ में ले जूड़े में लपेट दिए। आँख में काजल आँजना कब छूटा जो आज न लगाती, इन विशाल आँखों की सीमा रेखा में न बाँधो तो ये समुद्र हो जाती हैं। उसका उन्नत ललाट उसे स्वयं तो सूना ही भला लगता था। कई बार उसने काली स्याही से छोटा बिंदु बनाकर देखा है मगर तुरंत मिटा दिया है। उसने अपने भाल पर गौर किया, यह किसी ऋषिकन्या के भाल-सा है, पवित्र-अनछुआ। बहुत दिनों बाद उसने जेवरों की पोटली खोली और उसमें से माँ का सोने का एक सादा कंगन निकाला, अपनी दुबली कलाइयों पर पहनकर वह घर से निकल आई।

दोनों घरों की छतें भले ही मिलती थीं किन्तु घरों की दिशाएँ विपरीत थीं। एक-दूसरे की गली में प्रवेश हेतु चौराहे पर आकर दूसरी गली में प्रविष्ट होना पड़ता है। दो वर्षों में मल्लिका के लिए यह पहला अवसर था। बहुत से आयोजन हुए किंतु ज्यू से मन्नो देवी के कटु और ईर्ष्या मय व्यवहार का संकेत जान और उनके आमंत्रण के पश्चात् भी नहीं गई। दो-एक बार गई भी तो बाहर की सीढ़ियों से सीधे ज्यू की बैठक में। किंतु आज आमंत्रण मन्नो देवी की ओर से था। गली में प्रवेश के साथ ही आयोजन की चहल-पहल दिखने लगी। स्त्रियों के झुण्ड में कभी-कभी हटो, बचो की धुन भी सुनाई देती थी और देखते-ही-देखते कहार पालकियाँ लिये बहुत ही फुर्ती से इनके बीच से होकर निकल जाते थे। इन पालकियों में आयोजन में रईसों की बहुएँ-पतोहुएँ आई थीं। मल्लिका का मन संकोच से कँपकँपाया।

'कजरी, बस कुछ ही देर के लिए आयोजन में सम्मिलित हो लौट आएँगे।'
'जैसा आप कहें।'

द्वार पीतल की नक्क़ाशी से सजा था, भीतर बड़ा-सा दालान, जिसमें सलीके से गमले लगे थे। खम्भों पर टिकी थी एक बड़ी बैठक। चारों ओर कमरे। बीच-बीच में दूसरी मंज़िल पर जाती सीढ़ियाँ। दूसरी मंज़िल पर कमरे, जिनके छोटे-छोटे झरोखे भीतर दालान में खुले थे। बैठक में एक सिंहासननुमा कुर्सी थी जिसके पार्श्व में काँच के पल्लों वाली अलमारी में किताबें रखी थीं।

अंदर किसी हॉल में कोई हवन चल रहा था। महिलाओं के सामूहिक गीत की मधुर तान गूँज रही थी, श्लोकों के साथ। वह द्वार पर ही ठिठक गई तभी किसी महिला ने कहा, 'भीतर चले जाइए।'

उसे देख जो महिला उठ आई, निस्संदेह वह मन्नो ही थी। मन्नो लम्बे मुख की गोरी किंतु साधारण चेहरे वाली महिला थी। कद औसत। भारी शरीर के कारण महँगी साड़ी भी लापरवाही से पहन रखी थी। व्यक्तित्व में समृद्ध अतीत का अहंकार था। मन्नो देवी सोने के कर्णफूल पहने हुए थी। कर्णफूल जो हमेशा

थर-थर काँपता रहता है...हँसती है तो हिलता है, बोलती है तो हिलता है।

'प्रणाम। मैं म...'

'पहचान गई थी मैं कि तुम ही होगी। आओ ना...बैठो हवन अभी शुरू ही हुआ है। कनिया, शरबत ले आ इनके लिए।'

'उठिए मत...आप बैठिए यज्ञ में। नहीं...नहीं मैं उधर बैठती हूँ...उस कोने में। मैं...मैं...' गीत गाती स्त्रियाँ मन्नो का मल्लिका के प्रति उदार व्यवहार देख उत्सुक हो गई। गीत में लय भंग हो गई।

'देखो, हम पढ़े-लिखे तो नहीं किंतु आडम्बरी भी नहीं हैं। फिर इनकी सीख...। तुम जहाँ चाहो बैठो। पूजा के बाद प्रसादी है, मैं इधर-उधर हो जाऊँ तब भी खाकर ही जाना। वैसे यह यज्ञ पति-पत्नी करते हैं, लेकिन ये तो मुझसे विपरीत ही चले हैं। सो गोकुल और उसकी पत्नी बैठे हैं यज्ञ में, मैं तो सुहागिन होकर भी...। कहाँ सुहागिन हूँ?' कहकर मन्नो आँचल से आँखें पोंछने का उपक्रम करने लगी।

'मैं कब से मिलना चाहती थी तुमसे कि देखूँ...। तुम तो बच्ची-सी दिखती हो। जी किया खुद चली आऊँ लेकिन।...ठीक किया तुम आईं...' तभी किसी ने पुकारा 'मलिकिनी' मन्नो भीतर भागी और मल्लिका की साँस में साँस आई।

मन्नो के मुख पर उसे देख कोई मालिन्य न जागा, यह सोचकर वह असमंजस में पड़ गई। ज्यू तो कहते हैं बहुत शंकालु महिला हैं, हर पल आशंकित रहती हैं कि उनके पति का...। यह बात असत्य भी तो नहीं। मल्लिका एक क्षण को मन्नो की स्थिति में स्वयं को रखकर कल्पना करने लगी कि उसका स्वामी, वेश्यागमन करता हो, चाहे वे उसे उन तहज़ीबदार तवायफ़ों का रसमय और संगीतमय सान्निध्य कहें, बिना देह-प्रसंग के। किंतु है तो वह समाज के अनुसार अनैतिक ही। उस पर उनका मानना कि समृद्ध परिवारों में यह स्वीकार्य है।

'निस्संदेह मैं भी कटु-व्यवहार की हो बैठूँ।' मल्लिका स्वगत बोली। महिलाओं में उसे लेकर कानाफूसियाँ चल रही थीं। वह कजरी के साथ एक कोने में बैठ पूजा के विधान के समाप्त होने की प्रतीक्षा में थी। यज्ञ समाप्त हुआ तो मन्नो उसका हाथ पकड़ अपने कमरे में ले गई।

'यही है मेरा कमरा, ये मेरी बेटी विद्या। गृहस्थी के हज़ार झंझट होते हैं बहन, उस पर पति मेरे पति जैसे हों जिन्हें प्रसन्न करने में जन्म कम पड़ता हो...इनके मेहमान, आए दिन मेरे चौके में दस मेहमानों का भोजन बनता ही है। फिर बचे समय में कुर्ते, अचकनें, टोपियाँ सहेजती रहती हूँ...बच्चों को तो देख ही नहीं पाती। रात होती है तो याद आता है, ये लौटे नहीं, देर तक राह तकती हूँ...नौकरों को दौड़ाती हूँ। तब पता चलता है बाबू जी वहाँ भोजन करके आएँगे। आलीजान...का

नाम सुना है तुमने, उसका नाच देखना बहुत पसंद है इन्हें। पहले एक हुस्ना बाई जी थीं। छोड़ो जाने दो, यह हम सुहागिनों के झंझट हैं। तुम सुनाओ...।'

'मैं ? क्या... ?'

'कहाँ है तुम्हारा ससुराल और मायका ?'

'बंगाल में।'

'ब्याह के कितने साल बाद... ?' भाल की तरफ़ संकेत कर मन्नो ने पूछा। मल्लिका ने निर्विकार भाव से उत्तर दिया। क्योंकि जब से काशी आई है सहस्र बार इस प्रश्न का सामना हुआ है।

'द्विराचार अर्थात् गौने से पहले ही ? चचचचच! हाय रे विधाता! क्या जात हो ?'

'पंडित हैं पिता, पति भी ब्राह्मण थे। स्त्रियों का तो होना वही जो स्वामी या पिता का हो।'

'ठीक कहती हो बहन। नीची जातियों में तो आजकल दूसरा ब्याह कर लेती हैं औरतें।'

'हाँ, ये नैतिक कर्तव्य उच्च जातियों के मध्यवर्ग के निभाने के लिए हैं। किंतु राजा राममोहन राय, ईश्वरचन्द्र विद्यासागर आदि इन कुरीतियों को मिटाना चाहते हैं।'

'ये भी तो चले थे एक हमारी जाति की विधवा का विवाह कराने अपने एक रंडुए मित्र से...हमारे समाज ने पाँच सौ रुपए का जुरमाना लगा दिया। जाति की चौधराहट छिनी सो अलग।'

'जी!' मल्लिका चकित हो गई यह सुनकर।

'ये लो कनिया तुम्हारा प्रसाद यहीं ले आई। लो खा लो। कनिया कजरी को भी टहलुओं संग पंगत में बिठा दे पीछे वाले आँगन में।'

'मैं तो बहुत कम भोजन करती हूँ, थोड़ा निकाल दूँ? और आप नहीं खाएँगी ?'

'मेरा तो उपवास है ना हरतालिका तीज, पति की लम्बी आयु के लिए। सारे हवन-पाठ, इसी प्रयोजन से थे।'

'हाँ, कजरी का भी है। वह भी नहीं खा सकेगी।'

'बहन, एक बात कहूँ ?'

मल्लिका का ग्रास मुँह से नीचे ही रह गया।

'पहले खा लो।'

'जी, बताइए।'

'तुम मुझे बहुत भली और कुलीन लगीं।'

मल्लिका ने मुस्कुराकर दृष्टि झुका ली, दूसरा ग्रास लिया ही था कि मन्नो आगे बोलीं—

'ये तो पुरुष हैं। उस पर व्यसनी। इनका तो कुछ नहीं बिगड़ता, दस कालिख लगी है एक और सही। तुम कुलीन परिवार की बाल-विधवा हो, तुम पर कलंक लगेगा अगर आए दिन ये तुम्हारा जीना चढ़ेंगे तो। मैं तो रोक नहीं सकी इन्हें। झूठ-सच कर बाहर बने रहते हैं। विमाता के सताए हैं, उनसे मुक्त होते ही खूँटा तुड़ाए बछड़े बन गए। मोहल्ला भर कहता है, हरिचंद ज्यू तो आजकल बंगालन के जादू में हैं। मुझे इनका बुरा नहीं लगता, वह तो मैं सुनती आई हूँ। बुरा लगता है, लोग बिना जाने-बूझे तुम्हें कलंकित करते हैं। अभी तुम्हारा बहुत जीवन है, एक बार नाम खराब हुआ तो देखादेखी और पुरुष साँकल खटकाएँगे। जब तुम्हें देखा लगा एक अनब्याही कन्या हो। तुम्हारा सूना भाल देख चित्त डूब गया।

'सुनो, तुम ही मना कर दिया करो। तुम अपने आप न कह सको, कजरी से कहलवा दो कि 'सो रही हैं, कहीं भजन को गई हैं।'

मल्लिका ने पत्तल समेट दी। आँखें डबडबा गईं। ओह तो यह प्रयोजन था। मन में आया कहे कि आप गलत समझ रही हैं, वे पुस्तक और काव्य-चर्चा को आते हैं। किंतु खोखले लगे ये शब्द वह चुप रही।

'समेट क्यों दी पत्तल? अच्छा नहीं लगा सादा शाकाहारी प्रसाद?'

'नहीं, भूख नहीं थी, घर जाकर खा लूँगी।'

'ठीक है, मेरे कहे का बुरा तो लगा ना? मेरा चित्त ही अशांत है, कुछ भी बका करती हूँ।' मन्नो की आँख में इस पल सच्चे आँसू थे।

'अरे! आप रोइए नहीं, सुबह से निराहार हैं। मैं अब चलती हूँ।'

प्रणाम कर मन्नो को वहीं छोड़ मल्लिका दालान में आ गई। वहाँ ज्यू छोटे भाई संग खड़े थे। नौगशिया टोपी पहने, ज़रीदार अंगरखा, माथे पर तिलक। मन्नो देवी का सौभाग्य बने। मल्लिका ने संकोची प्रणाम किया।

'मल्लिका, ये मेरे भ्राता गोकुल। प्रसाद लिया? आओ, इधर अपना अध्ययन कक्ष दिखाऊँ। अपने पिता की हस्तलिखित पांडुलिपियाँ भी।' मल्लिका आग्रह टाल न सकी। वे सीढ़ियाँ चढ़कर ऊपर चले गए। एक बड़े हॉल में पुस्तकालय बना था। मेज़-कुर्सी लगी थी। खिड़की के नीचे गद्दे और मसनद लगे थे। दीवार पर षड्ऋतु वर्णन के सुंदर चित्र। मढ़ी हुई उपाधियाँ, प्रमाण-पत्र। मढ़े हुए श्वेत-श्याम फ़ोटो जिनमें हरिश्चन्द्र जी महान विभूतियों के संग जलसों में खड़े हैं। हाथीदाँत के फ़्रेम में हरिश्चन्द्र जी की छवियाँ लगी थीं।

'ये देखो मेरे पिता की हस्तलिखित कविताएँ। मुझसे भी कहीं सुंदर हस्तलिपि है ना?'

~

पांडुलिपि सहेज कर, ज्यू ने एकाएक मल्लिका को आलिंगन में ले लिया।

'छोड़िए ना, जाने दीजिए। आप सच में अधीरता के पुतले हैं। कोई आ गया तो।...मुझे नीचा देखना होगा।'

'यहाँ बिन मेरी आज्ञा कोई नहीं आता, वायु भी नहीं,' कहकर वे अधर चुंबन लेने लगे। मल्लिका कसमसाई, मगर समर्पण करना पड़ा। जैसे ही भुज-बंधन ढीला हुआ वह जल्दी से गलियारे में निकल आई।

'जाऊँगी ज्यू। कजरी खोजती होगी।'

'आज शाम तो मन्नो के उपवास के ताम-झाम, कल आता हूँ। सुनो यह नया *हरिश्चन्द्रिका* पत्रिका का नया अंक है, पढ़कर बताना हिन्दी का बड़ा ललित गद्य आया है इस बार। छपाई भी मन माफ़िक है।'

मल्लिका ने सीढ़ियों में अपने आपको सहेजा। आँचल से पसीना पोंछ, नीचे आ गई। मन्नो भीतर कहीं थी। वह जल्दी से गली में आ गई और वहाँ खड़ी एक पहचानी हुई दासी को कहा, 'कजरी को कहना, भोजन कर घर आ जाए। मैं निकल रही हूँ।'

'जी मलिकिनी। वह आपको खोजती भीतर गई है। कह आती हूँ।'

घर आकर मल्लिका सर पकड़कर बिस्तर पर बैठ गई। दोपहर ढल रही थी मगर सूरनारायण ठिठके हुए थे क्षितिज पर अठखेलियाँ करते बादलों पर कुपित से। मल्लिका क्षुब्ध होकर लेट गई। ज्यू मन्नो के व्यंग्यबाण से कुपित हो तीज के दिन ही उठकर चले आए। आए तो मल्लिका नींद में थी।

'इसकी नींद अभी ठीक से गहरी नहीं हुई है। मन नहीं करता इसे नींद से जगा दूँ। कोई-कोई दिन कितना विकट बीतता है। एक कोमल मन कितना भार सँभाले।' तीसरा पहर बीतते जब मल्लिका उठी तो ज्यू उसके पास बैठे उसके लिखे पन्ने पढ़ रहे थे। बल्कि गहरे डूबे हुए थे।

'आपको तो आज नहीं आना था!'

'बस क्या करें! छोड़ो! तुम्हारे उपन्यास में तो अच्छी हिन्दी आ गई है, बांग्ला सुगंध लिए हुए...इसके अंश हम *हरिश्चन्द्रिका* पत्रिका में छापते हैं।'

'आप बहलाते हैं...!'

'चलो छोड़ो, आज तुम्हें एक अनूठी जगह दिखा लाऊँ। ताँगा मँगवाया है।'

'कहाँ?' मल्लिका ने उबासी लेते हुए पूछा।

'शहर से बाहर...।'

'क्या हुआ, आपको कुछ भान हुआ क्या?'

'जिसकी ओर तुम संकेत कर रही हो वह जब तुम्हें आमंत्रण दिया था तब ही हमें पता था कि इस प्रकार के अनुष्ठान में बुलाने का अर्थ यही है कि वे पतिव्रता सती हैं, यह तुम जान लो...। दूसरे वे तुम्हें ठीक से जता दें कि तुम उनके स्वामी से दूर रहो तो अच्छा। वैसे वह तुम्हारी प्रशंसा करती थी। पर मंशा अच्छी न थी सो जाने दो, उन शब्दों से तुम आहत ही होगी।'

'जानती हूँ।'

'मल्लि, तुम किस-किस पर ध्यान दोगी? ध्यान दोगी तो एकाग्र होकर मुझसे प्रेम कैसे कर सकोगी?' मल्लिका हँस दी...

'हाँ, जैसे आपको प्रेम करना मेरा परम कर्तव्य है ना?'

'निस्संदेह...'

वे दोनों ताँगे में बैठ एक मील दूर शहर से बाहर आ गए। जहाँ कुछ दूर पर गंगा की क्षीण मगर स्वच्छ धारा बहती थी। समतल फैला बलुआ तट। यहाँ पीली चोंच वाले कुछ बाज़ उड़ रहे थे, श्वेत बगुलों ने पेड़ों पर डेरा डाला हुआ था।

'यह माणिकमोहन कुंज है। वहाँ टीले पर एक प्राचीन मन्दिर है। वो देखो मन्दिर से लगी हुई एक पुरानी बारादरी है, उधर चलोगी?' मल्लिका ने सर हिला दिया, गंगा से आती पवन से उसकी पीली साड़ी का लाल आँचल उड़ रहा था, खुले केश उसे एक चित्र में बदल दे रहे थे। मानो स्वयं सरस्वती मुक्तकेशी हो मानसरोवर तट पर सहस्रदल कमल की खोज में भटकती हों। माणिकमोहन कुंज के सामने थी, एक रहस्यमयी बावड़ी। ज्यू को यहाँ आना बहुत प्रिय था। ज्यू ने उससे कहा—'मल्लिका...तनिक देर यहाँ रुकना, हम ज़रा आते हैं।'

ज्यू लम्बे-लम्बे डग भरकर मंदिर की ओर चले गए। मल्लिका फूलों से लदे हुए गूलर के नीचे जा बैठी। यहाँ शान्ति थी। टहनी-टहनी पर गोल लाल-लाल गूलर लदे थे। कहते हैं ना कि किसी ने आज तक गूलर का फूल नहीं देखा। ऊपर चैत का स्वच्छ आकाश था। मल्लिका को यहाँ बैठना बहुत भा रहा था। वह देर तक अकेली बैठना चाहती थी। उसके मन में उद्विग्नता थी। चमकता हुआ सूरज पश्चिम ओर आकाश में धीरे-धीरे डूब रहा था। नीले आकाश में हल्के लाल बादल चारों ओर छूट रहे हैं। क्षितिज पर एक फीकी लाल ज्योति सी फैल गयी है। जान पड़ता है कि सारे जग पर एक हल्की लाल चाँदनी सी तन गयी है। मल्लिका सोच रही

थी—'भले मैंने उनके साथ चिरंतन प्रेम की कसमें खाई हैं, मैं नेत्र मूँद नहीं सकती, जानती हूँ उनका प्रेम एकनिष्ठ नहीं। प्रेम में एक निष्ठा की बातें बहुत करते हैं और वह एकनिष्ठ प्रेम को प्रेम का उदात्त स्वरूप मानते हैं। मगर एकनिष्ठता केवल स्त्री की पुरुष के प्रति हो पुरुष की एकनिष्ठता का क्या?'

वे कहते हैं केवल मैंने उन्हें संपूर्ण और एकनिष्ठ प्रेम दिया है इसीलिए भी मुझसे अगाध प्रेम करते हैं लेकिन क्या एक संपूर्ण और एकनिष्ठ प्रेम की आवश्यकता मुझे नहीं? एकनिष्ठता पारस्परिक होती है। उनके रोम-रोम पर सतत् मेरी आँखें लगी रहती थीं। प्रशस्त भाल पर उन भीतर धँसी काली आँखों का तेज देखने की क्षमता मुझमें न थी। किंतु फिर भी अनजाने साधुता के साए में कितनी बार मैंने छिपी संकीर्णता देख ली, जो महानता के प्रकाश पुँज में संसार देख न सका।

मल्लिका को यहाँ एक विचित्र-सी उत्तेजना अनुभव हो रही थी। हल्की-सी हवा चली, मल्लिका के जलते माथे को संतोष मिला। वह अपने स्वर्गीय पति सुब्रत का चेहरा याद करने लगी। वह उसकी स्मृति में फीका पड़ गया था। वह उसके चेहरे को याद न कर पायी। किन्तु उसके मन की आँखों के सामने एक और चेहरा इन दिनों लगातार फुदकता था। वह साँवला एवं आकर्षक है। सारे विचार उस एक चेहरे के आस-पास केन्द्रित हो जाते हैं। गंगा की पवित्र रेत पर बैठी वह सोच रही थी, उसके समान और कौन सोच सकता था। नैतिक आदर्शवाद के प्रति उसका ख़याल अब कहाँ खो गया और यह सब...?

गंगा की निर्मल धारा में अष्टमी का चाँद झाँक रहा था। दूर एक मल्लाह के गीत की एक कड़ी कांस के रेशों की तरह टूट-टूट कर बिखर गई।

तभी वे सामने आ गए। उनके हाथों में दो चमेली की मालाएँ थीं। उन्होंने मल्लिका को हाथ पकड़ उठाया और बिना कुछ बोले उस नीरव मंदिर में ले गए। मंदिर के भग्न स्तंभ आक्रांताओं की लूट की कथा कह रहे थे। धातु-मूर्तियाँ गायब थीं। मगर किसी ने एक अनगढ़ देव स्थापित कर दिए थे, जिनकी आँखें कौड़ियों से बनी थीं। नीचे एक बुझा दीपक था और कुछ म्लान पुष्प। प्रसाद की मिश्री को चींटियों का एक झुंड खींचे लिए जा रहा था। सूखे हुए चंदन पात्र और बुझी अगरबत्तियों की एक महक वहाँ एक अलौकिक वातावरण रच रही थी।

ज्यू ने मल्लिका को कन्धों से पकड़कर अपने सामने कर लिया और दो जुगलरत बरगदों की गोद में स्थापित इस मंदिर में—मल्लिका की आँखों में देख बिना कुछ बोले एक चमेली की माला डाल दी। 'मल्लि अगर तुम यह अनुभव करती हो कि पाने-खोने, मिलने-न मिलने से परे है यह अनन्य प्रेम, दुर्भाग्य-सौभाग्य दोनों ही तुच्छ हैं इस प्रेम के सामने। तुमने मुझमें अपना अनन्य चिरप्रेमी

पाया है तो यह माला मुझे पहना दो। न पहना सको तो इसे अपने जूड़े में बाँध लेना। मैंने जो तुम्हें माला पहनाई है उसे अपना सम्मान मान लेना कि तुम दुनिया की श्रेष्ठतम् और एकमात्र स्त्री हो जिसे मैंने प्रेम किया है। एकनिष्ठता आत्मा की भी होती है प्रिय। जिसे आत्मा वरण कर लेती है उससे व्यतिक्रम संभव नहीं।'

मल्लिका के नेत्र छलक गए...पसलियों में धड़कता मन सहस्रकमल की भाँति खिल गया। क्या यह व्यक्ति मन पढ़ता है? यह व्यक्ति हमेशा आँखों पर पट्टी बाँध घुमा देता है। जो आज होता है, वह कल कहाँ होता है!!! मल्लिका ने अपनी मराल ग्रीवा झुकाकर अपने प्रियतम को वरण लिया...

चलते-चलते दोनों गंगा तट की रेत पर आ गये। विगत कुछ दिनों से यहाँ जटामांसी उग आयी थी। इस धीर-समीर घाट पर इस मांगलिक अवसर पर कोई भी उपस्थित नहीं था। बस जटामांसी की लताओं पर उगे गुलाबी फूलों की छाया में विशालकाय कछुए लेटे थे। ऊपर तारिकाओं से घिरी निहारिका मुस्कुरा रही थी। मल्लिका उन तारों की रोशनी में ज्यू को देखते हुए सोचती रही।

'क्या हुआ जो मैं आज तुम पर भर-भर अंजुरियाँ मंदार पुष्प न बरसा सकी, तुम्हें तो इन सूखे बेलपत्रों से रीझ जाना चाहिए था। तुममें और मुझमें घना अंतर है! तुममें तो भरा प्याला फैला देने की क्षमता है, वो तो मैं हूँ, बूँद-बूँद के लिए तृषित चातक।'

'मल्लिका मैं तुम्हें प्रकृति और परमेश्वर द्वारा प्रदत्त भीतरी और बाहरी सौंदर्य की विपुल राशि मानता हूँ,' ज्यू उसे अंक में भरते हुए बोले। मल्लिका ने गहरी साँस ली और निश्चित तौर पर यह मान लिया कि 'यह व्यक्ति मेरे मन की बात अपनी उँगलियों की पोरों से पकड़ लेता है।'

मल्लिका ने अपनी चमेली की माला ताँगे में बैठने से पूर्व उतार ली थी। ज्यू ने ताँगेवाले से पूछा—'कौन हो भाई?'

'मुसलमान हूँ।' ताँगेवाला बोला।

'सो तो ठीक है भाई, नाम क्या है?'

'अली!'

मल्लिका चौंक गई। यह वही युवक था जो उसे पहली बार स्टेशन से लाया था, जब वह काशी आई थी।

'अरे अली!' मल्लिका ने कहा।

'दीदी मैंने तो आते समय ही पहचान लिया था।' हरिश्चन्द्र हैरत से देखते रहे। अली गुनगुनाते हुए उन दोनों को मल्लिका के घर छोड़ गया।

'दीदी, जब काम हो बुला भेजिएगा। आदाब।' मल्लिका झिझक गई।

'वाह, हमें मालूम ही नहीं था, तुम्हारे एक भाईजान यहाँ भी हैं।' कटाक्ष से कहा या मल्लिका को ऐसा लगा, वह चुप रही, ज्यू मल्लिका के साथ ही ऊपर चले आए। कजरी उनके आने से उखड़ी रहती है। मल्लिका ने सोचा, 'कल बता देगी कि अब...'

'मैं विधवा थी, अब वधू हूँ, अब मुझे बीते जीवन से कोई आसक्ति व आक्रोश नहीं है। मेरी रात अपनी नहीं, दिन अपने नहीं। गति-कुगति अपनी नहीं। मन अपना नहीं। आज यह पराधीनता भी मोल ले ली। हैरानी देखो, कपटी मन एक बार भी चीख न सका। एक बार भी न कहा यह मुझसे न होगा।'

वे भी तो पार्श्व में लेटकर भी मल्लिका को किसी की भूली स्मृति में भटकते दिखते हैं। उनके पारदर्शी चेहरे पर हृदय के भाव प्रतिबिम्बित होते रहे और उन्हें पढ़कर वह खिन्न हो गई। वह कौन-सी अलभ्य वस्तु है जिसकी इनको वांछा है? कैसी हैं ये मिलन की पंगु घड़ियाँ कि मिलन की अलस ख़ुमारी उतरने से पूर्व ही खिन्नता महसूस होने लगी।

'क्या सोच रहे हैं?'

'अब इस नगर के लोगों की उत्सुकता शांत हो जाएगी कि तुम मेरी कौन हो। उन्हें नित नई कहानियाँ गढ़ने से अवकाश मिल जाएगा,' कहकर ज्यू ने मल्लिका को अपने निकट खींच लिया। प्रेम के उद्दाम पलों में भी मल्लिका सोच रही थी—

'धर्मगृहिता!! क्या अर्थ है इसका? मैं तुमसे बँधी हूँ कि निर्बाध?' इस प्रश्न की क्षीण रेखा बारम्बार मल्लिका की भावुकता के अँधेरे क्षितिज पर बनती और मिटती रही।'

~

गंधर्व-विवाह या धर्म-विवाह। बंधन कि निर्बंध मिलन? ये शब्द अवश्य थे। दो बरस बीते मगर इनसे मल्लिका के जीवन में बहुत अधिक बदलाव नहीं आया था। कार्तिक माह की शुरुआत थी और एक दिन अपराह्णकाल में वे मल्लिका के विश्रामकक्ष में सीधे ही पहुँच गए। पिछले एक बरस से जब भी हरिचंद ज्यू बहुत खिन्न-मना हुए, मल्लिका की ड्योढ़ी ज़रूर लाँघी है। मल्लिका एक मेज़पोश काढ़ रही थी और कजरी सिर झुकाए पार्श्व में ऊँघती हुई बैठी थी। भुवनमोहिनी के परों की फड़फड़ाहट से कमरे की उदासीन नीरवता रह-रह कर भंग होती थी।

'मल्लिका...।'

'ज्यू, आप...इस बेला?' टखनों से किंचित ऊपर सरक आई सूती साड़ी

को ठीककर मल्लिका उठने का यत्न करने लगी। हरिश्चन्द्र वहीं धरती पर बैठ गए। उसके कन्धों को थाम कर कातर भाव से कहा,

'मुझे छोड़ तो न दोगी बंगालन ?' मल्लिका उठ कर बैठ गई...और हरिश्चन्द्र जी को सहारा देकर उठाया।

'छि: क्या करते हैं आप ? आपको शोभा नहीं देता यह अश्रुपात...। कजरी तू पान लगा। ला जल मुझे दे...'हरिश्चन्द्र गट-गट जल पीते रहे...मल्लिका उनके कंठ की थरथराती नीली नस और मस्तक पर स्वेद बिंदु देखती चिंता-कातर हो गई।

'भीतर से बाहर तक जल रहा है मल्लिके...मुझे बहुत कुछ कहना है।' मल्लिका ने उनके मुख पर उँगली रखते हुए कहा—'मैं आपके स्नायु-तंत्र में तनाव महसूस कर रही हूँ। आप आज यहीं विश्राम करेंगे।' मल्लिका उन्हें भीतर खींच कर ले गई।

'यही ठीक है...'

वे दोनों जालीदार आँगन के कमरे में थे। पूर्व सायंकाल के अंशुमालि की किरणें कमरे में लुकाछिपी खेल रही थीं। डेस्क पर रखे काग़ज़ों को देख 'ज्यू' बोले—'*बालाबोधिनी* बंद करनी होगी। सरकार ने उसकी खरीद पर रोक लगा दी है।'

'किसलिए प्राणधन ?'

'तुम तो जानती हो ना आजकल राजा शिवप्रसाद सितारा-ए-हिन्द से हमारा मनमुटाव चल रहा है, बस सभी पत्रिकाओं की सरकारी खरीद बंद करवा दी। हमारे विरुद्ध वातावरण तैयार किया जा रहा है। वे निहायत कंज़र्वेटिव और राजशाही परस्त हैं। हम तो ग़लत को ग़लत कहते हैं। दरअसल हम उर्दू को ही देवनागरी में लिख हिन्दी बनाने के खिलाफ़ हैं, बस इसी से हमसे बदला लिया जा रहा है।'

'ठीक ही तो है, हमने इतने अंक निकाल दिए...भारतीय नारियों को सजग कर लिया। अब हम अपने लिए रचेंगे ना ज्यू! मेरा बहुत मन है कि आप अपनी अपूर्ण रचनाएँ पूरी करें और मैं अपने दोनों उपन्यास *कुमुदिनी* और *चंद्रप्रभा पूर्णप्रकाश* अपनी कंपनी से ही छपवा सकूँ। सुना आपके एक मित्र ने चंद्र भैया के *दुर्गेशनंदनी* उपन्यास का भी अनुवाद कर दिया।'

'मल्लिका! वह आशा भी जाती रही। हमारे वे महान मित्र, जिन्हें हमने तुमसे और औरों से लेकर पूँजी दी, वे कहते हैं छापाखाना जलकर खाक़ हो गया है। वहाँ आग के निशान तो हैं लेकिन मेरे विश्वस्त लोग कहते हैं कि मशीनें हटा कर आग लगाई है, ताकि मैं और पूँजी दूँ।'

'हे, ईश्वर क्या ? यह तो...। यह तो भीषण बात है।'

'हाँ मल्लिका, बहुत दिनों से बस स्वयं पर क्रोध आ रहा था, इसीलिए न

आ सका। क्या कहता कि मैंने तुम्हारी संचित पूँजी भी फूँक दी दयानतदारी में।'
ज्यू कुर्सी पर बैठे थे, कपाल पर हाथ धरे, निराश।

'मैं आपको बरसों से जानती आई हूँ, ऐसे पाँच सहस्र क्या पचीसों सहस्रों
की हानि पर आपने पश्चाताप न किया, आपने तो बड़ी-बड़ी बातों पर धूल डाली
है। लीजिए पान...चाय पिएँ तो टी-पॉट लगवाऊँ?' मल्लिका ने थरथराते मन
पर संयम रख कर कहा।

'कुछ देर में।'

'जानती हो आज पिछले पाँच वर्षों से चले आ रहे गृहक्लेश का भी पटाक्षेप
करके आ रहा हूँ...''अपव्ययी'' होने के आरोप से तंग आकर मैंने बहुत पहले ही
बँटवारा हो जाने दिया। मेरे हाथ क्या आया? तकसीमनामे के अनुसार मैं अपने
हिस्से में बस अपना पूर्वजों का गृह बचा सका हूँ। सारे परिवार सहित हमारी मन्नो
देवी तक विपक्ष में खड़ी थीं। यह समझो बस प्राण ही नहीं निकले बाकी सब गति
हो गई। सबके नाम मैंने सम्पत्ति बाँट कर सुरक्षित कर दिया है। ज्यादा न सही
मैंने तुम्हारे नाम भी अपनी किताबों की आय सुरक्षित कर दी है...न जाने कब...'

'ऐसा अशुभ न उच्चारें...' मल्लिका रुँधे गले से बोली।

जब तक मल्लिका ने अँगीठी पर चाय तैयार की तब तक कजरी बाज़ार
से दालमोठ ले आई। चीनीमिट्टी के कप में चाय देते हुए मल्लिका ने कहा।

'ज्यू, आप बहुत अलग हैं औरों से। एक ही आप हैं मगर आपके आस-पास
हरेक के मन में आपको लेकर अलग-अलग छवियाँ, विरोधी भाव कैसे जागते
हैं? कुछ लोग आपको हाथो-हाथ लेते हैं, कुछ भीषण डाह करते हैं। कुछ लोग
आपको यूँ ही सहस्र मुद्रा दे देते हैं, कुछ गिद्ध बन हरदम आपसे लूटते हैं। कुछ
आप पर आँख मूँद भरोसा करते हैं कुछ...जबकि वही आप हैं।'

'मल्लिका, अब मैं भी वह मैं नहीं रहा हूँ। मैं अपने आप से हार रहा हूँ।
मेरा सर आजकल तनाव से फटने को तैयार रहता है। मुझे हर कोई छल जाता
है। किस पर भरोसा करूँ, किसको साथ पाऊँ?'

'मैं हूँ।' मल्लिका ने अपनी बड़ी, गहरी काली आँखें उनकी आँखों में
धंसाकर कहा। बस एक छोटा-सा वाक्य, जिसमें गहरी आश्वस्ति थी।

'हाँ, तुम वह हो जहाँ सबसे हताश होकर आता हूँ। लुटकर आता हूँ,
अपमानित होकर आता हूँ। तुम्हें खराब नहीं लगता कि मैं तुम्हें प्रतिदान में आखिर
देता क्या हूँ?'

'आपके संतापों में मिलकर मेरे संताप हल्के हो जाते हैं। आप आते रहा
करिए ना।'

'मेरा मन करता है, हमेशा के लिए यहीं रह जाऊँ लेकिन मल्लिका चार दिशाओं में मेरे खूँटे गड़े हैं। सोचता हूँ कि कभी तुम थक कर लौट गईं तो ? तुम्हारी मधुर प्रभाती का स्वर जब प्रातः मेरे कानों में पड़ता है, मैं ऊर्जस्वित हो उठता हूँ।'

मल्लिका उत्तर में केवल मुस्कुरा दी। ज्यू लौट गए अपने विस्तृत संसार में।

~

इन दिनों ज्यू के सितारे सही चाल चल रहे थे। अदृश्य स्रोतों से धन आ रहा था। विद्या के विवाह की तारीख तय हो चुकी थी। घर में माँगलिक तैयारियाँ चल रही थीं। मन्नो प्रसन्न थी।

हरिश्चन्द्र उस समय मसनद के सहारे बैठे थे, तीन रंगों की स्याहियाँ और तरह-तरह के निब-होल्डर वाले कलम सामने रखे थे। उनके आस-पास उनके कुछ मित्र, प्रशंसक, ढीठ हो चले याचक बैठे थे। एक युवा मित्र को उन्होंने कैमरा दिलवाया था, बस उसकी तकनीक पर बात चली। ज्यू ने ब्याह कर जाने वाली बेटी विद्या और गोकुल के बालकों के फ़ोटो खिंचवाए। रामकटोरा बाग में फ़ोटो खिंचवाने के लिए उन्होंने मल्लिका और माधवी दोनों को बुला भेजा। मल्लिका को अब संकोच न था, वह मन से इस आयोजन में शामिल होने चली आई, किंतु माधवी को वहाँ देख मन उचट गया।

ज्यू तरह-तरह से तस्वीरें खिंचवाते थे। अचकन के साथ, बिना अचकन, नई-नई टोपियाँ लगा-लगा कर। माधवी कीमती पोशाक पहन कर आई थी। मल्लिका कत्थई और नारंगी बॉर्डर की सादा टसर साड़ी पहन कर आई थी। तभी उनके एक रसिक मित्र को विनोद सूझा, 'जनाब, दोनों के बीच खड़े होकर एक तस्वीर ली जाए।'

दूसरे ने शे'र पढ़ दिया—

*'वाह प्यारे ज्यू एक महबूब पहलू में हैं*

*एक संग लुत्फ़-ए-उल्फ़त निगाहों में है।'*

मल्लिका बहुत नाराज़ हो गई। उसने कड़े शब्दों में एक तवायफ़ के बगल खड़े होने से मना कर दिया। यह सुनकर माधवी बिगड़ गई और टमटम में बैठकर चली गई। जो उसके नए मुरीद की थी। उन दोनों मित्रों को दफ़ा किया गया। सारा कार्यक्रम चौपट हो गया। खीज कर ज्यू ने केवल यही कहा—

'तुम कहती थीं, मुझे गुप्त गलियों से नहीं राजपथ से बुलाया करो। लो यह राजपथ है मल्लिका और इसकी धूल से आप परेशान हैं।'

मल्लिका ने तस्वीर उसी दिन खिंचवाई, मगर अपने घर अपनी बैठक में। जहाँ ज्यू एक तिपाई पर बैठे हैं, मल्लिका कुर्सी पर कोहनी मुड़ी है और अपनी बड़ी-बड़ी आँखों को तिरछा कर वे ज्यू को देख रही हैं। मिसवाक लगे होंठों में एक अदृश्य स्मित है तो प्रच्छन्न क्रोध भी।

~

अगली सुबह ज्यू को ऐसा भान हुआ कि मल्लिका के दालान से प्रात:कालीन प्रभाती की संगीत-लहरी उनके आँगन में नहीं बिखरी थी। संध्या को भी छत की ओट से दिखती तुलसी पर कोई दीया जलता नहीं दिखा। शेष दिवस भर हरिचंद ज्यू, काशी नरेश के दरबार में उपस्थित थे एक ज़रूरी मसअले पर बात करने के लिए। घर आकर भी वे काग़ज़ात में उलझे थे किंतु अंत:स्थल के एक बिंदू पर रह-रह कर टीस उठ रही थी।

संध्या ढलने पर मन्नो भोजन लगाकर रसोई में प्रतीक्षारत थीं, बिटिया के ब्याह की तैयारियों को लेकर चिंतित भी थीं, गोकुलचंद्र व्यवस्थाओं में व्यस्त थे। मन्नो की खीझ ये कि इनके चोंचले अब भी वही। आखिर पिता हैं।

वे काग़ज़ छोड़कर उठे और रसोई की ओर बढ़े। नौकरानी ने लोटा लेकर हाथ धुलाए और स्वच्छ अँगोछा थमा दिया। वे मन्नो के सामने बैठ गए—भोजन सादा था। अब पहले-सा मसालेदार भोजन वे कर नहीं पाते थे।

'विद्या को देखने वैद्यराज आए थे—बोले—नाड़ी धीमी चलती है। हम सोच रहे हैं उन्हें अंग्रेज़ डॉक्टर को दिखा लें, ब्याह में बीमार न पड़ जाए। आपको फुरसत मिले तब ना...।'

'निश्चिंत रहो...कल सुबह दिखा लेंगे।' वे कम ही खाकर उठे और भीतर जाकर कपड़े बदल आए।

'कहाँ चले ?' मन्नो की त्यौरियाँ चढ़ गईं।

'बस आते हैं।' वे सुनहरे काम की जूतियाँ पहन, महँगा दुशाला ओढ़ निकल गए।

'जाना ज़रूरी है भई ! सारी पतुरियाँ राह तकती होंगी...पुरखों की जायदाद आधी कर दी अय्याशियों में...हाय री किस्मत! गुज़रे पच्चीस बरसों से सिर्फ़ बैठकर खाया है। कुछ नहीं कमाए, अब बिटिया के ब्याह पर तो कुछ कर लो। मेरे तो देवर जी न होते तो...। देखना दरिद्र मरोगे न तो कोई पतुरिया रोने आएगी न काशी के कवि-रसिक। मन्नो ही रोती होगी तुम्हारे सीने पर।' मन्नो ने कलप कर कहा। मन्नो का प्रलाप पूर्ण होने से पहले हरिचंद ज्यू मल्लिका की चौखट पर थे।

'चंद्रमल्लिके! आज यह अंधकार क्यों?' वे दालान में से पुकार बैठे। तभी कजरी पैट्रोमेक्स लिए दौड़ी आई।

'मालिक! जी कुछ ठीक नहीं मालिकिन का। आधा सीसी का दर्द उठा है। रात से बस बिस्तर में हैं।'

कजरी के पीछे हरिचंद सीढ़ियाँ चढ़ मल्लिका के शयनकक्ष में पहुँच गए। करवट लिए मल्लिका की देह से उदासी उत्सर्जित हो रही थी।

'मल्लि!!'

'ज्यू, आप कब आए, वह करवट पलट कर उठ बैठी। क्या लेंगे?'

'कजरी बना देगी, तुम लेटी रहो।' वे उठकर पलंग की पाटी पर आ बैठे। मल्लिका ने क्षीण बाँहें उनकी तरफ़ बढ़ा दीं। दोनों देर तक आलिंगन में रहे।

'तुम्हें क्षीण-सा ज्वर भी है। कल हम विद्या को अंग्रेज़ डॉक्टर के पास ले जा रहे हैं, तुम्हें भी दिखा लाते हैं।' हरिचंद ज्यू, मल्लिका की डेस्क पर बिखरे काग़ज़ों को देख रहे थे। लगता है कि कुछ नया लिखा जा रहा था। कई किताबें अधखुली बिखरी थीं, ज़मीन पर बिछे रेशमी बिछौने पर। वे मल्लिका के बिखरे लम्बे बालों को सहेजने लगे। होंठों पर पपड़ी थी, आँखें सूनी। पतली लम्बी बाँहें ढीले फूलदार ब्लाउज़ से और क्षीणतर होकर लटक आई थीं। हरिचंद ज्यू का संवेदनशील मन कातर हो आया।

'हम जानते हैं, तुम्हारी अस्वस्थता का कारण। नाड़ी तुम्हारी धीमी चलने लगी है। मन निचाट सा रहता है। मल्लिका, विद्या के विवाह के बाद, हमारे संग तुम जबलपुर चलोगी? गौमतिया अमान सिंग जबलपुर वाले एक साहित्यिक गोष्ठी का जबलपुर में आयोजन कर रहे हैं।'

खिड़की के बाहर बीमार चाँद लटका था। मलमल के सफ़ेद परदे हवा से सिहर रहे थे। गवाक्ष में बाहर को लगी मोतिया की बेल पर हज़ारो फूल खिले थे। भीतर मल्लिका पाला पड़ी कमलिनी सी उदास थी। बहुत धीमे से प्रतिकार किया।

'वहाँ भद्रपुरुषों की गोष्ठी में मेरा क्या काम?'

'गोष्ठी में चाहो तो शामिल होना, नहीं तो घूम आना। वह नर्मदा का शहर है, भेड़ाघाट की संगमरमरी चट्टानों से टकरा वह रेवा बन बहुत सुंदर मालूम होती है। जी बहल जाएगा।'

'आप ललचा रहे हैं मुझे, किंतु आप तो व्यस्त हो जाएँगे,' मल्लिका ने अपने आभूषणविहीन हाथों से बहुत-सी अँगूठियों वाला 'ज्यू' का हाथ थाम लिया। फिर गाल ज़री के अंगरखे से टिका दिए। खारे आँसुओं से गीले रहने के कारण गाल अंगरखे की ज़री से छिलने से लगे। पर वह टिकी रही...एक भीना

इत्र मल्लिका के आधा सीसी दर्द को और बढ़ाने लगा मगर वह हरिचंद ज्यू से लिपटी रही। उनके मांसल गहरे कत्थई होंठ हिल रहे थे और वह सुन रही थी।

'मेरे क्वीन्स कॉलेज के सहपाठी ठाकुर जगन्मोहन सिंह, जिन्हें तुमने भोजन पर बुलाया था, उन्हीं का पत्र आया है, वे भी जबलपुर पहुँचेंगे। वे भी अपनी प्रेमिका श्यामा देवी को साथ ला रहे हैं, तुम्हें साथ हो जाएगा।'

मल्लिका का चेहरा पीला पड़ गया। मैं अपने पथ से विचलित होकर कुलीनता से कहाँ जा गिरी हूँ? एक ठाकुर साहब की रक्षिता!! श्यामा!!

'आप कितना सहज ही वारवनिताओं के समकक्ष मुझे खड़ा कर लेते हैं ना!! पहले माधवी और अब...आप भी मुझे रक्षिता समझते हैं?' गला भर गया मल्लिका का। वह छिटक कर अलग हो गई।

'श्यामा एक कुलीन ब्राह्मणी है। ठाकुर जगन्मोहन सिंह उन्हें सर्वस्व मानते हैं। तुम्हें यह जानकर प्रसन्नता होगी कि उन्होंने प्रेम पर चार अनूठे स्वप्नों को आधार बनाकर एक उपन्यास लिख डाला है। श्यामा पर कितनी ही रचनाएँ रची हैं।...अब आप हमारे साथ चलेंगी? जबलपुर? सब जानते हैं तुम्हारा हमारे जीवन में क्या महत्त्व है।'

मल्लिका ने सहमति दे दी।

विद्या का विवाह बहुत धूमधाम से सम्पन्न हो गया। मल्लिका भी भांवरों के समय पन्ना जड़ी सोने की अँगूठी वधू को पहना आई। विदा के बाद हरिश्चन्द्र जी ने कजरी के हाथ मिठाइयों की टोकरी और एक बनारसी साड़ी भिजवाई। बेटी के विवाह ने सारे कोष खाली कर दिए थे। उनका रोम-रोम कर्ज़ में डूबा था।

वे और मल्लिका जबलपुर घूम आए। मल्लिका का स्वास्थ्य अब अच्छा हो गया था। श्यामा के रूप में एक अच्छी मित्र मिल गई थी। जबलपुर से लौट कर, भारतेन्दु हरिश्चन्द्र आर्थिक आवश्यकताओं के चलते यात्राओं पर निकल गए और अनेक रियासतों में आश्रित हुए। मल्लिका फिर अकेली होती चली गई।

**9**

रात्रि का अवसान काल निकट था। पूनो का आकाश निर्मल शंख-सा चमकता था। प्रभात की धूमिल रेखाएँ क्षितिज पर खिंची थीं। एक महाराज प्रभाती गा रहा था कि नींद खुल गई, स्वप्न खंडित होकर विस्मृत हो गया। ज्यू का कोई समाचार न मिलता था। न स्वयं ही आ रहे थे। जी घबराता था। कजरी की सलाह मान कर उसने सोचा कि जाह्नवी के विवाह में सम्मिलित ही हो जाए।

मल्लिका ने कजरी के हाथ में छोटा-सा पत्र भेजा—'आपकी उपेक्षा भी प्रिय

है मुझे, किंतु आजकल काशी में जी नहीं लग रहा है। दो शब्दों में आपकी कुशलता का समाचार मिल जाए। मैं बहिन के यहाँ विवाह में कलकत्ता हो आऊँ। बाबा का सपना केशोपुर में कन्या विद्यालय खोलने का...फिर वह पूरा करके ही लौटूँगी।'

अपने कमरे में बिछौने पर असहाय लेटे हरिश्चन्द्र पत्र पढ़कर आँसू पोंछते हुए सोचने लगे, कहीं मन्नो न देख ले। जब अंतस दुखी है तो आँसुओं को रोकना कैसे संभव है? क्या रोने पर स्त्रियों का एकाधिकार है? पुरुष के मन के भीतर कैसी भी ज्वाला क्यों न हो तो क्या उसे अपनी वेदना प्रकट करने का अधिकार नहीं है? क्या पुरुष रोने से स्त्री बन जाता है?'

मल्लिका के संग सुख और भोग में बिताए दिनों की स्मृतियाँ मधुर सपनों की तरह उन्हें दुखी और विचलित कर रही थीं। उन्हें ऐसा लग रहा था मानो स्वर्ग से धकेल कर उन्हें अकेला तड़पने के लिए पृथ्वी पर फेंक दिया है। वे कुछ पल को नींद में डूबे तो स्वप्न परेशान करने लगे। उन्होंने देखा कि वे चाँदनी रात में रामकटोरा बाग़ में बैठे हैं। अचानक अर्धचंद्र एक काग़ज़ की मानिंद जल उठा है और तेज़ रोशनियां फैल गई हैं और भक्क से सब बुझ गया है। क्या वे अपने अंतर्मन से मृत्यु का आभास पा रहे थे? उन्होंने काँपती उँगलियों से पत्र लिखा... मल्लिके,

यहाँ बीते मेरे सुंदर दिन शीघ्र समाप्त हो जाएँगे। उसके बाद पृथ्वी पर मैं तुम्हें ढूँढे न मिलूँगा। मेरे निशेष होने पर ही तुम्हें आभास होगा। तुम कलकत्ता लौट जाने की बात करती हो...मैं अनंतगमन को जाने को हूँ।

> आजु लौं जो न मिले तो कहा,
> हम तो तुम्हरे सब भांति कहावैं
> मेरे उराहनो है कुछ नाहिं
> सबै फल आपने भाग पावैं
> जो हरिचंद भई सो भई
> अब प्रान चले चहैं तासो सुनावैं
> प्यारे ज्यू ! है जग की यह रीति
> विदा के समय सब कंठ लगावैं'

—तुम्हारा हरिचंद

विश्व की जघन्यतम अनुभूतियाँ मल्लिका को रुला न सकी थीं। मगर ज्यू के इस पत्र ने, स्थायी बिछोह की काल्पनिक ठेस ने उसकी आँखों से इन जल की बूँदों को छलका दिया। वह कलकत्ता जाना भी नहीं चाहती, अब कतई नहीं जाएगी। उसने कजरी से कहलवा भेजा, कुछ समय के लिए संभव हो तो आ जाइए। या कहें तो

मैं आ जाऊँ? वे प्रात:काल में सबकी दृष्टि बचा कर, एक नौकर को वैदराज के पास जाने की कहकर दुशाला ओढ़ मल्लिका के घर चले ही गए। मल्लिका प्रतीक्षा करती थी, उन्हें साफ़ बिछौने पर लिटा दिया। लगातार अस्वस्थ रहने से शरीर टूट चुका है...इसका प्रमाण सामने ही था। पत्र लाने वाला नौकर बता ही चुका था कि वह एक रोटी खाकर उठ जाते हैं। नाश्ते के नाम पर कुछ नहीं लेते हैं और भूख मारने के लिए गिलास भर-भर कर चाय पीते हैं। हरिचंद ज्यू खाँसी और ज्वर का कष्ट उठाकर भी लिख रहे थे। उनका मन चिड़चिड़ा होता गया। नींद घट गई। सर दर्द रहने लगा और इस तरह वे सचमुच बीमार पड़ गए हैं। महीनों हुए हालत में सुधार नहीं।

'हाँ, मल्लिका! बस इस चाय से ही मन नहीं उचटा। नहीं तो तमाम चीज़ें बिना स्वाद की लगती हैं...सब पराए हुए, बंगालन। एक तुम हो वो भी इस बेला छोड़ जाने को कहती हो? कहैंगे सबै ही नैन नीर भरि-भरि पाछे प्यारे हरिचंद की कहानी रही जाएगी।'

'ऐसा न कहें...आप का अवदान तो भुवन पर चमकीले अक्षरों में लिखा गया है। लोगों की कहानियाँ तो विलुप्त हो जाती हैं जीवन के रहते भी और जीवन के बाद भी। कुछ लोगों को आत्मीयजन दस-पाँच दिवस याद कर रो लेते हैं... दुर्लभ होते हैं वे जिनकी जीवन-कहानी अमर रहती है। मेरे जैसे ''लोकबहिष्कृत'' भी हैं जो जीते जी कहानी बन जीते हैं और आँख मुँदते ही भुला दिए जाते हैं।'

'मल्लिका। कैसा संक्रामक है ये दु:ख भी ना, मैं उबरा तो तुम निराश हो चलीं। देखो...अपने प्राणप्रिय ज्यू की एक शिक्षा आँचल में गाँठ बाँध कर रख लेना—कितना भी दु:ख हो उसे सुख मानना। जगत से व्यतिक्रम रचा है तुमने। मेरी पुस्तकों के लिए अपनी सम्पत्ति छापेखाने में गँवाकर तुमने प्रेम की टकसाल लगा ली है। क्या हुआ खल लोग तुझे मेरी आश्रिता कहते रहे...तुझे इससे क्या, तेरा प्रेमी और तू जिसकी सरबस है...उसने तो तुझे धर्म-गृहीता माना है। देखना...आगे ऐसे लोग भी उत्पन्न होंगे जो तेरा नाम आदर से लेंगे। मेरी और तेरी जीवन पद्धति समझेंगे। इस प्रेम के दर्शन को मान देंगे।' कजरी ही ऐसे दृश्य की साक्षी रह सकी कि हरिचंद ज्यू और मल्लिका एक-दूसरे के अंक में थे और दोनों के नेत्रों से अश्रु गिरते थे।

'इतने दिवस कहाँ रहे?' मल्लिका ने उलाहना दिया।

'तुमसे क्या, अपने ठाकुर जी से मैं लम्बे अंतराल से नहीं मिला। मेवाड़ से लौटकर तो लगा था कि बस हैज़ा मुझे खा ही जाएगा। प्रिये उस संक्रामक रोग के चलते यहाँ आने का साहस न जुटा सका। हैज़े के पंद्रह टीके लगे। हैज़े से उबरा तो खाँसी और ज्वर प्रबल हो गए। मेरा शरीर ऐंठता रहता था। मैं अशक्त...उसी अवस्था में मैंने नाटक लिखा कि उसमें अपने मन की अंतिम बातें कहता चलूँ किंतु

मेरे जीवन के कुछ अंक बाकी हैं मल्लिका।' कहकर वे बुरी तरह खाँसने लगे। मल्लिका थूकदान ले आई, उसमें उन्होंने गले से निकला श्लेष्म उगल दिया। फिर मल्लिका एक आयुर्वेदिक काढ़ा बना लाई। जिसे पीकर ज्यू को कुछ आराम मिला। वे उस दिवस वहीं रुक गए। मन्नो जानती है...हरिश्चन्द्र ज्यू को रोकने का अधिकार वह खो चुकी है। सो घर से कोई बुलावा आया भी नहीं। अगली सुबह मल्लिका उनके निकट गई तो चादर ओढ़ वे आँख खोले पड़े थे। थर्मामीटर में हरिश्चन्द्र का ज्वर देखकर मल्लिका का चेहरा खिल उठा—'अब ज्वर तो उतर गया है ज्यू।'

'तो आज भात खाने को दोगी ना...।'

'हाँ, एक बार काढ़ा और पी लेंगे तो।'

'कितनी सुंदर सुबह है...और तुम्हारा यह सद्यस्नात: रूप तानपुरे पर कुछ गाकर सुनाओ प्रिय...कोई बंगाली भजन ठाकुर ज्यू का।'

*'सौनार वर्ण होलो कालो*

*गुण देखे आमार मन हाराल... '*

मल्लिका तानपूरा लिए भजन गा रही थी। ज्यू को एक पल को लगा वे मीरा मंदिर में बैठे हैं। भजन ने मानो वातावरण को सुगंध से भर दिया। वे देर तक नेत्र मूँदे सुनते रहे। भजन समाप्त हुआ तो बोले, 'जिह्वा से स्वाद चला गया है, आज सुरमई मँगवाओ ना...माछेर झोल बनाओ।'

'गरिष्ठ हो जाएगा ज्यू...अच्छा, केले के पत्ते में बिना तेल पकाती हूँ आज। आज तो आप शिशुवत हो गए हैं,' कहकर मल्लिका हँसी। हरिश्चन्द्र को यह हँसी बड़ी भली लगती है। क्षमता भर भोजन करने के पश्चात् वे फिर पलंग पर जा लेटे...वहाँ बैठ कुछ लिखने लगे।

'पास बैठो ना। आज ज्वर उतर गया है सब कुछ बहुत भला लग रहा है। ईश्वर मेरे साथ हास्य कर रहे हैं। मेरे जीवन नाटक के नित नए अंक लिख रहे हैं। हर बार सोचता हूँ कि अब पटाक्षेप हुआ। बस दूसरे दिन ठीक और काम करने लगता हूँ। फिर वे ज्वर का नाटक लिख देते हैं...मल्लिका लास्ट-नाईट का लास्ट सीन हो मेरा उससे पहले समझ लो। तुम्हें निरंतर काम करना है...लेखन, अनुवाद। मेरे कई सज्जन मित्र भी हैं। वे सहायता करेंगे तुम्हें पत्रिका चलाने में। तुम्हारा उपन्यास! हाँ मेरी सखि, उपन्यास ही...छप सके ऐसा मैंने गोकुल को कहा है, मेरी समस्त पुस्तक-निधियाँ तुम्हारी हैं।'

'ऐसी मन को भींचने वाली बातें न कहिए...। मुझे क्यों कष्ट देते हैं, मेरा लिखना एक हमारा आपसी खेल था ज्यू!'

'अरे! कुछ नहीं हुआ जाता मुझे मेरी चंद्रिके!'

वे उठ बैठे और बोले कि आज वे घर जाएँगे, सब चिंता करते होंगे। बेटी विद्या खोजती होगी। मल्लिका ने हरिश्चन्द्र के ललाट को अपनी ठंडी-ठंडी उँगलियों से छुआ। पूजा घर से निकली मल्लिका की उँगलियों से चंदन की भीनी-भीनी सुगंध निकल रही थी...पावन पवित्र सुगंध। उन्होंने मल्लिका की उँगलियों पर अपना कपोल रख दिया। कुछ क्षण पश्चात् वे भूमि पर जा गिरे। मल्लिका घबरा गई। शीतल गुलाबजल के छींटे मारे। वे छींक कर उठ बैठे। मल्लिका ने आँचल से मुख पोंछा तो आँचल में रक्त के कुछ धब्बे लग गए। मल्लिका ने भीमा को पुकार कर डॉक्टर साहब को बुलाने को कहा। डॉक्टर ने मल्लिका को बताया—'मैंने इनके परिवार को सप्ताह पहले ही कह दिया था कि लम्बे ज्वर के चलते इनकी रोग-प्रतिरोधक क्षमता एकदम छीज गई है...अब क्षय ने आक्रमण किया है।'

उनके घर जाने और ससुराल से बड़े दिवस बाद आई बिटिया विद्या के साथ समय बिताने के आग्रह को मल्लिका टाल न सकी। भीमा से डोली मँगवा कर पहुँचा आई उनके अपने घर के द्वार।

मन्नो ने उन्हें बिना कुछ पूछे बिस्तर पर लिटा दिया। गोकुल ने आकर कहा, 'आप अस्वस्थता में भी बाहरी लोगों का स्मरण करते हैं, परिवार आपके लिए कितना ही चिंतित हो लेकिन ज्वर उतरा और आप चले...मैं जानता था आप उस विधवा के घर हैं। यह भी जानता था कि जब बात बिगड़ेगी वह यहाँ ला पटकेगी।' वे इन बातों का उत्तर देना चाहते थे कि खाँसी का भीषण दौरा पड़ा। उन्हें ज़ोर की खून की उलटी हुई। विद्या आकर पिता से लिपट गई। मन्नो ने हाथ पकड़कर उसे खींच लिया।

'बावरी हुई है विदिया...संक्रामक है यह छय का रोग। दूर से बात कर।'

मन्नो ने पंडित को बुलाकर विष्णु सहस्रनाम जाप करवाना आरंभ कर दिया।...शुभ-अशुभ शगुन के सभी उपादान इकट्ठे किए गए। मंगल घट, दही, सिंदूर, फूल-बेल पत्र, दूर्वा दल इत्यादि। उधर महामृत्युंजय जाप चलता है, इधर सामने बैठ शिकायत और उलाहने भरी गठरी खोली जा रही है।

'तुम तो कहते थे कि स्वास्थ्य लाभ हो रहा है। यह कोई सुधरी हुई है तंदुरुस्ती? तुम तो चार मास में उदयपुर रहकर और बीमार होकर लौटे थे...जब बिस्तर पर पड़ जाओ तो तुम मन्नो देवी के पति हो...ठीक होते हो बंगाल की इस भैरवी के घर चले जाते हो। विदिया और अपने भतीजे को अपने से दूर रखो। डॉक्टर ने कहा है कि संक्रामक है यह रोग। हमें लग जाए परवाह नहीं कि पति से कुछ तो मिला...लेकिन बालकों को...।' अपने चित्त की ज्वाला व्यक्त कर

मन्नो अपने कमरे में लौट गई और अपने इष्ट देव के विग्रह के सामने रह-रहकर जाप करती रही। घर में हवन का मीठा-नीला धुआँ फैला था।

भारतेन्दु हरिश्चन्द्र उस सुगंध से अवचेतन से चेतन की ओर अग्रसर हुए। इस गंध का क्या नाम है। यह इतनी मीठी है। यह इतनी जानी-पहचानी लगती है। मगर वह पुरानी स्मृतियों को क्यों पुनर्जाग्रत कर रही है उस क्षण बाबू भारतेन्दु को अंतस में दो सुगठित पिंडलियाँ दिखीं...जो केसर से रची हुई थीं। सुंदर, स्वर्णिम, सुगठित पेट और स्पंदित नाभि...। यह कौन है? दूसरे क्षण अपने दिमाग से उन्होंने मूर्ति को झटक देने का प्रयत्न किया। वह मल्लिका थी। सचमुच मृत्यु के पवित्र द्वार पर ठिठक कर न केलि क्षणों के बारे सोचते हैं कि राधा-माधव के *गीत गोविंदम्* को याद करते हैं? इस असमंजस भरे पछतावे की भावना ने उन्हें हल्के से मुस्कुराने को बाध्य किया।

'मुस्कराते हैं, क्या याद आ गया?' मन्नो सामने खड़ी थी।

'अरी मन्नो, ये तो सब कुछ विस्मृत करने के दिन हैं...। सांसारिक विकारों से लथपथ अपनी आत्मा की अक्षर-पट्टी को आँसुओं से साफ़ कर वहाँ ऊपर जाने के। यही सोच मुस्कुराता हूँ,' कह कर वे कराहे और दोहरे हो गए।

लोग मिलने आ रहे हैं। रिश्तेदार-मित्र...विश्वास नहीं कर पाते कि इन मलिन कपड़ों में गुड़ी-मुड़ी आकृति ही खुद आप हरिश्चन्द्र ज्यू हैं। पहले बहुत सारे मित्र मिलने आया करते थे। किंतु स्वार्थपूर्ति न होने के कारण, जलसों के आनंद के बंद हो जाने के कारण, नित्य रिक्त होते हरिश्चन्द्र के धनकोष के कारण धीरे-धीरे लोगों का आना छूट गया था। रिश्तेदार भी आकर थक गए। रिश्तेदार नहीं जानते यह हिन्दी का पथ-प्रवर्तक भारतेन्दु कौन है? उनके मन में बस यह क्षोभ है कि इसने जलसों, शानो-शौकत और कुछ औरतों पर पुश्तैनी बहुमूल्य बचत बर्बाद कर दी। अब भारतेन्दु हरिश्चन्द्र किसी नष्ट हो चुके साम्राज्य का मात्र ध्वंसावशेष है।

～

रात भर मल्लिका सोई नहीं। प्रत्यूष से ही वह खिन्न मना होकर छत पर घूम रही थी। रूखे बाल, अस्त-व्यस्त कपड़ों में ही वह पगलायी-सी भटक रही थी। पूरी रात आँखों में जागते कटी थी। एकाएक वह घुटनों के बल फ़र्श पर बैठ गयी, बाहर बड़ा गहरा अँधियारा था, ज्यों-ज्यों आकाश में बादलों का जमघट बढ़ता अँधेरा और गाढ़ा होता जाता था। अमावस, आधी रात और माघ का महीना। रात के पहर तो झड़ी लगी थी, बूँदें धड़ाके के साथ छज्जों पर गिर रही थीं। डरावना

शोर था। बस शोर। झरोखे के बाहर तो आँखें फाड़ कर देखने पर भी कहीं बूँद और पानी की झलक तक नहीं दिखलाई देती थी।

वह सोचने लगी, 'कैसे बीती होगी ज्यू की रात।' इधर दिन भर से मल्लिका का चित्त उचटा हुआ था उधर शाम सात बजे हरिश्चन्द्र ज्यू अपने घर की एक कोठरी में एक पलंग पर पड़े हुए थे। पसलियों में रह-रह कर दर्द उठता था। वे सोचते थे कि इस पीड़ा में भी समय तो बीतता ही है, रात जाती है, सूरज निकलता है, फिर डूबता है, साथ ही हमारे जीने के दिन घटते हैं। हमसे कोई पूछता है, तो हम लोग कहते हैं, मैं पैंतीस बरस का हुआ। कहने के समय तनिक भी हिचक नहीं होती, मुखड़ा वैसा ही हँसता रहता है। मानो हम लोग जानते ही नहीं मरना किसे कहते हैं; पर सच बात यह है कि हम बीस बरस-पैंतीस बरस के नहीं होते। हमारे जीने के दिन में से बरस घट जाते हैं। मरना इतना डरावना नहीं है, जितना लोग समझते हैं। सच तो यों है कि मरने ही से जीने का आदर है। जो जग में मरना न होता तो लोग जीने से घबरा जाते। धरती एक अनोखी ठौर है, इस पर जन्म से लेकर एक-न-एक बात में सभी उलझ जाते हैं। जिस ढंग का जिसका जी होता है—प्यार करने के लिए वैसा ही बहुत कुछ उसको यहाँ मिल ही जाता है। वे पीड़ा से कराहते थे, घूँघट में गंगाजल तुलसी हाथ में लिए बैठी मन्नो की आँखों से आँसू बहते थे। वहीं दस-पाँच जन और बैठे हुए थे। दो-चार जन उनकी सँभाल कर रहे हैं—अंग्रेज़ और बंगाली डॉक्टर कुछ दूर बैठे हुए बातचीत कर रहे थे। भाई गोकुल के मुख पर उदासी छायी हुई थी, वे उनकी दशा घड़ी-घड़ी बिगड़ते देखकर हाथ मल रहे थे, पर उनसे कुछ करते नहीं बनता था। हरिश्चन्द्र ज्यू पहले अचेत थे, पर डॉक्टर ने इंजेक्शन दिये, जिससे अब वह चेत अवस्था में आ गए थे। मगर किसी को पहचान नहीं पा रहे, मतिभ्रम में थे।

जब मल्लिका को बुलवाया गया तो वह कजरी को साथ ले दौड़ी आई। इसका मुखड़ा भी उदास था, जी पर कुछ चोट-सी लगी जान पड़ती थी। आँखें भी थिर थीं। कभी-कभी बिजली की कौंध की भाँति मुखड़े पर तेज भी झलक जाता था। साथ ही मुँह से ठंडी साँस निकल कर बाहर की पवन में मिल जाती थी।

मल्लिका ने हरिचंद ज्यू को अपनी ओर निराशा भरी दीठ से बार-बार ताकते देखकर कहा—'क्या आप मुझको पहचान नहीं रहे हैं?'

हरिश्चन्द्र म्लान सी हँसी हँसे और बोले—'क्यों न पहचानूँगा? आप साक्षात् सरस्वती हो। क्या आज मुझको विपदा से उबारने के लिए आप यहाँ आई हैं? या साथ लिए चलने? आपकी वीणा कहाँ है? और वह हँसे?' मल्लिका की आँखों में पानी आ गया।

वहाँ बैठा एक वृद्ध साधु जो मन्नो देवी का गुरु था, कहने लगा—

'ऐसे अलौकिक भ्रम मृत्यु से पूर्व के संकेत हैं...बेटी चिंता न करो। एक मरता

है—एक के जन्म का समय हो जाता है। एक ओर सूरज तेज को खोकर पश्चिम ओर डूबता है—दूसरी ओर चाँद हँसते हुए पूर्व ओर आकाश में निकलता है। फूल की पंखुड़ियाँ झड़ती हैं—दूसरी ओर मांसल फल सर निकालते हैं। इधर पतझड़ होती है—उधर नई-नई कोपलों से पौधे सजने लगते हैं। इधर रात की अँधियाली दूर होती है—उधर दिन का उँजियाला फैलने लगता है। जग का यही नियम है, बेटी।'

'मन्नो!' ज्यू ने डूबती चेतना के इस पार से पुकारा।

'बोलिए, कुछ खाएँगे? या चाय?' मन्नो उन पर झुक गई है। वे उसकी बाँह थामे उसे देख रहे हैं।

'न...कुछ नहीं। समय क्या हुआ है?'

'रात होती है।...थोड़ी देर में दस बजने को हैं, मल्लिका बहन को भेज दूँ, सुबह पुनः आ जाएँगी। मल्लिका सामने ही आँचल मुँह में दबाए नेत्र-जल सबसे छुपाती हुई, पलंग के निकट अंतिम दीप-सी प्रकंपित बैठी थी।

वे त्वरित गति से सर हिलाने लगे और अदृश्य की ओर हाथ उठाने लगे—'हे मेरे माधव इधर आओ ना। आते हैं...मुख दिखलाओ...' फिर वे अस्फुट स्वरों में कुछ गुनगुन करते रहे, नेत्रों से कुछ अश्रु झरे...। सूखे होंठों पर एक स्मित आया और चंद्र अस्त हो गया। चंद्रिका चंद्र के साथ अँधियारे की गैल उतर गई। समस्त-ज्ञान श्वासों की कड़ी के साथ टूटकर बिखर गया और विज्ञान का प्रदीप बुझकर वाष्प हो गया। वाह रे समय! आह रे काल! मन्नो...दहाड़ कर रो पड़ी। मल्लिका को सिसकियाँ भी भारी पड़ती थीं। उसने आहिस्ता से चरण छू लिए मृत-देह के। उसका अंतस सुन्न था।

'आप चलिए...मैं आती हूँ...' वह बुदबुदाई। काशी में खबर फैलने लगी। भीड़ जुटने लगी। अखबारों में खबर गई। भारतेन्दु हरिश्चन्द्र का अवसान। और चंद्र असमय अस्त हो गया।

मल्लिका अब फिर एकाकिनी। उनके अंत के साथ उसकी अब तक की चली हुई राह डूबकर खो गई है। लक्ष्य तो मानो कोई था ही नहीं। संसार का एक नायक चला गया फिर भी संसार के व्यापार चलते रहेंगे। मगर मल्लिका का छोटा-सा संसार अंधेरे में डूबा था। कुंजड़िनों-कहारिनों, नौकरों सबको गला फाड़ कर रोने का अधिकार था किंतु मल्लिका को नहीं। वह अपने घर लौट आई...। वहाँ कजरी रोती थी। मल्लिका को देख उसने उसे अंक में भर लिया— 'मलिकिनी भरतार चले गए।' मल्लिका कुछ नहीं बोली। निस्पंद झूले पर जा बैठी।...भरतार! ज्यू भरतार तो नहीं लेकिन मेरे जीवन की सार्थकता थे आप। लक्ष्यहीनता तो मेरे जीवन का देय है ही।...हर बार घूम-फिर कर मैं लक्ष्यहीनता की आकाशगंगा पर पाती हूँ स्वयं को...अंतरिक्ष में चलती हुई। हा! अब कौन

पुकारेगा 'हरिश्चंद्रिके!' मल्लिका के हृदय से संकोच का पत्थर हट गया...वह उच्च स्वर में विलाप कर उठी। हा!

'ज्यू! आपने तो मुझसे प्रतीक्षा तक छीन ली...। अब किसकी प्रतीक्षा किया करूँगी मैं? मुझे संग ले जाते...' कजरी ने इस हतभागा को जी भर कर रो लेने दिया। न जाने किन-किन के शोक के विलाप थे ये जो आँखों से पोले बुलबुले बन कर फूटते आ रहे थे।...रुकते ही न थे। तीसरी रात थी कि वह सोई न थी, अपने बिछौने में ज्यू की पाकर वह रोते-रोते सो गई। जैसे पीड़ा भी पराकाष्ठा के बाद खिंच कर टूट गई। प्रातःकाल कजरी ने जगाया।

'मलिकिनी, अर्थी की तैयारी है, दर्सन कर लेव...'

शवयात्रा की तैयारी में कौन स्मरण रखता था कि कोई मल्लिका भी है। जिसके नैकट्य से यह मृत देह प्रफुल्लित रहा करती थी। इसके भीतर एक हत्पिण्ड था जो हर क्षण मल्लिका के नाम का स्मरण करता था...फूलों और गुलाल से ढकी ज्यू की देह, बारम्बार पुण्य लेने हेतु बदलते कन्धों पर चल दी। आत्मा एकाकी गमन पर थी किंतु शरीर के साथ अपार थी। शहर के समस्त गणमान्य उपस्थित हुए। चरणपादुका घाट पर भारतेन्दु हरिश्चन्द्र की अंतिम क्रिया सम्पन्न हुई। एक घंटा पश्चात् मल्लिका कजरी को लेकर मुख ढाँप कर पीछे चली, गलियों-गलियों के गुंजलों में। काशी के उस घाट पर चंदन की लकड़ियों में जलती चिता के ओज से चहुंदिस प्रकाशमान थी। चौंधिया देने वाला आलोक, रुक चुके स्पंदनों के पश्चात् भी लपटों में धधकता जीवन का क्षीण उल्लास लोगों की श्रद्धाँजलियों की बाढ़, विवादों की काली छायाओं का विरक्त करा देने वाला नाच और फिर चिर शांति। ओम शांति!

~

देह से जुड़े अंतिम कर्मकांड कर सब चले गए, चिता जलती रही...मल्लिका वहीं दूर बैठी रही घाट की सीढ़ी पर...अंगारों में से रह-रह कर स्फुलिंग छूटते...मल्लिका निस्पंद थी। शोक दर्शन में बदल गया था।

'...अभी जाने कितने बिछोह शेष हैं मेरे भाग्य में। सबका हिसाब चुका आऊँ। तब भवसागर के उस पार मिलना पियारे हरिचंद ज्यू! अपनी डोंगी लिए।'

तेरहवें दिन परिवार की स्त्रियों के बीच बैठ मन्नो देवी ने, भरे मन से मल्लिका को संबोधित कर कहा—

'ये मल्लिका एक बहुत ही सीधी-सच्ची, समझवाली और भली-मानस है। मैंने आज तक अपने स्वामी के आस-पास बहुत स्त्रियों को देखा। समाज में, रिश्तेदारी में बहुत से ढंग की स्त्रियाँ देखीं, पर मल्लिका जैसी मुझको देखने

में नहीं आयी। भैया गोकुल, इनकी जो अंतिम इच्छा थी सो थी, मेरी भी यही चाह है, इनकी कंपनी, पांडुलिपियाँ, पुस्तकों का अधिकार और हर माह पचास रुपए की रकम मल्लिका के पास जाए। परिवार में इनका आवागमन और सम्मान उनकी दूसरी पत्नी की तरह हो।' कह कर मन्नो देवी ने भरे गले से मल्लिका के समक्ष हाथ जोड़ दिए।। मल्लिका के कपोल पर अश्रु ढलक आए। सबके जाने पर अपने कमरे में ले जाकर ज्यू का सहेजा हुआ एक दुशाला दिया,

'और तो इनका कुछ बचा नहीं। यह तुम रखो बहन।' मल्लिका ने दुशाला ले लिया और फफक कर रो पड़ी।

पुस्तकें, काग़ज़, पद-कविताएँ, ग़ज़लें, नाटक, लेख पत्रिकाओं, अनुवादों के बीच मल्लिका खड़ी थी। गोकुलचंद्र ने पुस्तकों से अँटा पूरा जखीरा मल्लिका को भेज हरिचंद ज्यू की बैठक खाली कर दी थी। शहर में कई शोक सभाएँ हुईं...। उनके नाम देश-विदेश से आए शोक संदेश पढ़े गए। काशी नरेश के दरबार में जो शोक सभा हुई उसमें हुस्ना बाई आईं और एक बहुत मार्मिक पद पढ़ा—

कौन अब पुस्तक छपास पढ़वै है, हाय राग रागनिन की रीत भाष्य नितै गयो।
कोऊ ना दिखात नेक हिन्दु में समझदार, जैसे 'हरिचंद' केर किरती छितै गयो।।
प्रेम के प्रवाह में वाचनहार आछो, आज कालग्राह तौखे दन्त धोखै धरि ले गयो।
कैसे नैन लखव, सुस्याम घुंघरारे बार, हाय 'नागरी' के वाह छाँडि के कितै गये... ॥
हुस्ना

～

मल्लिका एक बरस काशी में रहीं, किंतु काशी का कोई अर्थ न बचा था। समूचा शहर यूँ लगता था कि उसमें जीवन ही नहीं बचा है। बस चलते-फिरते पुतले रह गए हैं। कहते हैं, अंग्रेज़ों ने हुस्ना के कोठे पर छापा मारा और दो युवा क्रांतिकारियों को ले गई। हुस्ना की संपत्ति उसकी खरीदी और तैयार की एक तवायफ़ ने हथिया ली। हुस्ना बाद में पागल हो गई, उँगलियों पर कुछ गिना करती थी। एक दिन गंगातट पर उसका शव मिला। कजरी ने ही यह खबर भी दी कि आलीजान के ऊपर भी कोई आसेब आ लगा था; कुछ दिन उचटी-उचटी रही। फिर एक दिन पता नहीं कहाँ चली गई।

～

मल्लिका ने बरस भर पुस्तकें, काग़ज़, पद-कविताएँ, ग़ज़लें, नाटक, लेख, पत्रिकाओं, अनुवादों को छाँटने का काम किया। ज्यू की अप्रकाशित सामग्री को अलग किया। उसे एक लाल आवरण वाली फ़ाइल में रखा। फिर अपनी लिखी पांडुलिपियों को भूरे काग़ज़ में लपेट कर उस पर लिखा 'जिस पूज्य प्राणप्रिय देवतुल्य स्वामी की आज्ञा से, उनकी प्रसन्नता के निमित्त मैंने अपनी अबल भाषा से यह सब रचा है, उन्हीं के कोमल चरण-कमलों में समर्पित।'

यह सब उसी फ़ाइल में रख दिया। इसमें स्वलिखित उपन्यास *कुमुदिनी*, रूपांतरित उपन्यास *चंद्रप्रभा पूर्णप्रकाश* (*कुलीन कन्या*), अनूदित *सौंदर्यमयी* उपन्यास थे और 'चंद्रिका' नाम से रचे पद थे। वृंदावन प्रस्थान से पूर्व ये फ़ाइलें मल्लिका ने गोकुलचंद्र को बुला कर दे दीं। पुस्तकें पुस्तकालय को दे दीं...। ज्यू की पुस्तकों की एक-एक प्रति रख ली।

'हरिश्चन्द्र ज्यू हिन्दी-जगत, रंगमंच और साहित्य को जो दे गए हैं, उसका मूल्यांकन आपके और मेरे बस की बात नहीं। उनके लिखे ये शब्द जितना फैलेंगे उतना महकेंगे। गोकुल जी धन तो भंगुर है। किंतु यश अमिट...ये कुछ उनकी और मेरी पांडुलिपियाँ हैं। प्रकाशित हो सकेंगी तो संसार भर में जगमगाएँगी...इन्हें किसी छापेखाने से छपवा दीजिएगा। अब काशी से मुझे विदा दें।'

'आप कहाँ जाती हैं, भाभी? आप सँभालें यह सब प्रकाशन का व्यय मैं दूँगा। मैं हूँ ना, आप यहीं रहें, हमारा मार्गदर्शन करें,' कहकर गोकुल ने चरण पकड़ लिए मल्लिका के।

'मैं वृंदावन जाना चाहती हूँ...गोकुल। काशी आती रहूँगी।' मल्लिका के कमरे में सामान बिखरा था, कजरी और भीमा हाथ जोड़ खड़े थे। दो संदूक, एक होल्डॉल लेकर वह काशी आई थी, वही लेकर मल्लिका वृंदावन चली गई।

*आमाय भाला बेशे भार तोमार काज नाई।*
*तुमि अन्य प्रानज्वले आमाय भालो बास बोले...*
*सदा भासि आँखि जले हदे नाना दुख पाई।*
*बिदाय दावो गुनमनी सजब एबं संन्यासिनी।*
*इब नाथ बिदेशिनी सुख पंथे दिया छाई*
*हरिश्चन्द्र प्राणधन चंद्रिकार निवेदन।*
*वासना एमन मन विदेशेते प्रान जाई।*

—मल्लिका

☐☐☐